中國語言文字研究輯刊

初　編

許　錟　輝　主編

第 3 冊

《爾雅》與《說文》名物詞比較研究
——以器用類、植物類、動物類爲例

賴　雁　蓉　著

花木蘭文化出版社

國家圖書館出版品預行編目資料

《爾雅》與《說文》名物詞比較研究——以器用類、植物類、
動物類為例／賴雁蓉 著 — 初版 — 新北市：花木蘭文化出版
社，2011〔民 100〕
目 2+216 面；21×29.7 公分
（中國語言文字研究輯刊　初編：第 3 冊）
ISBN：978-986-254-699-4（精裝）
1. 爾雅　2. 說文解字　3. 漢語文字學
802.08　　　　　　　　　　　　　　　　　　　100016355

ISBN-978-986-254-699-4

9 789862 546994

中國語言文字研究輯刊

初　編　第三冊　　　　　　　　ISBN：978-986-254-699-4

《爾雅》與《說文》名物詞比較研究
——以器用類、植物類、動物類爲例

作　　者　賴雁蓉
主　　編　許錟輝
總 編 輯　杜潔祥
出　　版　花木蘭文化出版社
發 行 所　花木蘭文化出版社
發 行 人　高小娟
聯絡地址　新北市永和區中正路五九五號七樓之三
　　　　　電話：02-2923-1455／傳眞：02-2923-1452
網　　址　http://www.huamulan.tw 信箱 sut81518@gmail.com
印　　刷　普羅文化出版廣告事業
初　　版　2011 年 9 月
定　　價　初編 20 冊（精裝）新台幣 45,000 元

《爾雅》與《說文》名物詞比較研究
——以器用類、植物類、動物類爲例

賴雁蓉　著

作者簡介

賴雁蓉，大學與碩士班均就讀於國立中正大學中國文學系，於中國民國 96 年取得國立中正大學中國文學系碩士學位。

大學二年級接觸文字學領域後，便對浩瀚的文字學史、文字圖像與文化產生濃厚的興趣，影響所及，攻讀碩士班時便以文字領域作為研究對象。修課期間，在周虎林老師、陳韻老師、莊雅州老師、黃靜吟老師的細心教導下，對文字領域的視野日益拓展。碩士二年級上學期擬訂碩士論文方向後，旋即著手蒐集、處理材料，期間，於「國立中正大學中國文學研究所的研究生論文集刊」首先發表與碩士論文議題相關論文一篇：〈《爾雅・釋木》與《說文・木部》之比較研究〉，碩士論文亦即在該篇期刊論文的基礎上發展出其規模。

雖已暫離學術領域，但對相關論題仍舊關切，也許哪天會再重返文字學領域，未到終點，人生難測；期許自己對生命能保持熱情，積極進取，不辜負上述諸師的真心教誨。

提　　要

《爾雅》是中國第一部綜合性辭書，也是中國第一部百科全書及同義詞典。《爾雅》〈釋草〉以下七篇的出現，即是「多識於鳥獸草木之名」的具體落實，後世的字書、類書、雅學、本草莫不以此為典範，其影響之深遠，由此可見。《說文》為字書之祖，其編纂除參考《爾雅》及群書乃至通人之說外，還分別部居，自開新局，對後世之影響亦十分深遠。有關動植物的資料，在《說文》中散見於三十幾個部首，其取材角度、編輯體例與《爾雅》互有異同，價值也與《爾雅》先後輝映。無論就語言文字學、科技史乃至文化而言，均有詳加對照來觀察二書優劣、承襲的必要，可惜自古以來的研究多側重在兩者個別的校勘、補正、音訓、考釋、釋例等方面的工作，很少將兩者加以比較，今即以《爾雅》與《說文》的器用類、植物類、動物類之名物詞為例來進行比較，探討《爾雅》與《說文》在語言、科技、社會文化等方面的對應關係，並為《爾雅》與《說文》開啟另一個研究面向。

目次

第一章　緒　論

第一節　研究動機與目的

　　《爾雅》〔註1〕是中國第一部綜合性辭書，也是中國第一部百科全書及同義詞典。其中所保存的一般詞語與社會、自然、生物等專用詞語，為我們研究上古時期提供了非常豐富的資訊，正如陸德明於《經典釋文》序錄〔註2〕所言：「《爾雅》所以訓釋五經，辨章同異，多識鳥獸草木之名，博覽而不惑者也。」又晉郭璞《爾雅注・序》：「夫《爾雅》者，所以通訓詁之指歸，敘詩人之興詠，總絕代之離辭，辨同實而殊號者也。誠九流之津涉，六藝之鈐鍵，學覽者之潭奧，擒翰者之華苑也，若乃可以博物不惑，多識於鳥獸草木之名者，莫近於《爾雅》。〔註3〕」《爾雅》〈釋草〉以下七篇的出現，即是「多識於鳥獸草木之名」〔註4〕的具體落實，後世的字書、類書、雅學、本草莫不以此為典範，其影響之深遠，由此可見。

　　《說文解字》〔註5〕為字書之祖，它系統地對先秦至漢的字義作整理與紀錄，不僅反映漢語發展的源頭、漢語字義的系統，也忠實地記載此語言發展與

〔註1〕本文所參考的《爾雅》為《十三經注疏本》，臺北：藝文印書館，1955年。

〔註2〕轉引自胡楚生：《訓詁學大綱》，臺北：華正書局，1900年，頁248。

〔註3〕詳參《爾雅》（《十三經注疏本》），臺北：藝文印書館，1955年。

〔註4〕《論語・陽貨》：「小子何莫學乎詩？詩可以興，可以觀，可以群，可以怨。邇之事父，遠之事君，多識於鳥獸草木之名。」《論語》（《十三經注疏本》），臺北：藝文印書館，1955年，頁0155。

〔註5〕本文所參考的《說文解字》為1963年中華書局影印陳昌治本（附《新編檢字》）。

系統所賴以產生的文化背景。《說文》除了在文字學、音韻學、漢語詞彙以及字典編纂等方面的卓越價值與貢獻外，也是研究中國的上古文化重要的憑藉與紮實的基礎。《說文》的編纂除參考《爾雅》及群書乃至通人之說外，還分別部居，自開新局，對後世之影響亦十分深遠。

有關名物的資料，在《說文》中散見於一百五十幾個部首，其取材角度、編輯體例與《爾雅》互有異同，價值也與《爾雅》先後輝映。但歷來的研究多側重在兩者個別的校勘、補正、音訓、考釋、釋例等方面的工作，鮮少將兩者加以比較，今即以《爾雅》與《說文》進行比較研究，以期探討《爾雅》與《說文》在語言、自然科學、社會文化等方面的對應關係，並爲《爾雅》與《說文》開啓另一個研究面向。

第二節　研究範圍、方法與文獻探討

一、研究範圍

本文的研究範圍限制在《爾雅》與《說文》兩專書中的器用類、植物類、動物類名物詞材料，以這三類的名物詞材料第二章爲討論對象。

《爾雅》名物詞材料包含〈釋宮〉、〈釋器〉、〈釋樂〉、〈釋天〉「旌旂」、〈釋草〉、〈釋木〉、〈釋蟲〉、〈釋魚〉、〈釋鳥〉、〈釋獸〉、〈釋畜〉等十一篇。《說文》名物詞材料則散見於一百五十餘個部首，如下表所示：〔註6〕

器用類部首	玉部（6）、玨部（7）、艸部（12）、犛部（20）、龠部（43）、冊部（44）、目部（45）、句部（51）、廾部（62）、革部（70）、鬲部（71）、聿部（83）、殳部（86）、盾部（102）、羽部（108）、丩部（112）、畢部（121）、刀部（137）、刃部（138）、角部（142）、竹部（143）、箕部（144）、鼓部（161）、豆部（163）、豊部（164）、虍部（166）、皿部（170）、凵部（171）、丹部（175）、井部（177）、匕部（179）、食部（180）缶部（185）、矢部（186）、嗇部（195）、韋部（201）、木部（206）、桼部（223）、橐部（225）、仄部（234）、片部（249）、鼎部（250）、黍部（255）、臼部（259）、瓠部（268）、宀部（269）、网部（279）、巾部（281）、巿部（282）、帛部（283）、尚部（285）、黹部（286）、人部（287）、匕部（288）、衣部（300）、裘部（301）、毛部（303）、毳部（304）、尸部（305）、尺部（306）、履部（308）、舟部（309）、方部（310）、厄部（337）、广部（353）、石部（357）、馬部（370）、莧部（376）、黑部（384）、壺部（395）、鹽部（436）、戶部（437）、門部（438）、戈部（451）、戉部（452）、瑟部（455）、匚部（459）、曲部（460）、甾部（461）、瓦部（462）、弓部（463）、弦部（465）、糸部（467）、素部（468）、絲部（469）、率部（470）、土部（480）、金部（490）、斤部（495）、斗部（496）、矛部（497）、車部（498）、酉部（537）、酋部（538）。

〔註6〕表格內（）爲《說文》部次。

植物類部首	屮部（11）、艸部（12）、蓐部（13）、茻部（14）、竹部（143）、㯃部（179）、來部（196）、麥部（197）、舜部（200）、木部（206）、林部（208）、叒部（210）、毛部（216）、𣏚部（218）、華部（219）、禾部（220）、稽部（221）、鹵部（244）、束部（248）、禾部（253）、黍部（255）、米部（257）、朮部（261）、林部（262）、麻部（263）、未部（264）、韭部（266）、瓜部（267）、瓠部（268）、黑部（384）。
動物類部首	牛部（19）、犛部（20）、隹部（109）、萑部（111）、羊部（114）、雔部（117）、雥部（118）、鳥部（119）、鳥部（120）、虍部（167）、虎部（168）、貝部（228）、豕部（362）、希部（363）、互部（364）、豚部（365）、豸部（366）、舄部（367）、易部（368）、象部（369）、馬部（370）、廌部（371）、鹿部（372）、㲋部（374）、兔部（375）、犬部（377）、鼠部（379）、能部（380）、熊部（381）、魚部（424）、𩺰部（425）、燕部（426）、龍部（427）、乚部（431）、虫部（471）、蚰部（472）、蟲（473）、它部（475）、龜部（476）、黽部（477）、卵部（512）、巴部（519）。

二、研究方法

　　《爾雅》是我國第一部有系統的訓詁專著，是先秦至西漢時期訓詁資料的總匯。《說文》是東漢許慎的文字學專著，《說文》中保存了漢語大量的古字字形、古義、古訓，爲研究上古漢語、考釋上古文字，提供了較全面的資料。歷來的研究多是著重在兩者個別的校勘、補正、音訓、考釋、釋例等方面的工作，鮮少將兩者進行比較。因此，本文首先以「校勘法」〔註7〕中的「本校法」個別檢閱兩書，以本書前後互相對照，藉此檢查前後材料是否有重疊、錯誤之處，接著主要是以校勘法中的「對校法」對兩書進行對照，依序比較兩書中器用、植物、動物等三類，藉以觀察兩者之間的關係與差異所在。

　　在《說文・序》中提到：「今敘篆文，合以古籀；『博采通人』，至於小大；信而有證，稽譔其說。」《說文》在撰作過程中，引經據典以作爲其釋形、釋義的佐證，有的註明出處，有的雖不標明出處，但經過相互對照、查看，也可看出《說文》所本何處，其中引用《爾雅》的例子隨處可見。這是將《爾雅》、《說文》進行比較所得到的第一個資料。

　　由於《爾雅》釋義時常將一組被解釋的字排列在一起，再用一個較爲通用的詞語去解釋，而對這些同義詞的不同來源或語義區別則沒有加以說明，往往使讀者不知其所以然，因而無法從中了解每一個詞語的意義和用法的差別。例如《爾雅・釋詁》：「初、哉、首、基、肇、祖、元、胎、俶、落、權輿，始也。」；

〔註7〕校勘法參考陳垣：《校勘學釋例》，北京：中華書局，1959 年，頁 144～146。對校法：即以同書之不同版本或與他書對讀。本校法：即以本書前後互證，則知其中謬誤之處。

又如《爾雅・釋詁》：「弘、廓、宏、溥、介、純、夏、幠、厖、墳、嘏、丕、弈、洪、誕、戎、駿、假、京、碩、濯、訏、宇、穹、壬、路、淫、甫、景、廢、壯、冢、簡、箌、昄、晊、將、業、席，大也。」等，這些便可逐一參照《說文》來區分它們之間各別的差異，從而了解《爾雅》爲何將這一組字列在一起的原因，也可檢視《爾雅》是否有收字的錯誤。

再者，《爾雅》在釋義方面則略顯簡陋，而《說文》在釋義的說明和描寫則明顯比《爾雅》廣泛、詳盡的多。例如：《爾雅・釋獸》中僅提到「鼫鼠」，《說文・鼠部》則是：「鼫，五技鼠也。能飛，不能過屋；能緣，不能窮木；能游，不能渡谷；能穴，不能掩身；能走，不能先人。从鼠，石聲。」；又如《爾雅・釋草》中的「韭」，《說文・韭部》則是：「韭，菜名。一種而久者，故謂之韭。象形，在一之上。一，地也。此與耑同意。凡韭之屬皆从韭。」。這樣的情況在比對《爾雅》與《說文》過程中時常可見。

此外，《爾雅》是一部釋義的典籍，解釋詞語本義、引申義、假借義均有；而《說文》析體解字，主要是在文字的本義，因此，我們還可以利用《說文》中的訓詁材料來說明《爾雅》中的假借字，但這非本文的研究重點，故不在此贅述。

由上，若將《爾雅》與《說文》進行比較、對照，則可以獲得許多相當可貴的資訊，也可以彌補兩書的不足或缺陷。

三、文獻探討

卞人海〈十年來《說文解字》研究述評〉〔註8〕的第六點「比較研究」中說到：

> 就是把《說文》和其他字書、辭書相比較，在這種比較之中來研究《說文》。十年來這方面的研究如錢宗武的《說文》引《書》書的異文研究（1996年），黃鴻宇的《《說文》與《釋名》聲訓之比較研究》（1999年）、馮寬平的《《說文解字》釋義與《老子》用字辯證法擷闡》（2001年）、馮方的《《原本玉篇零卷》引《說文》與二徐所異考》（1997年）、萬獻初的《英語詞語與《說文解字》在釋義上的契合》（1999年）等。這種研究前賢偶有涉及，但上大有可爲，不失

〔註8〕詳參卞仁海：〈十年來《說文解字》研究述評〉，《信陽師範學院學報》（哲學社會科學版），第23卷第2期，2003年，頁89～92。

為研究《說文》的獨特視角。

而管錫華〈二十年來《爾雅》研究〉〔註9〕中的「與其他書籍關係的研究」說：

　　陳晉《爾雅學》一書論及了《爾雅》與經史諸子以及《方言》、《說
　　文》的關係，如認為《毛傳》實據《爾雅》而作，漢儒解說《詩》、
　　《易》、《書》、《禮》、《春秋》等皆依《爾雅》，釋《方言》者每取義
　　於《爾雅》，釋《爾雅》者，取義於《方言》，《爾雅》、《說文》相為
　　表裡等。濮之珍《方言與爾雅的關係》的結論是：《方言》的雅詁本
　　之於《爾雅》。趙振鐸《揚雄《方言》是對《爾雅》的發展》提出了
　　《方言》摹仿《爾雅》，並且對《爾雅》有所發展的觀點。陳邦福《爾
　　雅逸文箋》謂毛公解詩多取雅訓。丁忱《《爾雅》《毛傳》異同考》
　　一書認為，《爾雅》、《毛傳》釋《詩》基本相同，其部份有異者，在
　　於所持觀點、根據和方法不同。湖繼明《《爾雅》《詩經》比較研究》
　　一書認為，四家《詩》與《爾雅》既有共同的來源又各有所本，各
　　有所宗，各有己意，它們之間不存在誰抄誰的問題。」

上述兩段，是學者將《說文》、《爾雅》與其他書籍的比較研究，並無將兩書進
行比較的研究。檢閱前人的研究成果，個別探討《爾雅》與《說文》的研究不
勝枚舉，但論及《爾雅》與《說文》相互比較方面的相關論著則顯得相當單薄，
試列舉如下：

　　1、王世偉、顧廷龍：《爾雅導讀》，四川：巴蜀書社，1990 年。

　　2、馬重奇：《爾雅漫談》，臺北：鼎淵文化事業有限公司，1997 年。

　　3、莊雅州：〈《爾雅·釋魚》與《說文·魚部》之比較研究〉，中國訓詁學
研究會《紀念周禮正義出版百年暨陸宗達先生百年誕辰學術研討會論文匯集》，
2005 年，頁 203～213。

　　王世偉、顧廷龍合著的《爾雅導讀》全書分上下二篇，上篇是對《爾雅》
的作者、內容、價值、注疏等論題加以闡述，下篇則是針對《爾雅》各篇的選
注作逐一的說明，圖文並列的方式可以加深對內容的了解。其中在第六章「《爾
雅》的研究方法」的第三節（頁 158）提及「《說文》對照法」，提出了「明《說

〔註 9〕詳參管錫華：〈20 世紀的《爾雅》研究〉，《辭書研究》第 2 期，2004 年，頁 75～
　　　　85。

文》所本」、「明《爾雅》釋義」、「《爾雅》、《說文》互校錯訛」三點。

　　馬重奇的《爾雅漫談》一書針對《爾雅》進行研究，全書九章，闡明《爾雅》的名義、作者集成書年代、內容、與古代社會文化、編撰方法與體例、經學地位、研究成果、版本簡介、研究方法論問題等。此書簡要的行文可供初學者對於《爾雅》有概括性的認知，是一本很好的參考書籍。末章第二節「《爾雅》與《說文》相互對照」（頁 211）也提出可將《爾雅》、《說文》兩書進行比對，也是研究《爾雅》的方法之一。

　　莊雅州《〈爾雅・釋魚〉與〈說文・魚部〉之比較研究》則是第一篇針對《爾雅》與《說文》進行比較的專篇。此篇分爲前言、材料的比較、體例的比較、價值的比較、結語等五章。從材料、體例、價值等三方面來檢視《爾雅》、《說文》之間的對應關係。此篇與是本文有直接相關的影響，是相當重要的參考文獻，也是觸發本文寫作的主要著作。

　　以上三者是與《爾雅》、《說文》比較直接相關的論著，雖都提及將兩者進行比對的研究法，但未有大量使用二書材料進行觀察的研究出現。因此，本文從比較的角度出發，進行《爾雅》與《說文》的名物比對，以期探討《爾雅》與《說文》在語言、科技、文化等方面的對應關係，並爲《爾雅》與《說文》開啓另一個研究面向。

第三節　「名物詞」定義

　　我國古代的博物研究相當重視溯源與正名，即所謂「名物」。在傳統訓詁學中，「名物」常與制度聯繫在一起，如清王若虛《五經辨惑》：「三代損益不同，制度名物，容有差殊。」是其例。「名物」是小學研究的特定對象，歷來受到小學家的重視：我國第一部考釋名物的典籍當推《爾雅》，《爾雅》十九篇中有大半篇幅是屬於「名物」訓詁範圍的，《釋名》二十七篇有將近 90% 的篇幅訓釋「名物」，明代馮復京《六家詩名物疏》、清代程瑤田《果蓏轉語記》、近人劉師培《正名隅論》、《物名溯源》等，都是涉及「名物」訓詁的專著、專論。〔註10〕但歷來的研究則較少明確指出「名物」的定義，專門針對「名物」一詞進行討論的書籍、論文也少之又少。專書較多論及「名物」的有：

〔註10〕詳參劉興均：《周禮名物詞研究》，巴蜀書社，2001 年。

1、華夫主編：《中國古代名物大典》，濟南市：濟南出版社，1993 年。

2、劉興均：《周禮名物詞研究》，四川：巴蜀書社，2001 年。

《中國古代名物大典》全面匯釋古代名物，前言提到古代名物文化即是物態文化，所謂「名物」即是指物體、器物及其名稱，而傳統文化中所謂「名物」，應指中華民族繁衍生息相關連之萬物。此書堪稱古代名物文化的百科全書，對於名物計分三十七類，即天象、地物、人體、耕獵、紡織、冠服、飲食、宮室、交通、神異、科技、朝制、禮俗、貨幣、教育、文具、函籍、武備、日用、香奩、珍寶、資產、樂舞、遊戲、雕繪、旌旗、刑罰、宗教、占相、醫藥、穀蔬、花卉、水果、獸畜、禽鳥、水族、蟲豸。大範圍地蒐集名物相關材料並加以匯釋，提供研究者相當豐富的材料。此外，觀察書中的三十七類的類名，可以看出此書的「名物」包含甚廣，攸關人類的一切日常與活動都涵蓋了。

劉興均《周禮名物詞研究》則說：《周禮》書中每每以「辨……之名」、「辨其名物」的句式出現，如：《周禮・卷四・庖人》：「掌共六畜、六獸、六禽，辨其名物。」；《周禮・卷四・獸人》：「掌罟、田獸，辨其名物。」，這對我們歸納「名物」定義有莫大的幫助。《周禮名物詞研究》首先先確定名物的定義，再說明名物詞的範圍，接著逐一將《周禮》中的名物詞考證、計量、歸納、推論，對《周禮》名物詞作多角度的研究，除了探求名物詞的詞源義，更總結了《周禮》名實結合的規律，闡釋名物詞命名過程中人們的情感、觀念等。《周禮》中所使用的「名物」一詞含義即訓詁學中所說的「名物」，這不僅因為《周禮》中的「名物」總是與特定範圍內的物聯繫在一起，且《周禮》中的「名物」是由辨稱的意圖提出來的。根據《周禮》中涉及「名物」用例可以歸納出兩點：

1、「名物」指相當具體而特定的物：這可以從兩方面來理解：其一是司掌各種「名物」的職官貼近人民，直接與社會和生產活動聯繫，接觸的是具體生活中的物。其二是從定為「名物」的物本身來看，這些物都是與當時人們的日常生活息息相關，如六畜、六獸、六禽等都是對具體物不同角度的區分。

2、「名物」帶有區別性特徵：職官負責之事即是將他分管範圍內的某一物與它物區別開來，因此，「名物」詞帶有各具特色的區別性特徵。但必須注意的是，一個名稱不一定能反映出它指稱對象的全部屬性，需著眼於它最顯著的特徵。

由上述兩點，歸納出名物是關於具體特定之物的稱謂，它與物是關於具體

特定之物的名稱的品類特徵密切相關，是根據物的顏色性狀等特徵命名的，用一句話來概括：名物是古代人們從顏色、形狀、功用、質料等角度對特定具體之物加以辨別認識的結果。

除了專書，在一般的訓詁專著中也極少解釋「名物」的定義。陸宗達、王寧的《訓詁與訓詁學》〔註11〕中則指出「名物」相當於「專名」的概念，指範圍對象較特定、特徵較具體。這樣就將專名的概念與「名物」聯繫起來，解決了界定「名物」過寬過窄的問題。

在單篇論文中，劉興均計有〈關於《名物》的定義和名物詞的界定〉、〔註12〕〈試論古書校讀與名物考證的關係〉〔註13〕等篇，這些篇章的說法都與《周禮名物詞研究》一書相同。

劉興均之外，還有王強〈中國古代名物學初論〉〔註14〕一文，文章首先探討「名物學」之緣起，接著第二、三部分則是分別闡述「名物學以字形、語音與語義關係探索爲基礎，是古老而富有生命力的學科」、「名物學是以語言學方法爲基礎，加上多學科研究方法的介入」。此篇主要針對歷來的「名物學」作討論，並預測 21 世紀「名物學」將全面復興，文章中說到：「國學傳統中所謂的『名物』，爲有客體可指，關涉古代自然與社會生活各個領域的事物，其名稱亦皆爲我國實有或見諸典籍記載的客體名詞，其中包括圖騰崇拜乃至歷史傳統中的客體名詞。」此篇所指的「名物」定義與《中國古代名物大典》大致相同，定義均稍嫌廣泛。

以上是關於「名物」的討論，而對於名物詞的探討，在劉興均《周禮名物詞研究》提到：名詞與名物詞兩者之間是包含與被包含的關係。所有的名物詞都名詞，但所有的名詞不一定是名物詞。「名物詞」則是：

1、必須與物類相關。非物類的名詞不能算是名物詞。

〔註11〕詳參王寧、陸宗達《訓詁與訓詁學》，山西：山西教育出版社，1994 年，頁 68。

〔註12〕劉興均：〈關於《名物》的定義和名物詞的界定〉，《川東學報》（社會科學版）第 8 卷第 1 期，1998 年，頁 84〜87。。

〔註13〕劉興均：〈試論古書校讀與名物考證的關係〉，《川東學報》（社會科學版）第 6 卷第 1 期，1996 年，頁 32〜35。

〔註14〕詳參王強：〈中國古代名物學初論〉，《楊州大學學報》（人文社會科學版）第 8 卷第 6 期，2004 年，頁 53〜57。

2、必須能表明是一種特定的具體的物，而不是空泛或抽象觀念的東西。

3、所指必須有類屬的區別性特徵。同屬於一個物類的名物詞應該具有或在形狀、或在質料、或在性能等方面的差異，並因此而易於從類中區分開來。

綜合以上所述，本文所採用的「名物詞」，以劉興均《周禮名物詞研究》中的「名物詞」定義爲主，即必須與物類相關，必須能表明是一種特定的具體的物，而不是空泛或抽象觀念的東西，而且所指必須有類屬的區別性特徵。

第四節　《爾雅》內容評析

《爾雅》是中國現存最早的一部辭典，是訓詁學重要典籍之一，也是唯一列入儒家經點的小學著作。底下分五大點分別介紹《爾雅》。

一、《爾雅》的名義

《爾雅》的名義有相當多的論述，如漢末劉熙《釋名・經典藝》中的「近正」說；晉郭璞《爾雅序》中的「通訓詁之指歸」說；唐陸德明《經典釋文・序錄》中的「可近而取正」說；清戴震《爾雅文字考序》中的「通古今之異言」說；俞樾《群經平議》中的「近古之義」說；邵晉涵《爾雅正義》中的「軌於正道」說。這些說法雖不完全相同，但總結來說，《爾雅》就是「近正」的意思，這也是目前學術界比較能接受的觀點。〔註15〕

二、《爾雅》的作者與成書年代〔註16〕

關於《爾雅》的作者與成書年代，歷來有相當多的討論，總結歸納起來，大致上有以下四種說法：

其一，認爲《爾雅》是周公所作。此說最早是魏張揖所提出，他在《上廣雅表》中認爲《爾雅》爲「周公所造也」。晉郭璞也贊成這種說法。

其二，認爲《爾雅》是孔子門人所作。漢鄭玄《駁五經異義》：「玄之聞也，《爾雅》者，孔子門人所作，以釋六藝之旨，蓋不誤也。」清邵晉涵在《爾雅正義》認爲《爾雅》始於周公，成於孔子門人。近人章炳麟、黃侃亦認爲《爾雅》是孔子門人所作。

〔註15〕詳參馬重奇：《爾雅漫談》，臺北：鼎淵文化事業有限公司，1997年。

〔註16〕詳參馬重奇：《爾雅漫談》，臺北：鼎淵文化事業有限公司，1997年。

其三，認爲《爾雅》是秦漢學者所作。這說法是對周公成書、孔子門人成書說法的否定。最早提出這說法的是宋歐陽修，他在《詩本義》提到：「《爾雅》非聖人之書，不能無失，考其文理，乃是秦漢之間學《詩》者纂集，說《詩》博士解詁。」現代學者也大多認爲《爾雅》出自漢代儒者之手。

其四，認爲《爾雅》是漢劉歆僞撰的。這說法是清代康有爲提出來的，但這說法較無法獲得認同。

至於前三種看法，代表了《爾雅》作者與成書年代的不同觀點，每一觀點均有所其根據，但沒有哪一觀點足以推翻其他兩種觀點，只能針對此問題繼續研究並以考古工作的新發現爲佐證，才能確定《爾雅》的作者與其成書年代。

三、《爾雅》的篇目

《爾雅》共 19 篇，前 3 篇是一般詞語，後 16 篇是專科詞語，分類如下：

	篇　　　　　目	所釋詞語性質	
《爾雅》	〈釋詁〉	古通語	一般詞語
	〈釋訓〉	古方言	
	〈釋言〉	疊音詞	
	〈釋親〉、〈釋宮〉、〈釋器〉、〈釋樂〉	禮儀制度	專科詞語
	〈釋天〉、〈釋地〉、〈釋丘〉、〈釋山〉、〈釋水〉	人文地理	
	〈釋草〉、〈釋木〉	植物	
	〈釋蟲〉、〈釋魚〉、〈釋鳥〉、〈釋獸〉、〈釋畜〉	動物	

〈釋詁〉第一，〈釋言〉第二，〈釋訓〉第三，〈釋親〉第四，〈釋宮〉第五，〈釋器〉第六，〈釋樂〉第七，〈釋天〉第八，〈釋地〉第九，〈釋丘〉第十，〈釋山〉第十一，〈釋水〉第十二，〈釋草〉第十三，〈釋木〉第十四，〈釋蟲〉第十五，〈釋魚〉第十六，〈釋鳥〉第十七，〈釋獸〉第十八，〈釋畜〉第十九。其中前 3 篇主要匯釋一般性的詞語，即普通詞語；後 16 篇主要匯釋各類具有一定專門性的詞語，即專業詞語。

本文所討論的範圍，在《爾雅》的部分包含以下篇章：

篇　名	條　數	篇　名	條　數	篇　名	條　數
〈釋宮〉	23	〈釋草〉	195	〈釋鳥〉	78
〈釋器〉	51	〈釋木〉	70	〈釋獸〉	46
〈釋樂〉	16	〈釋蟲〉	58	〈釋畜〉	35
〈釋天〉〈旌旂〉	6	〈釋魚〉	41		

討論的範圍涵蓋十一篇，總計 619 條。

四、《爾雅》的價值與缺失

郭璞在《爾雅・序》中說：「夫爾雅者，所以通詁訓之指歸，敍詩人之興詠，總絕代之離詞，辯同實而殊號者也，誠九流之津涉，六藝之鈐鍵，學覽者之潭奧，摛翰者之華苑也，若乃可以博物不惑，多識於鳥獸草木之名者，莫近於爾雅。」從序文中可看出郭璞給予《爾雅》相當高的評價，但是，在於今日，我們應該從優劣兩方面來評價《爾雅》，優點方面：

一、有助於瞭解古代詞彙的意義：《爾雅》十九篇中，不僅〈釋詁〉、〈釋言〉、〈釋訓〉這三篇大量地訓釋詞彙，在其他各篇中，也可以看成是古代經常使用的詞彙，《爾雅》是一本古代詞彙的總匯，由《爾雅》可以瞭解古代人們使用詞彙的情形，因此，《爾雅》所收錄的詞彙對我們閱讀古籍有很大的幫助。其次，如草木蟲魚鳥獸畜等，在古代有許多不同的專名，而現在已經不再使用，而《爾雅》大量地保存著，對我們瞭解古代的名物詞彙，也是有相當大的幫助。

二、有助於瞭解古代社會：如〈釋親〉中記載古代人們的親屬關係，〈釋宮〉解釋古代宮室建築，〈釋器〉收錄了古代的各類器具，〈釋樂〉是對我國古代音樂術語和重要樂器名稱的訓釋等等，對於我們瞭解古代社會的面貌，提供了相當寶貴的史料。

三、有助於瞭解古代對自然界的面貌：如〈釋天〉所搜輯、訓釋的主要是有關古天文、時令、氣象，以及有關祭祀、狩獵的名稱詞語，〈釋地〉、〈釋丘〉、〈釋山〉、〈釋水〉訓釋古代的山川丘陵、泉渠江河等，〈釋草〉以下七篇訓釋古代植物、物物的名稱、情狀等等，都有助於我們瞭解古代的自然風貌。

《爾雅》缺失則有主要有以下二點：第一：在釋義方面：《爾雅》解釋詞義過於簡陋，甚者語焉不詳，如「狄臧槔貢綦」、「祝州木髦柔英」（均出於〈釋木〉）等，導致其後研究學者也不明其所指為何，此為《爾雅》最大的缺失。第二：內容過於雜亂，甚者有重複的情形。而體例不一則可能由於此書並非成於一時一人之手所造成的結果。

五、《爾雅》研究

《爾雅》既是最早的辭典，由於年代久遠，所以對於這部典籍，歷代的學者均有所研究，也出現不少研究成果。早在漢武帝時，選取經學博士必須精通

《爾雅》，導致朝野誦習，盛極一時。晉郭璞的《爾雅注》博覽群書匯成一注，成爲後世各家參考的重要書籍。唐陸德明《爾雅音義》、宋邢昺爲《爾雅》作疏，兩書的地位均爲超越郭璞的《爾雅注》，元明兩代經學薄弱，導致《爾雅》學成果甚微。至清，考據學大興，清儒相當重視《爾雅》學，各有不同的貢獻，其中以邵晉涵《爾雅正義》、郝懿行《爾雅義疏》最爲著名。

第五節　《說文解字》內容評析

　　《說文解字》是解說文字之書，雖是作者爲駁斥今文學家謬見所作，但作者在蒐集字原、探查文字的結構與其本義上有相當驚人的成就，歷來在學界被認爲是我國最早有系統的文字學著作，也是現存的第一本字典。

　　許愼（約 67～147），東漢著名經學家、文字學家。字叔重，汝南召陵人。曾從賈逵受古學，博通經籍，深受當時經學大師馬融推崇，時人盛讚：「五經無雙許叔重。」有鑑於當時古今文之爭，許愼認爲今文學家對文字妄加解釋，不合古文也謬於史籒，爲糾正今文學家的錯誤，他便博採通人之說，集古經文之大成，作成《說文解字》十四篇及敘目一篇。

　　《說文解字》，今本有三十一卷（加上序共十五卷，每卷各分上下，第十一卷又分上一、上二），簡稱《說文》，東漢許愼著。成書於東漢安帝建光元年（121）。有明崇禎年間毛氏汲古閣刊本、清嘉慶十二年（1807）長白藤花樹重刊新安鮑氏藏宋小字本、嘉慶十四年（1809）孫星衍平津館叢書重刊北宋本、同治十二年（1873）陳昌治校刊平津館叢書本（附校字記一卷）、光緒七年（1881）丁少山重刊汲古閣本、1929 年上海涵芬樓影印日本巖崎氏靜嘉堂藏北宋刊本（四部叢刊經部）、1963 年中華書局影印陳昌治本（附《新編檢字》）等。〔註17〕

　　《說文》最後一篇「敘目」，內容包含了許愼的敘、部首目錄、許沖上《說文》表、漢安帝詔等。許愼的敘中除了闡述了他對漢字起源以及其流變的觀點，也闡明他對「六書」的理論，批判今文學家的錯誤，並說明著作《說文》的緣由、原則等。《說文》共收小篆字頭有 9353 字，重文 1163 字，解說共計 133441 字。全書的 9353 個字頭是按照 540 個部首分部排列的，即「方以類聚，物以群

〔註17〕詳參語言文字卷編委會：《中國學術名著提要·語言文字卷》，復旦大學出版，1992
　　　　年，頁 267。

分，同條牽屬，共理相貫，雜而不越，劇形繫聯。」的具體落實。

《說文》9353 個字頭如何排列，則可從分部、入部來看：

一、分　部

1、分立 540 部：《說文》是第一部按部首來編排的有系統的字書，分部收字的理念是許慎創始，這觀念對後代字書影響相當大。

2、始一終亥：《說文‧後敍》中提到：「其建首也，立一為耑……畢終於亥。」許慎受陰陽五行影響，認為一為萬物開端，萬物生於一。《說文》：「一、惟初太極，道立於一，造分天地，化成萬物。」所以許慎將一列為 540 部之首，相對地，許慎認為亥為萬物的終極，《說文》：「亥、荄也。」荄義為艸根，引申義有終極之意。

3、據形繫聯：540 部各部之間是依照下一部首與上一個部首形體相近的原則，從一部開始，一部一部連綴下去，直到亥部為止。例如：一→二（上）→示→三→王……。與現今一般字典壹筆劃多少排序不同。

二、入　部

1、凡某之屬皆從某：《說文‧後敍》中提及：「方以類聚，物以群分，同條牽屬，共理相貫，雜而不越，據形繫聯，引而申之，以究萬原。」每一部以一個字代表，稱為部首，部首字之下必有「凡某之屬皆從某」，這是用來說明各字入部的原則。凡歸於某一部內的字，皆由此一部首字構形。

2、部首內諸字的排列：依據字義相近的字排列在一起。除了字義相近的原則外，有一些特情形：

（1）上諱之字，列在部首之下，只列出上諱，而不列出篆文，也不解說此字的字義、字形與字音，表示對國君的崇敬。

（2）以漢代標準來看，難懂的字列在容易懂的字之前先說明。

（3）有關人事的字先列，有關物體的字後列。〔註18〕

在說解文字方面，《說文》一般先分析每部的部首，說明同一部首內的字都與部首的意義相關，接著再對該部首內的字頭逐一解釋。許慎著《說文》，以小篆為主，故每說解一個字，會先列出該字的小篆，如果這一文字不止一個形體，

〔註18〕詳參許錟輝：《文字學簡編‧基礎篇》，臺北：萬卷樓圖書有限公司，2000 年。

就把它的古文、籀文等異體字附在小篆之下。說解的順序大多先說明該字的本義，次說明其形體結構，次說解字音，最後是補充說明。補充說明部分，或收錄異說，或引經據典證明其說，並非每一個字都有補充說明。

　　《說文》的誕生在語言文字學史上具有重大的意義，它對語言文字學的成就有著深刻的影響，其貢獻大致列舉如下：

　　一、確立「六書」理論：「六書」是古代學者在分析漢字結構和造字方法所歸納出來的六種條例。許慎是第一個具體闡述「六書」的理論，也將其「六書」理論運用於《說文》中，用「六書」分析字形結構。「六書」理論的闡明及其運用，也標誌著文字學的眞正誕生。

　　二、創立部首分部系統：許慎將 9353 字頭分爲 540 部，將紛亂的文字，初步歸納，使漢字有了系統的分類、排列與檢索的方法，更助於後人對於字形結構的分析和對字的本義有深入的理解。此創舉更深深影響後代字書，如《玉篇》、《類篇》都承繼了《說文》的部首排列方法，而至於《字彙》、《康熙字典》，乃至現代的各種字典，雖然部首系統與《說文》不同，但從總體上來看，是一脈相承的。

　　三、保存大量文字的古形古音古義：《說文》收字以篆文爲主，附以古文、籀文。小篆形體雖變化較大，但仍有不少初文，而古文、籀文則保留了更多初文本字，可供研究者上溯文字本原。《說文》以形聲字聲符及讀若字釋音，也間接把古代的語言資料留存下來，可作爲研究古代語言的文獻。《說文》是文字之書，主要的目的在解說每個字的本義，本義既明，引伸義、假借義也就容易掌握了。

　　四、保存古社會面貌：《上說文表》中說：「六藝群書之詁皆訓其意，而天地、鬼神、山川、草木、鳥獸、昆蟲、雜物、奇怪、王制、禮儀、世間人事，莫不畢載。」這說法是不錯的。《說文》蘊藏許多古代社會政治制度、自然界諸物、農業、天文地理、祭祀、禮儀、科學技術乃至生活瑣細等各方面的知識，是集東漢中期以前的一部百科大全。故《說文》的價值除了在研究語言文字這一方面，還爲古代歷史社會文化的研究提供了大量印證，更可彌補古代典籍史料之不足。

　　《說文》的主要缺失主則有兩方面：其一，對文字字形的分析和文字本義

的解釋有錯誤。這部分是受了當時陰陽五行、儒家思想的束縛而造成的。其二，《說文》創舉的部首編排對於檢索相當不便利。有些部首過於細分，而歸部方面有些也不妥當。縱使《說文》有上述缺點，但卻不因此而影響它在中國文字學史上的崇高地位。

至於《說文》的研究，在清代蔚為高潮，論著相當龐大，其中最著名的有《說文》四大家：段玉裁《說文解字注》、桂馥《說文解字義證》、王筠《說文句讀》與《說文釋例》、朱駿聲《說文通訓定聲》。近人丁福保將研究《說文》的專書編為《說文解字詁林》，為閱讀、研究《說文》者提供了極大的便利。

本文討論的範圍，在《說文》的部分涵蓋一百五十餘個部首，〔註 19〕三大類包含部首數量及條數如下表：

	器用類	植物類	動物類
部首數量	95	31	42
條　　數	1274	609	674

〔註19〕詳細部首可見本章第二節。

第二章　《爾雅》與《說文》名物詞材料之分類

　　本章將《爾雅》、《說文》的名物詞材料按器用、植物、動物分成三大類，共分為二節，第一節是《爾雅》名物材料，第二節是《說文》名物材料。《爾雅》名物材料與《說文》名物材料各類材料包含的部首，分別如下二表格所示：

類　別	《爾雅》名物詞篇目
器用類	〈釋天〉的「旌旂」、〈釋宮〉、〈釋器〉、〈釋樂〉
植物類	〈釋草〉、〈釋木〉
動物類	〈釋蟲〉、〈釋魚〉、〈釋鳥〉、〈釋獸〉、〈釋畜〉

	《說文》名物詞部首
器用類	玉部、玨部、艸部、犛部、龠部、冊部、朙部、句部、廾部、革部、鬲部、聿部、殳部、羽部、盾部、羽部、宁部、罕部、酉部、酋部、刀部、刃部、角部、竹部、箕部、鼓部、豆部、豐部、虍部、皿部、凵部、丹部、井部、鬯部、缶部、矢部、嗇部、韋部、木部、桼部、橐部、瓜部、片部、鼎部、黍部、臼部、瓠部、宀部、网部、巾部、市部、帛部、尚部、黹部、人部、匕部、衣部、裘部、毛部、毳部、尸部、尺部、履部、舟部、方部、厄部、广部、石部、馬部、莧部、黑部、壺部、鹽部、戶部、門部、戈部、戉部、玨部、匚部、曲部、甾部、瓦部、弓部、弦部、糸部、素部、絲部、率部、土部、圭部、金部、斤部、斗部、矛部、車部、酋部。
植物類	屮部、艸部、蓐部、茻部、竹部、鬯部、食部、來部、麥部、舜部、木部、林部、尗部、毛部、琴部、華部、禾部、稽部、桼部、鹵部、束部、禾部、黍部、米部、尤部、林部、麻部、朩部、韭部、瓜部、瓠部、黑部。
動物類	牛部、犛部、隹部、萑部、羊部、雔部、鑫部、鳥部、烏部、虎部、虎部、貝部、豕部、希部、彑部、豚部、多部、舄部、易部、象部、馬部、廌部、鹿部、兔部、魚部、犬部、鼠部、能部、熊部、魚部、鱟部、燕部、龍部、乚部、虫部、蚰部、蟲部、它部、龜部、黽部、嘼部、巴部。

其中，器用類按功能分爲九大類，依序是：一、盛器；二、樂器（含舞具）；三、農具和捕具；四、車馬器（含交通工具）；五、服飾（衣服、衣服部件、配飾、衣服材料等）；六、玉石、金屬和礦物；七、兵器和刑具；八、建築部件和家具；九、日用雜器（食物、文具、工具、繩索等）。

植物類、動物類爲比較、對照之便，將《說文》名物詞材料依據《爾雅》篇章分類，植物類大致以草本植物、木本植物來作區隔，分爲草類、木類兩大類。動物類分類方法參照《中山自然科學大辭典・動物學》，[註1] 將《說文》動物各類區分爲下：蟲類材料是節肢動物門中的昆蟲；魚類、鳥類則是以脊索動物門的魚綱、鳥綱；獸類、畜類均屬脊索動物門的哺乳動物綱，爲對照《爾雅》〈釋獸〉、〈釋畜〉，故分立爲二；其他類則包含軟體動物、環節動物、節肢動物（如蝦、蟹等）、脊索動物的爬蟲綱及兩生綱。

第一節　《爾雅》名物詞材料

一、器用類

類　　　型		《爾雅》器物類內容	條　　數
盛器	炊具	彝、卣、罍，器也。小罍謂之坎。 鼎絕大謂之鼐，圓弇上謂之鼒，附耳外謂之釴，款足者謂之鬲。 鬵，謂之鬵。鬵，鉹也。	共6條
	其他盛器	木豆謂之豆。竹豆謂之籩。瓦豆謂之登。 盎謂之缶。甌瓿謂之瓵。康瓠謂之甈。 卣，中尊也。	
樂器	管樂器	大笙謂之巢，小者謂之和。 大篪謂之沂。 大塤謂之嘂。 大簫謂之言，小者謂之筊。 大管謂之簥，其中謂之篞，小者謂之篎。 大籥謂之產，其中謂之仲，小者謂之箹。	共16條
	弦樂器	大瑟謂之灑。 大琴謂之離。	
	打擊樂器	大鼓謂之鼖，小者謂之應。 大磬謂之䃂。 大鐘謂之鏞，其中謂之剽，小者謂之棧。 所以鼓柷謂之止，所以鼓敔謂之籈。 大韶謂之麻，小者謂之料。	共16條

〔註1〕詳參李熙謀等主編：《中山自然科學大辭典・動物學》，臺北：臺灣商務印書館，1986～1989年。

樂器	其他		木謂之虞，旄謂之蟲。 和樂謂之節。 羽本謂之翮。一羽謂之箴，十羽謂之縛，百羽謂之緷。	
農具和捕具	鋤鍬		斫斸謂之定。 斫謂之鐯。 斛謂之疀。	共 8 條
	捕具		緵罟謂之九罭。九罭，魚罔也。嫠婦之笱謂之罶。 翼謂之汕，篧謂之罩，椮謂之涔。 鳥罟謂之羅，兔罟謂之罝，麋罟謂之罞，彘罟謂之羉，魚罟謂之罛。 繴謂之罿。罿，罬也。罬謂之罦。罦，覆車也。 絇謂之救。	
車馬具	車具		輿革前謂之鞎，後謂之笰，竹前謂之禦，後謂之蔽。環謂之捐。	共 8 條
	馬具		鑣謂之鐊。載轡謂之轙。轡首謂之革。	
	旗幟		素錦綢杠，纁帛縿，素陞龍於縿，練旒九，飾以組，維以縷。 緇廣充幅長尋曰旐，繼旐曰斾。 注旄首曰旌。 有鈴曰旂。 錯革鳥曰旟。 因章曰旃。	
服飾	衣服		袕謂之裚。（鬼衣） 婦人之褘謂之縭。縭，緌也。 裳削幅謂之纀。	共 11 條
	衣服部件	衣領	黼領謂之襮。 緣謂之純。 衣皆謂之襟。 袚謂之裾。	
		蔽前	衣蔽前謂之襜。	
		綬帶	衿謂之袸。 佩衿謂之褑。	
		配飾	衣梳謂之祝。	
玉石、金屬及礦物	玉石		璆，瑞也。玉十謂之區。 璆、琳，玉也。 珪大尺二寸謂之玠，璋大八寸謂之琡，璧大六寸謂之宣。 肉倍好謂之璧，好倍肉謂之瑗，肉好若一謂之環。 緎，緌也。 石杠謂之徛。（放置於水中用以過河的石頭）	共 11 條
	金屬		黃金謂之璗，其美者謂之鏐。 白金謂之銀，其美者謂之鐐。 鉼金謂之鈑。 錫謂之鈏。 絕澤謂之銑。	
兵器	弓矢		金鏃翦羽謂之鍭，骨鏃不翦羽謂之志。 弓有緣者謂之弓，無緣者謂之弭。以金者謂之銑，以蜃者謂之珧，以玉者謂之珪。	共 2 條

建築部件和家具	建築部件	建築用材料	栱謂之閩。梲謂之楔。楣謂之梁。樞謂之椳。 大者謂之栱。 植謂之傳。 宗廟謂之梁。其上楹謂之梲，閞謂之梂，栭謂之檼，棟謂之桴，桷謂之榱，桷直而遂謂之閱，檐謂之檐。 橛謂之闌。 瓴甋謂之甓。 澱謂之垽。（沈澱的泥滓） 大版謂之業。繩之謂之縮之。 鏝謂之杇，椹謂之榩，地謂之黝，牆謂之堊。	共 22 條
		門戶	闔謂之扉。 所以止扉謂之閎。 閍謂之門。 正門謂之應門。 宮中之門謂之闈，其小者謂之閨，小閨謂之閤。 衖門謂之閎。	
		牆	東西牆謂之序。 牆謂之墉。	
		橋樑	隄謂之梁。	
	家具		容謂之防。 屏謂之樹。（門屏） 屋上薄謂之筄。（帘子） 蕈謂之茲。竿謂之籚。簀謂之第。（墊子）	
食物和日用雜器	食物		摶者謂之糷。 米者謂之檗。 冰，脂也。 肉謂之羹，魚謂之鮨。 肉謂之醢，有骨者謂之臡。 康謂之蠱。 茮謂之薇。	共 12 條
	文具		簡謂之畢。 不律謂之筆。	
	其他		白蓋謂之苫。（白茅草等編制的覆蓋物） 雞棲於弋爲榤。 長者謂之閣。機謂之杙。在牆者謂之楎，在地者謂之桀。	
共計 96 條				

　　九大類中，盛器有 6 條；樂器（含舞具）有 16 條；農具和捕具有 8 條；車馬具有 8 條；服飾有 11 條；玉石、金屬和礦物有 11 條；兵器和刑具有 2 條；建築部件和家具有 22 條；食物和日用雜器有 12 條，總計 96 條。

二、植物類

《爾雅》植物類有〈釋草〉、〈釋木〉二篇，材料分類如下：

（一）〈釋草〉

類型	《爾雅·釋草》內容	條　數
五穀雜糧	蘩，皤蒿。蒿，菣。蔚，牡菣。 菥蓂，大薺。 瓟瓜，瓣。 果臝之實，栝樓。 葵，蘆萉。 蘥，雀麥。 黃，菟瓜。 粢，稷；眾，秫。 戎叔謂之荏菽。 菲，芴。 蔏，苄煢。 蚍，𧎘，其紹蚍。 蕛，英。	共 27 條
五穀雜糧	虋，赤苗。芑，白苗。 秬，黑黍。秠，一稃二米。 稌，稻。 柱夫，搖車。 蘆，鹿藿，其實莥。 葴，寒漿。 薆，蕨攗。 大菊，蘧麥。 傅，橫目。 蔝，蔜。 皇，守田。 鉤，藈姑。 芋，麻母。 𧎘，九葉。	共 27 條
經濟作物	葥，王蔧。 菉，王芻。 拜，蔏藋。 藄，彫蓬；薦，黍蓬。 蓾，鼠莞。 蘄，鼠尾。 蒤，虎杖。 孟，狼尾。 茹藘，茅蒐。 筍，竹萌。蕍，竹。 莿萩，豕首。	共 76 條

經濟作物	荓，馬帚。 薃，懷羊。 白華，野菅。 藬，牛蘈。 薗，蘆。 臺，夫須。 離南，活莌。 蘇，桂荏。 薔，虞蓼。 葰，蒚。 蘄茝，蘪蕪。 茨，蒺藜 藺侯，莎，其實媞。 莞，苻離，其上蒚。 荷，芙渠。其莖茄，其葉蕸，其本蔤，其華菡萏，其實蓮，其根藕，其中的，的中薏。 紅，蘢古，其大者蘬。 蕧，牛蘈。 蘠蘼，虋冬。 萹，苻止。 瀹，貫眾。 蓬蕥，馬尾。 苹荓，其大者蘋。 黂，枲實。枲，麻。 葥，山莓。 薄，石衣。 唐、蒙，女蘿。女蘿，菟絲。 莖，葀蓳。 藐，茈草。 倚商，活脫。 蔽，小葉。 茗，陵苕。 黃華，蔈。白華，茇。 蒤，委葉。 望，荶車。 攫，烏階。 杜，土鹵。 盱，虺牀。 菟奚，顆涷。 藬車，芝輿。 權，黃華。 蘜，治牆。 藫，從水生。 薇，垂水。 薛，山蘄。	共76條

經濟作物	莽，數節。桃枝，四寸有節。粼，堅中。簝，筡中。仲，無笐。簜，箭 萌。篠，箭。 枹，霍首。素華，軌鬷。 芏，夫王。 蔜，月爾。 葴，馬藍。 菝，龍葛。 藬，牡茅。 卷耳，苓耳。 苨，杜榮。 粮，童粱。 蔗，麠。 的，薂。 茦，刺。 蕭，荻。 長楚，銚芅。 芫，東蠡。 蘩之醜，秋爲蒿。 葦醜。芀，葭華。蒹，薕。葭，蘆。茭，藱。其萌虇。 葂，葵。 荄，根。 櫾，橐含。	共 76 條
野菜	藿，山韭。茖，山蔥。蒚，山䪥。蒮，山蒜。薜，山蘄。 荼，苦茶。 荶，雀弁。 莪，蘿。 澔灌，茵芝。 莶，牛蘄。 莕，接余，其葉苻。 菖，薑。 竹，萹蓄。 莁荑，蕧藬。 芍，鳧茈。 蘢，天蘥；須，薽葖。 菅，蔓茅。 莜，蚔帲。 葴，馬藍。 鉤，芺。 蘥，鴻薈。 出隧，蘧蔬。 蒙薻，竊衣。 萑，芄蘭。 蘥，蔓華。 蕢，赤莧。 莙，牛藻。	共 36 條

野菜	菥，蒬葵。 芹，楚葵。 蕡，牛脣。 苹，藾蕭。 菲，蒠菜。 蕎，苦菫。 薞，百足。 菁，戎葵。 蘵，黃蒢。 中馗，菌。小者菌。 蒫葵，蘩露。 蕨，虌。 購，蔏蔞。	共 36 條
草藥	朮，山薊；楊，枹薊。 萑，薍。 瓀，烏蘠；薊，蒬荄；蘩，菟葵。 苨，菧苨。 薜，白蕲。 熒，委萎。 葴，寒漿。 薢茩，芙茪。 茵，貝母。 莤，隱荵。 苻，鬼目。 艾，冰臺。 葶，亭歷。 髦，顛蕀。 連，異翹。 澤，烏蘠。 蔏，蔞。 須，薞蕪。 薅，茷藩。 芨，菫草。 蘩，狗毒。 蕧，盜庚。 赤，枹薊。 茢，荲藸。 萹，春草。 芐，地黃。 蒙，王女。 蕎，邛鉅。 蔞繞，棘蒬。 藫，海藻。 蘦，大苦。 苤苢，馬舄；馬舄，車前。 綸似綸，組似組，東海有之。帛似帛，布似布，華山有之。	共 33 條

| 其他 | 椵，木槿；櫬，木槿。
虆，綏。
卉，草。
絰，履。
搴，罽
薜，庾草。
茜，蔓于。
薜，牡虀。
苗，蓨。
垂，比葉。
困，袚袶。
姚莖，涂薺。
繁，由胡。
苅，勃苅。
縣馬，羊齒。
芺、薊，其實荂。
萿，麋舌。
搴，柜朐。
蔈、荂荼。焱、薍芀。
蔈、荂、葟、華，榮。
卷施草，拔心不死。
華，荂也。華、荂，榮也。
本謂之華，草謂之榮。不榮而實者謂之秀，榮而不不實者謂之英。 | 共 23 條 |
| 共計 195 條 | | |

　　五穀雜糧類有 27 條，經濟作物有 76 條，野菜有 36 條，草藥有 33 條，其他有 23 條，共計 195 條。〈釋草〉著重對草本植物名稱進行訓釋，同時也兼及草本植物有關的一些木本植物進行訓釋。其中，「筍，竹萌。蕩，竹。」「莽，數節。桃枝，四寸有節。粼，堅中。簡，箁中。仲，無笐。篎，箭萌。篠，箭。」是竹類植物，依現在植物學應歸入木類較爲適當。

（二）〈釋木〉

類型	《爾雅·釋木》內容	條　　數
木名	栲，山榎。 栲，山樗。 柏，椈。 椵，柂。 梅，柟。 柀，黏。 櫅，椵。 杻，檍。 椋，即來。	共 64 條

木名	栵，栭。 檴，落。 柚，條。 時，英梅。 楥，柜柳。 栩，杼。 櫂，莖。 杜，甘棠。 杭，椴梅。 魄，榽橀。 梫，木桂。 榆，無疵。 椐，樻。 檉，河柳；旄，澤柳；楊，蒲柳。 杜，赤棠；白者棠。 諸慮，山櫐；櫾，虎櫐。 杞，枸檵。 杬，魚毒。 楔，鼠梓。 楓，欇欇。 寓木，宛童。 無姑，其實夷。 櫟，其實梂。 檖，蘿。 楔，荊桃。 旄，冬桃；櫟桃，山桃。 休，無實李；痤，接慮李；駁，赤李。 棗，壺棗；邊，要棗；櫅，白棗；樲，酸棗；楊徹，齊棗；遵，羊棗；洗，大棗；煮，填棗；蹶洩，苦棗；晢，無實棗；還味，棯棗。 櫬，梧。 樸，枹者。 椒，榝梫。 劉，劉杙。 櫰，槐大葉而黑；守宮槐，葉晝聶宵炕。 槐，小葉曰榎；大而皵，楸；小而皵，榎。 椅，梓。 棆，赤楝；白者楝。 終，牛棘。 械，白桵。 梨，山樆。 桑辨有葚，梔；女桑，桋桑。 榆白，枌。 唐棣，栘。常棣，棣。	共 64 條

木名	檟，苦荼。 楸樸，心。 榮，桐木。 檿桑，山桑。 祝，州；木髦，柔英。 權，黃英。 輔，小木。 灌木，叢木。 瘣木，苻婁。 枹遒，木魁瘣。 樅，松葉柏身；檜，柏葉松身。 如木楸曰喬；如竹箭曰苞。 小枝上繚爲喬；無枝爲檄；木族生爲灌。	共 64 條
其他	楙，木瓜。（應屬草本植物） 櫻，大椒。 髦，梱。（郭注未詳） 味，荎著。（〈釋草〉有，疑重出） 杻者聊。（郭注未詳） 狄臧，槔。貢綦。（郭注未詳）	共 6 條
共計 70 條		

木名者 64 條，其他有 6 條，共 70 條。〈釋木〉是對木本植物名稱的訓釋，由於歷史的侷限，分類不甚嚴格，因此把一些草本植物也當作木本植物放在本篇進行訓釋，如「味，荎著」、「櫻，大椒。」。

三、動物類

《爾雅》動物類計有〈釋蟲〉、〈釋魚〉、〈釋鳥〉、〈釋獸〉、〈釋畜〉等五篇，各篇材料分類如下：

（一）〈釋蟲〉

類型		《爾雅·釋蟲》內文	條　數
軟體	水蛭	蛶，蜻螻。 蛭蟣，至掌。	共 2 條
環節	蚯蚓	蟦衒，入耳。 蜸蚓，𧏿蚕。	共 6 條
	毛蟲	蛶，毛蠹。 螺，蛄蝐。	
	蠶	蟓，桑繭。雔由，樗繭。棘繭，欒繭。蚢，蕭繭。 魂，蛹。	

	蝶	蜆，縊女。	
	金龜子	蟦，蠐螬。蛣蜣，蜣。	
	蛾	蚍，羅。	
	蟬	不蜩，王蚥。 蜩，蜋蜩。螗蜩。蚻，蜻蜻。蠽。茅蜩。蝒，馬蜩。蜺，寒蜩。	
	蠅	強，蚚。	
	螳螂	不過，蟷蠰。其子蜱蛸。 莫貈，蟷蜋，蛡。	
	蜻蜓	蜓蚞，蝒蠸。 虰蛵，負勞。	
	蜜蜂	土蠭，木蠭。 果蠃，蒲盧。 螟蛉，桑蟲。	
	蝗蟲	蝝，蝮蜪。 蟼蟿，蘳。草蟿，負蠜。蜤螽，蜙蝑。蟿螽，蟴蚸。土螽，蠰谿。	
	蚊蟲	蠓，蠛蠓。	
	蟑螂	蛄蟴，蟒蛷。	
	天牛	蠰，齧桑。	
	蟋蟀	蟋蟀，蛩。	
節肢	甲蟲	蚅，蟥蚅。	共40條
	紡織娘	蝓，天雞。	
	螢火蟲	熒火，即炤。	
	螻蟻	螱，天螻。 蚍蜉，大螘。小者螘。蠪，打螘。蠪，飛螘。其子蚳。	
	蜘蛛	次蟗，鼁鼄。鼁鼄，鼄蝥。土鼁鼄。草鼁鼄。 蠾蝓，長踦。 王，蛈蝪。	
	臭蟲	蜚，蠦蜰。	
	馬陸	蛝，馬蠲。	
	蜈蚣	蒺藜，蝍蛆。	
	瓜蟲	蠸，輿父，守瓜。	
	米蟲	蛄䗐，強蚚。	
	蜉蝣	蜉蝣，渠略。	
	蠹蟲	蟫，白魚。 蟠，鼠負。 蝎，桑蠹。 蚅，烏蠋。 蝎，蛣蜗。 食苗心，螟。食葉，蟘。食節，賊。食根，蟊。	

脊索	兩生綱	蛤蟆：蟼，蟆。	共 2 條
	爬蟲綱	蜥蜴：蛶，螪何。	
其他		諸慮，奚相。 傅，負版。 國貉，蟲蠁。 蠖，蚇蠖。 蛜威，委黍。 密肌，繼英。 翥醜鏬，螽醜奮，強醜捋，蠭醜螸，蠅醜扇。 蟲豸之別：有足謂之蟲，無足謂之豸。	共 8 條
共計 58 條			

〈釋蟲〉包含軟體動物 2 條，環節動物 6 條，節肢動物 40 條，脊索動物 2 條，其他有 8 條，共計有 58 條。所訓釋的「蟲」超出了昆蟲範圍，除了現今動物學分類的節肢動物中的昆蟲之外，還包含了軟體動物（即「蝚，蛖螻。」、「蛭蝚，至掌。」）、環節動物（如「螾衝，入耳。」、「螼蚓，蜸蚕。」等）、脊索動物的爬蟲綱（即「蛶，螪何。」）與兩生綱（即「蟼，蟆。」）等。

（二）〈釋魚〉

類型		《爾雅・釋魚》內文	條目
軟體		魁陸。 蜪蚅。 蜃，小者珧。 蜌，螷。 蚌，含漿。 蚹蠃，螔蝓。蠃，小者蜬。 螖蠌，小者蟧。	共 7 條
環節		蛭，蟣。	共 1 條
節肢		蜎，蠉。	共 1 條
脊索	魚綱	鯉。 鱣。 鰋。 鯷。 鱧。 鯇。 鯊，鮀。 鮂，黑鰦。 鰹，大鮦；小者鮵。 魾，大鱯；小者鮡。 鰝，大鰕。	共 24 條

脊索	魚綱	鯤，魚子。 鮂，小魚。 鮥，鮛鮪。 鮤，當魱。 鮤，鱴刀。 鱊鮬，鱥鮬。 魚有力者，徽。 魵，鰕。 鯋，鱨。 鯊，鮀。 鰝鰊。 鮧，大者謂之鰕。 鰼，鰌。	共 24 條
	兩生綱	蠑螈，蜥蜴；蜥蜴，蝘蜓；蝘蜓，守宮也。 鼁黿，蟾諸。在水者黽。 科斗，活東。	共 3 條
	爬蟲綱	蚨，蜃。螣，螣蛇。蟒，王蛇。蝮虺，博三寸，首大如擘。 鱉三足，能。龜三足，賁。 龜，俯者靈，仰者謝，前弇諸果，後弇諸獵，左倪不類，右倪不若。 一曰神龜，二曰靈龜，三曰攝龜，四曰寶龜，五曰文龜，六曰筮龜，七曰山龜，八曰澤龜，九曰水龜，十曰火龜。	共 4 條
	哺乳綱	鱀，是鱁。	共 1 條
共計 41 條			

　　軟體動物有 7 條，環節動物 1 條，節肢動物 1 條，魚類有 24 條，兩生類有 3 條，爬蟲類有 4 條，哺乳動物有 1 條，共計 41 條。〈釋魚〉中的魚類是當時人對於的「水生動物」的定義，用現在科學眼光來看〈釋魚〉所收入的種類，則是超出了脊索動物門魚綱的範圍。本應以「魚」爲訓釋對象，但由於古人把某些非魚類的水棲動物也視爲魚，也一併收錄進來，因此，本篇除了對於水生脊椎動物名稱進行訓釋外，非魚類的動物如軟體（如「魁陸」、「蜠蚳」）、節肢（即「蜎，蠉。」）、環節（即「蛭，蟣。」），以及脊索動物的爬蟲綱（如「鱉三足，能。龜三足，賁。」）、兩生綱（如「蠑螈，蜥蜴；蜥蜴，蝘蜓；蝘蜓，守宮也。」）與哺乳動物綱（即「鱀，是鱁。」）等，也是本篇訓釋的對對象。這些動物以現在的科學眼光來看，當然不能完全納入魚類的範疇，與魚類的生理特徵等均有不同，不過多與魚類有共同的生活習性，即是生活在水中。若要另外分立篇章收納，又顯得單薄，所以與魚類收在同一篇也無可非議。

（三）〈釋鳥〉

類型		〈釋鳥〉內文	條數
脊索動物	鳥綱	隹其，鳺鴀。 鶌鳩，鶻鵃。 鷑鳩，鵧鷑。 鵽鳩，寇雉。 鴡鳩，王鴡。 鵱鷜，鵝。 舒鴈，鵝。 鶬，麋鴰。 鳽，鵁鶄。 鶾，天鷄。 密肌，繫英。 生哺，鷇。生噣，雛。 鷽，山鵲。 鷣，負雀。 晨風，鸇。 鷹，鶆鳩。 鸉，白鷢。 鸄，鶶鷵。 鶠，鳳。其雌皇。 鴽，鴾母。 鶛，劉疾。 鷯，鶉。其雄鶛，牝痺。 鳲鳩，鴶鵴。 鴩，餔敊。 鵅，鵋鶀。 鴗，天狗。 鵅，烏鸔。 鵜，鴮鸅。 齧齒，艾。 爰居，雜縣。 鶭，澤虞。 鶿，鷧。 鸍，沈鳧。 鴢，頭鵁。 翠，鷸。 鷏，蟁母。 鷉，須鸁。 鷚，天鸙。 鸒，鵯鶋。 鶪，鵙老。 鳸，鴳。 桑鳸，竊脂。	共 71 條

脊索動物	鳥綱	鳭鷯，剖葦。 桃蟲，鷦。其雌鴱。 鶅鴿，雝渠。 皇，黃鳥。 舒鳧，鶩。 鶼鶼，比翼。 鵊鴐鳥。 倉庚，商庚。 鵹黃，楚雀。 倉庚，黧黃也。 鴷，斲木。 鶪，伯勞也。 鷽，舂鉏。 巂周。 燕燕，鳦。 鴟鴞，戴鵀。 鴟鴞，鸋鴂。 狂，茅鴟。怪鴟。梟，鴟。 萑，老鵵。 狂，瘳鳥。 鸒斯，鵯鶋。 燕，白脰烏。 鸀，山烏。 鸛鷒，鶝鶔。如鵲，短尾，射之，銜矢射人。 鶌，鵵軌。 寇雉，泆泆。 鸕，諸雉。 鷂雉。鷮雉。鳪雉。鷩雉。秩秩，海雉。鸐，山雉。鵫雉，鶾雉。雉絕有力，奮。伊洛而南，素質、五采皆備成章曰翬。江淮而南，青質、五采皆備成章曰鷂。 南方曰鷷，東方曰鶅，北方曰鵗，西方曰鷷。	共 71 條
	哺乳綱	蝙蝠，服翼。 鼯鼠，夷由。	共 2 條
其他		鳥鼠同穴，其鳥爲鵌，其鼠爲鼵。 辨別形貌：春鳸，鳻鶞。夏鳸，竊玄。秋鳸，竊藍。冬鳸，竊黃。桑鳸，竊脂，棘鳸，竊丹。 辨別幼鳥之名：鶉子，鳼。鴽子，鸋。雉之暮子爲鷚。 辨別鳥類特色：鳥少美長醜爲鶹鷅。 辨禽獸之別：二足而羽謂之禽，四足而毛謂之獸。	共 5 條
共計 78 條			

鳥類有 71 條，哺乳類 2 條，其他類有 5 條，共計 78 條。〈釋鳥〉以訓釋有關飛禽的各種名稱爲主，涉及的鳥屬動物有數十種，除蝙蝠、鼯鼠應歸入獸類

外，其餘均屬鳥類。由於科學分類的侷限，古人把動物中二足而有翼的（二足而羽謂之禽），如蝙蝠也列入了鳥類訓釋範圍。

（四）〈釋獸〉

<table>
<tr><th>類型</th><th colspan="2">《爾雅・釋獸》內文</th><th>條　數</th></tr>
<tr><td rowspan="15">脊索哺乳：獸類</td><td>鹿屬</td><td>麋：牡，麔；牝，麎；其子麇；其跡，躔；絕有力，狄。
鹿：牡，麚；牝，麀；其子，麛；其跡，速；絕有力，麉。
麕：牡，麌；牝，麜；其子，麆；其跡，解；絕有力，豣。
麠，大麃，旄毛，狗足。
麔，大麃，牛尾，一角。
麐，麕身，牛尾，一角。
麔、麚，短脰。
麝父，麕足。</td><td rowspan="2">共 37 條</td></tr>
<tr><td>狼屬</td><td>豺，狗足。貙獌，似貍。
狼：牡，獾；牝，狼；其子，獥；絕有力，迅。
貙，似貍。</td></tr>
<tr><td>鼠屬</td><td>鼢鼠，鼸鼠，鼷鼠，鼶鼠，鼬鼠，鼩鼠，鼭鼠，鼣鼠，鼫鼠，鼤鼠，鼨鼠，豹文鼮鼠，鼰鼠，鼠屬。
鼳，鼠身長須而賊，秦人謂之小驢。</td><td rowspan="13">共 37 條</td></tr>
<tr><td>兔屬</td><td>兔子，嬎；其跡，迒；絕有力，欣。</td></tr>
<tr><td>虎屬</td><td>虎竊毛謂之虦貓。
甝，白虎。虪，黑虎。</td></tr>
<tr><td>熊屬</td><td>羆，如熊，黃白文。
熊虎醜，其子，狗；絕有力，麙。
魋如小熊，竊毛而黃。</td></tr>
<tr><td>獅屬</td><td>威夷，長脊而泥。
狻麑，如虦貓，食虎豹。</td></tr>
<tr><td>狐屬</td><td>貈子，貆。</td></tr>
<tr><td>貓屬</td><td>貍子，隸。</td></tr>
<tr><td>狸屬</td><td>貄，脩毫。</td></tr>
<tr><td>蝟屬</td><td>彙，毛刺。</td></tr>
<tr><td>犬屬</td><td>貋，有力。</td></tr>
<tr><td>寓屬</td><td>豦，迅頭。
蜼，卬鼻而長尾。
時，善乘領。
猩猩，小而好啼。闕洩多狃。
狒狒，如人，被髮，迅走，食人。
猶，如麂，善登木。
蒙頌，猱狀。
猱、蝯，善援。貜父，善顧。</td></tr>
<tr><td>犀屬</td><td>兕，似牛。
犀，似豕。</td></tr>
<tr><td>豹屬</td><td>貘，白豹。</td></tr>
</table>

脊索哺乳：畜類	豕屬	豵子，豬。豵，豶。幺，幼。奏者豟。四豴皆白，豥。其跡，刻。絕有力，豟。牝，豝。貕子，貗。（豬獾）	共6條
	羊屬	羠，如羊。羬，大羊。	
	馬屬	驒，如馬，一角；不角者，騏。	
其他		貀，無前足。（似虎的獸） 貙，白狐。其子，縠。（似虎的獸） 猰㺄，類貙，虎爪，食人，迅走。（傳說中的怪獸）	共3條
共計 46 條			

　　獸類共 37 條，畜類有 6 條，其他類有 3 條，共計 46 條。〈釋獸〉訓釋野獸爲主，故以較多篇幅描述各種野獸的形狀，但由於界定不嚴，訓釋中也把一些家畜摻雜了在內，如豕類應是家畜範圍，不應收在此篇。

（五）〈釋畜〉

類型		《爾雅·釋畜》內文	條 數
脊索哺乳：畜類	馬屬	騉駼馬。 野馬。 駮如馬，倨牙，食虎豹。 騉蹄，趼，善陞甗。 騉駼，枝蹄趼，善陞甗。 小領，盜驪。 絕有力，駥。 逆毛，居駧。 騋牝驪牡。 玄駒，褭驂。 牡曰騭，牝曰騇。 膝上皆白，惟馵。四骹皆白，驓。四蹄皆白，首。前足皆白，騱。後足皆白，翑。前右足白，啓。左白，踦。後右足白，驤。左白，馵。（訓釋因腿、蹄白色不同而稱謂不同的馬） 駵馬白腹，騵。驪馬白跨，驈。白州，驠。尾本白，騟。尾白，駺。駒顙，白顛。白達素，縣。面顙皆白，惟駹。（集中訓釋因白色部位不同而名稱不同的馬） 回毛在膺，宜乘。在肘後，減陽。在幹，茀方。在背闋，廣。（集中訓釋因旋毛部位不同而名稱不同的馬） 駵白，駁。黃白，騜。駵馬黃，騜。驪馬黃脊，騝。青驪，駽。青驪驎，駰。青驪繁鬣，騥。驪白雜毛，駂。黃白雜毛，駓。陰白雜毛，駰。蒼白雜毛，騅。彤白雜毛，騢。白馬黑鬣，駱。白馬黑脣，駩。黑喙，騧。一目白，瞷。二目白，魚。（集中訓釋因毛色不同而名稱不同的馬）	共 34 條
	牛屬	犘牛，犦牛，犩牛，犤牛，犣牛，犝牛，犑牛。 角一俯一仰，觭；皆踊，觢。 其子，犢。體長，牬。絕有力，欣犌。 黑脣，犉。黑眥，牰。黑耳，犚。黑腹，牧。黑腳，犈。	

脊索哺乳：畜類	羊屬	羊：牡，羒；牝，牂。 夏羊：牡，羭；牝，羖。 角不齊，犌。角三觠，羷。 羳羊，黃腹。 未成羊，羜。 絕有力，奮。	共 34 條
	狗屬	未成毫，狗。 長喙，獫。 短喙，猲獢。 絕有力，狃。 尨，狗也。	
	雞屬	雞，大者蜀。 蜀子，雓。 未成雞，健。 絕有力，奮。	
其他		辨六畜之名： 馬八尺爲駥。牛七尺爲犉。羊六尺爲羬。彘五尺爲豟。狗四尺爲獒。雞三尺爲鶤。	共 1 條
共計 35 條			

　　畜類含馬屬、牛屬、羊屬、雞屬、狗屬，共 34 條，加上一條辨六畜之名，〈釋畜〉共 35 條，皆是畜類的範圍，唯有家畜中常見的豕屬已收錄在〈釋獸〉中，故不見於〈釋畜〉。

第二節　《說文》名物詞材料

一、器用類

（一）盛　器

類　別		《說文》盛器內容	條　數
盛器	炊煮具	鬲，鼎屬。實五㪺。斗二升曰㪺。象腹交文，三足。凡鬲之屬皆从鬲。 㻌，三足鍑也。一曰：瀝米器也。从鬲，支聲。 鬶，三足釜也。有柄喙。讀若嬀。从鬲，規聲。 䰝，釜屬。从鬲，煲聲。 䰞，秦名土釜曰䰞。从鬲，中聲。讀若過。 鬵，大釜也。一曰鼎大上小下若甑曰鬵。从鬲，兓聲。 䰜，鬵屬。从鬲，曾聲。 䊪，鍑屬。从鬲，甫聲。 䰣，鬲屬。从鬲，虍聲。 甑，甑也。从瓦，曾聲。 甗，甑也。一曰穿也。从瓦，虜聲。讀若言。	共 25 條

炊煮具		鑊，鐫也。从金，蒦聲。 鍑，釜大口者。从金，复聲。 鏊，鍑屬。从金，救聲。 錪，朝鮮謂釜曰錪。从金，典聲。 銼，鍑也。从金，坐聲。 鏍，銼鏍也。从金，羸聲。 鉶，器也。从金，荊聲。 鼎，三足兩耳，和五味之寶器也。昔禹收九牧之金，鑄鼎荊山之下，入山林川澤，魑魅蝄蜽，莫能逢之，以協承天休。《易》卦：「巽木於下者為鼎，象析木以炊也。」籀文以鼎為貞字。凡鼎之屬皆从鼎。 鼒，鼎之圓掩上者。从鼎，才聲。《詩》曰：「鼐鼎及鼒。」 鼐，鼎之絕大者。从鼎，乃聲。《魯詩》曰：「鼐，小鼎。」 鼏，以木橫貫鼎耳而舉之。从鼎，冖聲。《周禮》曰：「廟門容鼏大七箇。」即《易》：「玉鉉大吉」也。 錯，鼎也。从金，彗聲。讀若彗。 錠，鐙也。从金，定聲。 鐙，錠也。从金，登聲。	共25條
盛器	酒器	爵，禮器也。象爵之形，中有鬯酒，又持之也。所以飲。器象爵者，取其鳴節節足足也。 桮，䱇也。从木，否聲。（杯） 䱇，小桮也。从匚，贛聲。（杯） 觵，兕牛角可以飲者也。从角，黃聲。其狀觵觵，故謂之觵。 觶，鄉飲酒角也。《禮》曰：「一人洗，舉觶。」觶受四升。从角，單聲。 觛，小觶也。从角，旦聲。 觴，觶實曰觴，虛曰觶。从角，昜聲。 觚，鄉飲酒之爵也。一曰觴受三升者謂之觚。从角，瓜聲。 觳，盛觵巵也。一曰射具。从角，㱿聲。 欙，龜目酒尊，刻木作雲雷象，象施不窮也。从木，畾聲。 椑，圓榼也。从木，卑聲。 榼，酒器也。从木，盍聲。 酋，繹酒也。从酉，半水見於上。《禮》有「大酋」，掌酒官也。凡酋之屬皆从酋。 尊，酒器也。从酋，收以奉之。《周禮》六尊：犧尊、象尊、著尊、壺尊、太尊、山尊，以待祭祀賓客之禮。 卮，圓器也。一名觛。所以節飲食。象人，卩在其下也。《易》曰：「君子節飲食。」凡卮之屬皆从卮。 𠼦，小卮有耳蓋者。从卮，專聲。 𤭯，小卮也。从卮，耑聲。讀若捶擊之捶。 鈃，似鍾而頸長。从金，开聲。 鍾，酒器也。从金，重聲。 鎺，酒器也。从金，亞象器形。 斝，玉爵也。夏曰琖，殷曰斝，周曰爵。从𠤳，从斗，冂象形。與爵同意。或說斝受六升。 酨，爵也。一曰：酒濁而微清也。从酉，戔聲。	共22條

| 盛器 | 食器 | 鼻，禮器也。从収持肉在豆上。讀若鐙同。
豊，行禮之器也。从豆，象形。凡豊之屬皆从豊。
彝，宗廟常器也。从糸；糸，綦也。収持米，器中寶也。彑聲。此與爵相似。《周禮》：「六彝：雞彝、鳥彝、黃彝、虎彝、蟲彝、斝彝。以待祼將之禮。」
枓，勺也。从木，从斗。(杓)
觓，角匕也。从角，亘聲。(杓)
柶，禮有柶。柶，匕也。从木，四聲。(杓)
魁，羹斗也。从鬼，斗聲。
匕，相與比敘也。从反人。匕，亦所以（用比）取飯，一名柶。凡匕之屬皆从匕。
匙，匕也。从匕，是聲。
瓢，蠡也。从瓠省，㶾聲。
箸，飯㯂也。从竹，者聲。
籫，竹器也。从竹，贊聲。讀若纂。一曰叢。
簡，竹器也。从竹，刪聲。
籯，笭也。从竹，嬴聲。
籍，陳留謂飯帚。从竹，捎聲。一曰：飯器，容五升。一曰：宋魏謂箸筲爲籍。
筥，籍也。从竹，呂聲。
籅，漉米籔也。从竹，奧聲。
籔，炊籅也。从竹，數聲。
算，蔽也，所以蔽甑底。从竹，畀聲。
杓，枓。从木，从勺。
箱，飯筥也。受五升。从竹，稍聲。
笥，飯及衣之器也。从竹，司聲。
簞，笥也。从竹，單聲。漢律令：簞，小筐也。《傳》曰：「簞食壺漿。」
答，栖答也。从竹，各聲。
筓，栖答也。从竹，夆聲。或曰：盛箸籠。
籢，鏡籢也。从竹，斂聲。
簠，黍稷方器也。从竹，从皿，从匚。
簋，黍稷圓器也。从竹，从皿，甫聲。
籩，竹豆也。从竹，邊聲。
笜，簝也。从竹，屯聲。
籅，以判竹圜以盛穀也。从竹，耑聲。
簝，宗廟盛肉竹器也。从竹，尞聲。
皿，飯食之用器也。象形。與豆同意。凡皿之屬皆从皿。讀若猛。
盂，飯器也。从皿，亏聲。
盌，小盂也。从皿，夗聲。
盛，黍稷在器中以祀者也。从皿，成聲。
盇，小甌也。从皿，有聲。讀若灰，一曰若賄。盇或从右。
盧，飯器也。从皿，盧聲。
凵，凵盧，飯器，以柳爲之。象形。凡凵之屬也从凵。
槁，盛膏器。从木，㫇聲。(盛油膏的容器)
槃，柔槃也。从木，般聲。(盤)
椸，槃也。从木，虒聲。
槤，瑚槤也。从木，連聲。(盛裝黍稷的器具)
豆，古食肉器也。从口，象形。凡豆之屬皆从豆。 | 共 55 條 |

盛器	食器	梪，木豆謂之梪。从木、豆。 登，蠡也。从豆，蒸省聲。 㲎，豆屬。从豆，䇷聲。 匡，飯器，筥也。从匚，㞷聲。 瓵，甌瓿謂之瓵。从瓦，台聲。 鐎，鐎斗也。从金，焦聲。 鎘，器也。从金，㡿聲。 鑮，煎焦器也。从金，虜聲。 㠯，東楚名缶曰㠯。象形。凡㠯之屬皆从㠯。 𦈗，汲也。从㠯，幷聲。杜林以爲竹筥，揚雄以爲蒲器。 盧，籃也。从㠯，虍聲。讀若盧，同。	共 55 條
盛器	其他盛器	簍，竹籠也。从竹，婁聲。 筤，籃也。从竹，良聲。 籃，大篝也。从竹，監聲。 篝，笭也，可熏衣。从竹，冓聲。 簏，竹高篋也。从竹，鹿聲。 籠，舉土器也。一曰：笭也。从竹，龍聲。 纕，褱也。从竹，襄聲。 虘，古陶器也。从豆，虍聲。凡虘之屬也从虘。 幐，載米䜌也。从巾，盾聲。讀若《易》屯卦之屯。（盛米器） 帢，蒲席䜌也。从巾，及聲。讀若蛤。 器，皿也。象器之口，犬所以守之。 壺，昆吾，圜器也。象形。从大，象其蓋也。凡壺之屬皆从壺。 壪，土釜也。从虘，号聲。讀若鎬。 盦，器也。从虘、宀，宀亦聲。闕。 盉，器也。从皿，从缶，古聲。 盅，器也。从皿，弔聲。 盎，盆也。从皿，央聲。 盆，盎也。从皿，分聲。 盙，器也。从皿，寧聲。 盨，槙盨，負載器也。从皿，須聲。 盠，器也。从皿，㣠聲。 醢，酸也。作醢以鬻以酒。从鬻、酒並省，从皿。皿，器也。 缶，瓦器。所以盛酒漿。秦人鼓之以節歌。象形。凡缶之屬皆从缶。 㼱，未燒瓦器也。从缶，𣪊聲。 匋，瓦器也。从缶，包省聲。古者昆吾作匋。案：《史篇》讀與缶同。 罌，缶也。从缶，賏聲。 罃，小口罌也。从缶，熒聲。 䍪，小缶也。从缶，音聲。 缾，罋也。从缶，幷聲。 罋，汲缾也。从缶，雝聲。 缻，下平缶也。从缶，乏聲。 罃，備火，長頸缾也。从缶，熒省聲。 缸，瓦也。从缶，工聲。 罭，瓦器也。从缶，或聲。 䍶，瓦器也。从缶，薦聲。 罞，瓦器也。从缶，肉聲。	共 82 條

盛器	其他盛器	鑢,瓦器也。从缶,靁聲。 䍃,受錢器也。从缶,后聲。古以瓦,今以竹。 瓦,土器已燒之總名。象形。凡瓦之屬皆从瓦。 甗,大盆也。从瓦,尚聲。 甌,小盆也。从瓦,區聲。 瓮,罌也。从瓦,公聲。 瓨,似罌,長頸。受十升。讀若洪。从瓦,工聲。 㼤,小盂也。从瓦,夗聲。 瓴,瓮,似瓶也。从瓦,令聲。 甀,罌謂之甀。从瓦,卑聲。 甂,似小瓿。大口而卑。用食。从瓦,扁聲。 瓿,甂也。从瓦,音聲。 㼜,器也。从瓦,容聲。 甋,康瓠,破罌。从瓦,臬聲。 桶,木方受六升。从木,甬聲。 匚,受物之器。象形。凡匚之屬皆从匚。 匧,藏也。从匚,夾聲。(狹長的箱子) 匴,滌米籔也。从匚,算聲。 匪,器。似竹筐。从匚,非聲。 匠,古器也。从匚,倉聲。 匢,古器也。从匚,匘聲。 匬,甌,器也。从匚,俞聲。 匱,匣也。从匚,貴聲。 匵,匱也。从匚,賣聲。 匣,匵也。从匚,甲聲。 匯,器也。从匚,淮聲。 鑑,大盆也。一曰:監諸,可以取明水於月。从金,監聲。 鐈,似鼎而長足。从金,喬聲。 鑯,甑也。从金,崗聲。 鋞,溫器也。圜直上。从金,巠聲。 鎬,溫器也。从金,高聲。武王所都,在長安西上林苑中,字亦如此。 鑪,溫器也。一曰:金器。从金,麗聲。 銚,溫器也。一曰:田器。从金,兆聲。 銷,小盆也。从金,昌聲。 鑪,方鑪也。从金,盧聲。 鏇,圓鑪也。从金,旋聲。 籯,飲牛筐也。从竹,豦聲。方曰筐,圓曰籯。 篼,飲馬器也。从竹,兜聲。 槽,畜獸之食器。从木,曹聲。 核,蠻夷以木皮為篋狀如蔽𥰡。从木,亥聲。(鏡匣) 櫝,匱也。从木,賣聲。一曰:木名,又曰:大梡也。(匣櫃) 械,篋也。从木,咸聲。(箱匣) 梜,檢柙也。从木,夾聲。(收藏物品的器具) 幃,囊也。从巾,韋聲。(囊袋) 㡇,囊也。今鹽官三斛為一㡇。从巾,弇聲。 縢,囊也。从巾,朕聲。	共 82 條

共計 184 條

炊煮具有 25 條，酒器有 22 條，食器有 55 條，其他盛器有 82 條，共計有 184 條。

（二）樂器（含舞具）

類　別		《說文》樂器（含舞具）內容	條　數
舞具		翿，翳也。所以舞也。从羽，殼聲。 翳，華蓋也。从羽，殹聲。	共 2 條
管樂器		鯱，管樂也。从龠，虎聲。 觱，羌人所吹角屠觱，以驚馬也。从角，觱聲。 塤，樂器也。以土爲之，六孔。从土熏聲。 竽，管三十六簧也。从竹，亏聲。 簧，笙中簧也。从竹，黃聲。古者女媧作簧。 箟，簧屬。从竹，是聲。 簫，參差管樂。象鳳之翼。从竹，肅聲。 篍，吹筩也。从竹，秋聲。 籌，大竹筩也。从竹，易聲。 箾，斷竹也。从竹，甬聲。 筩，通簫也。从竹，同聲。 箹，小籟也。从竹，約聲。 篴，小管謂之篴。从竹，眇聲。 笛，七孔筩也。从竹，由聲。羌笛三孔。 筝，鼓弦竹身樂也。从竹，爭聲。 箛，吹鞭也。从竹，孤聲。 籟，三孔龠也。大者謂之笙，其中謂之籟，小者謂之箹。从竹，賴聲。 管，如篪，六孔。十二月之音。物開地牙，故謂之管。从竹，官聲。 笙，十三簧。象鳳之身也。生，正月之音。物生，故謂之笙。大者謂之巢，小者謂之和。从竹，生聲。古者隨作笙。 龠，樂之竹管，三孔，以和眾聲也。从品侖；侖，理也。凡龠之屬皆从龠。	共 20 條
弦樂器		琴，禁也。神農所作。洞越。練朱五弦，周加二弦。象形。凡琴之屬皆从琴。 瑟，庖犧所作弦樂也。从琴，必聲。	共 2 條
打擊樂器	鼓	鼓，郭也。春分之音，萬物郭皮甲而出，故謂之鼓。从壴，支象其手擊之也。《周禮》六鼓：鼓八面，靈鼓六面，路鼓四面，鼖鼓、皋鼓、晉鼓皆兩面。凡鼓之屬皆从鼓。 鼖，大鼓也。从鼓，賁聲。 鼛，大鼓謂之鼛。鼛八尺而兩面，以鼓軍事。从鼓，貴省聲。 鼙，騎鼓也。从鼓，卑聲。 鼗，鼗遼也。从革，召聲。（博浪鼓）	共 17 條
	鐘	鏞，大鐘謂之鏞。从金，庸聲。 鐘，樂鐘也。秋分之音，物穜成。从金，童聲。 鈁，方鐘也。从金，方聲。 鎛，大鐘，滰于之屬，所以應鐘磬也。堵以二，金樂則鼓鎛應之。从金，薄聲。	

打擊樂器	鈴	鐲，鉦也。从金，蜀聲。軍法：司馬執鐲。	共 17 條
		鈴，令丁也。从金，从令，令亦聲。	
		鉦，鐃也。似鈴，柄中，上下通。从金，正聲。	
		鐃，小鉦也。軍法：卒長執鐃。从金，堯聲。	
		鐸，大鈴也。軍法：五人爲伍，五伍爲兩，兩司馬執鐸。从金，睪聲。	
	磬	磬，樂石也。从石、殸。象縣虡之形。殳，擊之也。古者毋句氏作磬。	
	其他	椌，柷，樂也。从木，空聲。	
		柷，樂，木空也。所以止音爲節。从木，祝省聲。	
共計 41 條			

舞具有 2 條，管樂器有 20 條，弦樂器有 2 條，打擊樂器有 17 條，共計 41 條。可看出當時的打擊樂器與管樂器較爲盛行且發達。

（三）農具和捕具

類　別	《說文》農具和捕具內容	條　數
鋤鍬	斫，斫也。从斤，句聲。	共 18 條
	斸，斫也。从斤，屬聲。	
	欘，斫也。齊謂之鎡錤，一曰：斤柄，性自曲者。从木，屬聲。	
	榕，斫謂之欘。从木，箸聲。	
	碏，斫也。从石，箸聲。	
	鑓，斛也，古田器也。从甾，建聲。	
	錢，銚也。古田器。从金，戔聲。《詩》曰：「庤乃錢鎛。」	
	栗，臿臿也。从木；入，象形；畐聲。	
	臿，兩刃臿也。从木，象形。宋魏曰臿也。	
	枱，臿也。从木，㠯聲。一曰：徙土，齊人語也。	
	銛，鍤屬。从金，舌聲。讀若桡。桑欽讀若鐮。	
	釱，臿屬。从金，尤聲。	
	鈲，臿屬。从金，危聲。一曰：瑩鐵也。讀若跛行。	
	鐅，河內謂臿頭金也。从金，敝聲。	
	橚，薅器也。从木，辱聲。	
	鉏，立薅所用也。从金，且聲。	
鋤鍬	钁，大鉏也。从金，矍聲。	共 18 條
	鎛，鎛鱗也。鐘上橫木金華也。一曰：田器。从金，尃聲。《詩》曰：「庤乃錢鎛。」	
鐮	鐮，鍥也。从金，兼聲。	共 8 條
	鍥，鐮也。从金，契聲。	
	銛，大鐵鐮也。从金，召聲。鐮謂之銛，張徹說。	
	銍，穫禾短鐮也。从金，至聲。	
	鏺，兩刃，木柄，可以刈艸。从金，發聲。讀若撥。	
	鈇，莝斫刀也。从金，夫聲。	
	刣，鐮也。从刀，句聲。	
	剴，大鐮也。一曰：摩也。从刀，豈聲。	

斧	鈭，鈭錍，斧也。从金，此聲。 錍，鈭錍也。从金，卑聲。 戉，斧也。从戈，𠄌聲。《司馬法》：「夏執玄戉，殷執白戚，周左杖黃戉，右秉白髦。」凡戉之屬皆从戉。 戚，戉也。从戉，尗聲。 斤，斫木斧也。象形。凡斤之屬皆从斤。 斧，斫也。从斤，父聲。 斨，方銎斧也。从斤，爿聲。《詩》曰：「又缺我斨。」 所，二斤也。从二斤。	共 8 條
犁	楎，六叉犁，一曰：犁上曲木犁轅。从木，軍聲。讀若渾天之渾。 鈐，鈐鏅，大犂也。一曰：類梠，从金，今聲。 鏅，鈐鏅也。从金，隋聲。 鉵，梠屬。从金，蟲省聲。讀若同。 鑼，梠屬。从金，罷聲。讀若嬀。	共 5 條
其他 農具	𠤚，田器也。从匚，攸聲。 㔲，田器也。从匚，異聲。 櫌，磨田器。从木，憂聲。《論語》曰：「櫌而不輟。」 杷，收麥器。从木，巴聲。 椴，穜樓也。从木，役聲。一曰：燒麥柃椴。 柫，擊禾連枷也。从木，弗聲。（打穀器） 枷，柫也。从木，加聲。淮南謂之柍。（打穀器） 杵，舂杵也。从木，午聲。	共 8 條
捕具	罻，補鳥网也。从网，尉聲。 笯，鳥籠也。从竹，奴聲。 罬，補鳥覆車也。从网，叕聲。 罾，魚网也。从网，增聲。 罪，捕魚竹网。从网非，奄聲。秦以罪爲辠字。 罽，魚网也。从网，㓹聲。㓹，籀文銳。 罛，魚罟也。从网，瓜聲。《詩》曰：「施罛濊濊。」 罶，曲梁寡婦之笱。魚所留也。从网留，留亦聲。 罜，罜麗，魚罟也。从网，主聲。 麗，罜麗也。从网，鹿聲。 籗，罩魚者也。从竹，靃聲。 繴，繴謂之罿，罿謂之罬，罬謂之罦。補鳥覆車也。从糸，辟聲。 笱，曲竹捕魚笱也。从竹，从句，句亦聲。 罩，捕魚器也。从网，卓聲。 緍，釣魚繁也。从糸，昏聲。吳人解衣相被，謂之緍。 罯，兔罟也。从网，否聲。 罝，兔網也。从网，且聲。 网，庖犧所結繩，以漁。从冂，下象网交文。凡网之屬皆从网。 罨，罕也。从网，奄聲。 罕，网也。从网，干聲。 羉，网也。从网繯，繯亦聲。一曰：綰也。	共 30 條

類別		條數
捕具	罞，网也。从网，每聲。 羉，网也。从网，巽聲。 罧，周行也。从网，米聲。《詩》曰：「罧入其阻。」 罟，网也。从网，古聲。 置，羉也。从网，童聲。 罦，覆車也。从网，包聲。《詩》曰：「雉離于罦。」 罠，罟也。从网，互聲。 畢，田罔也。从甶，象畢形，微也。或曰：由聲。 率，捕鳥畢也。象絲罔，上下其竿柄也。凡率之屬皆从率。	共 30 條
共計 48 條		

鋤鍬類有 18 條，鐮類有 8 條，斧類有 8 條，犁類有 5 條，其他農具有 8 條，捕具有 30 條，共計 48 條。

（四）車馬器（含交通工具）

類別	《說文》車馬器（含交通工具）內容	條　數
車具	瑵，車笭間皮篋。古者使奉玉以藏之。从車珏。讀與服同。 瑤，車蓋玉瑤。从玉，蚤聲。 觿，環之有舌者。从角，夐聲。 楕，車笭中橢橢器也。从木，隋聲。 楇，大車枙。从木，咼聲。 櫜，囊也。从橐省，石聲。 囊，櫜也。从橐省，襄省聲。 橐，車上大橐。从橐省，咎聲。《詩》曰：「載橐弓矢。」 靶，車軾中靶也。从革，弘聲。《詩》曰：「鞹靶淺幭。」讀若穹。 靬，輨內環靶也。从革，于聲。 鞅，頸靶也。从革，央聲。 鞎，車革前曰鞎，从革，艮聲。 鞁，車駕具也。从革，皮聲。 鞮，車靮具也。从革，官聲。 鞋，車靮具也。从革，豆聲。 鞲，車下索也。从革，尃聲。 鞥，車具也。从革，奄聲。 綴，車具也。从革，叕聲。 箱，大車牝服也。从竹，相聲。 轉，軡裏也。从韋，尃聲。 簾，車笭也。从竹，匪聲。 笭，車笭也。从竹，令聲。一曰：笭，籯也。 鞈，大車縛軛靶。从革，昌聲。 輿，車輿也。从車，舁聲。 幔，衣車蓋也。从車，曼聲。 軓，車軾前也。从車，凡聲。《周禮》曰：「立當前軓。」 軾，車前也。从車，式聲。 輅，車輪前橫木也。从車，各聲。	共 71 條

| 車具 | 較，車騎較上曲銅也。从車，爻聲。
輮，車橫輪也。从車，對聲。《周禮》曰：「參分軹圍，去一以爲輮圍。」
輢，車旁也。从車，奇聲。
軜，車兩輢也。从車，耴聲。
軜，車約軜也。从車，川聲。《周禮》曰：「孤乘夏軜。」一曰：下棺車曰軜。
轖，車籍交錯也。从車，嗇聲。
軨，車轖間橫木。从車，令聲。
輑，軺車前橫木也。从車，君聲。讀若帬，又讀若褌。
軫，車後橫木也。从車，㐱聲。
轐，車伏兔也。从車，菐聲。《周禮》曰：「加軫與轐焉。」
䡅，車伏兔下革也。从車，憂聲。
軸，持輪也。从車，由聲。
輹，車軸縛也。从車，复聲。
軔，礙車也。从車，刃聲。
輮，車輞也。从車，柔聲。
𨍋，車輮規也。一曰：一輪車。从車，熒省聲。讀若榮。
軧，長轂之軧也，以朱約之。从車，氏聲。《詩》曰：「約軧錯衡。」
輻，輪轑也。从車，畐聲。
轑，蓋弓也。一曰：輻也。从車，尞聲。
軑，車輨也。从車，大聲。
輨，轂端沓也。从車，官聲。
轅，輈也。从車，袁聲。
輈，轅也。从車，舟聲。
䡏，直轅車轐也。从車，具聲。
軶，轅前也。从車，戹聲。
輑，軶軥也。从車，軍聲。
軥，軶下曲者。从車，句聲。
轙，車衡載轡者。从車，義聲。
軜，驂馬內轡繫軾前者。从車，內聲。《詩》曰：「沃以觼軜。」
衝，車搖也。从車，从行。一曰：衍省聲。
輪，有輻曰輪，無輻曰輇。从車，侖聲。
輇，蕃車下庳輪也。一曰：無輻也。从車，全聲。讀若饌。
輗，大車轅耑持衡者。从車，兒聲。
軝，大車後也。从車，氏聲。
轃，大車簀也。从車，秦聲。讀若臻。
轒，淮陽名車穹隆轒。从車，賁聲。
輓，大車後壓也。从車，宛聲。
紱，車紱也。从糸，伏聲。
鐧，車軸鐵也。从金，間聲。
釭，車轂口鐵也。从金，工聲。
錔，車樘結也。一曰：銅生五色也。从金，折聲。讀若誓。
鍚，乘輿馬頭防釳。插以翟尾、鐵翮，象角。所以防網羅釳去之。从金，气聲。
袢，車溫也。从衣，延聲。 | 共 71 條 |

馬具	馬飾	鍚，馬頭飾也。从金，陽聲。《詩》曰：「鉤膺鏤鍚。」一曰，鍱，車輪鐵。 鞊，鞌鼥飾也。从革，茸聲。 鞊，鞌飾。从革，占聲。 紐，乘輿馬飾也。从糸，正聲。 綊，紐綊也。从糸，夾聲。 緐，馬髦飾也。从糸，每聲。《春秋傳》曰：「可以稱旌緐乎？」 鞲，綏也。从革，崙聲。	共18條
	轡	鞃，轡鞃。从革，弇聲。讀若膺。 靶，轡革也。从革，巴聲。 笝，羊車騶箠也。箸箴其耑，長半分。从竹，內聲。 轡，馬轡也。从絲，从軎。與連同意。《詩》曰：「六轡如絲。」 縻，牛轡也。从糸，麻聲。 策，馬箠也。从竹，垂聲。 笩，箠也。从竹，朵聲。 鐜，羊箠耑也鐵。从金，埶聲。讀若至。 楇，箠也。从木，耑聲。一曰：楇度也，一曰：剟也。	
	其他	罵，馬絡頭也。从网，从馬。馬，馬絆也。 鑣，馬銜也。从金，麃聲。 勒，馬頭絡銜也。从革，力聲。 鈇，組帶鐵也。从金，劫省聲。讀若劫。 鞥，著掖腋鞃也。从革，顯聲。 鞉，驂具也。从革，蚩聲。讀若聘、蠶。 靷，引軸也。从革，引聲。 鞌，馬鞁具也。从革，从安。 鞧，勒鞅也。从革，面聲。 䰚，馬尾駝䰚也。从革，它聲。今之般緧。 䪆，馬紲也。从糸，畺聲。 紖，牛系也。从糸，引聲。讀若矤。 紛，馬尾韜也。从糸，分聲。 紂，馬緧也。从糸，肘省聲。 䋿，馬紂也。从糸，酋聲。 裹，以組帶馬也。从衣，从馬。絆，馬縶也。从糸，半聲。 枊，馬柱。一曰堅也。从木，卬聲。（繫馬木樁）	
交通工具	車	騰，傳也。从馬朕聲。一曰騰，犗馬也。（驛站的車） 車，輿輪之總名。夏后時奚仲所造。象形。凡車之屬皆从車。 軒，曲輈藩車。从車，干聲。 輜，輧車前，衣車後也。从車，甾聲。 軿，輜車也。从車，并聲。 輼，臥車也。从車，昷聲。 輬，臥車也。从車，京聲。 軺，小車也。从車，召聲。 輕，輕車也。从車，巠聲。 輶，輕車也。从車，酋聲。《詩》曰：「輶車鸞鑣。」 輣，兵車也。从車，朋聲。	共29條

交通工具	車	軘，兵車也。从車，屯聲。 䡴，陷陬車也。从車，童聲。 輂，大車駕馬者也。从車，共聲。 輦，輓車也。从車，从夫，在車前引之。 軖，紡車也。一曰：一輪車。从車，王聲。讀若狂。 輀，喪車也。从車，而聲。 鈀，兵車也。一曰：鐵也。《司馬法》：「晨夜內鈀車。」从金，巴聲。 鑾，人君乘車，四馬鑣，八鑾鈴，象鸞鳥聲，和則敬也。从金，从鸞省。	共 29 條
	船	舟，船也。古者，共鼓、貨狄，刳木爲舟，剡木爲楫，以濟不通。象形。凡舟之屬皆从舟。 㮴，船總名。从木，叟聲。 橃，海中大船。从木，發聲。 楫，舟權也。从木，咠聲。 欚，江中大船名。从木，蠡聲。 𥬠，桻雙也。从竹，朱聲。 桻，桻雙也。从木，夆聲。 方，併船也。象兩舟省總頭形。凡方之屬皆从方。 斻，方舟也。从方，亢聲。禮：天子造舟，諸侯維舟，大夫方舟，士特舟。	
	其他	欙，山行所乘者。从木，纍聲。《書》曰：「予乘四載，水行乘舟，陸行乘車，山行乘欙，澤行乘穿𨋊。」	
旗幟		旐，龜蛇四游，以象營室，悠悠而長。从㫃，兆聲。《周禮》曰：「縣鄙建旐。」 旗，熊旗六游，以象罰星，士卒以爲期。从㫃，其聲。《周禮》曰：「率都建旗。」 旆，繼旐之旗也，沛然而垂。从㫃，宋聲。 旌，游車載旌，析羽注旄首，所以精進士卒。从㫃，生聲。 旟，錯革畫鳥其上，所以進士眾。旟旟，眾也。从㫃，與聲。《周禮》曰：「州里建旟。」 旂，旗有眾鈴，以令眾也。从㫃，斤聲。 旞，導車所以載。全羽以爲允允進也。从㫃，遂聲。 旃，旗曲柄也。所以旃表士眾。从㫃，丹聲。《周禮》曰：「通帛爲旃。」 㫍，旌旗之流也。从㫃，攸聲。 㫉，旗屬。从㫃，要聲。 旄，幢也。从㫃，从毛，毛亦聲。 旛，幅胡也。从㫃，番聲。 㡜，幡幟也。从巾，前聲。 徽，幟也。以絳徽帛，箸於背。从巾，微省聲。《春秋傳》曰：「揚者公徒。」 帵，幡也。从巾，夗聲。 縿，旌旗之斿也。从糸，參聲。	共 16 條
共計 134 條			

車具有 71 條，馬具有 18 條，交通工具有 29 條，旗幟有 16 條，共計有 134 條。

（五）服　飾

類別		《說文》服飾內容	條　數
衣服	衣	裻，弊衣。从衣，俞聲。 㱯，敗衣也。从巾，象衣敗之形。凡㱯之屬皆从㱯。 襤，楚謂無緣衣也。从巾，監聲。 黹，箴縷所紩衣，从黹，丵省。凡黹之屬皆从黹。 裘，皮衣也。从衣，求聲。一曰：象形，與衰同意。凡裘之屬皆从裘。 裋，豎使布長襦。从衣，豆聲。 褊，編枲衣。从衣，區聲。一曰：頭褊。一曰：次裏衣。 卒，隸人給事者衣爲卒。卒，衣有題識者。 袚，蠻夷衣。从衣，犮聲。一曰：蔽膝。 裞，贈終者衣被曰裞。从衣，兌聲。 褮，鬼衣。从衣，熒省聲。讀若《詩》曰：「葛藟縈之。」一曰：「靜女其袾」之靜。 衣，依也。上曰衣，下曰裳。象覆二人之形。凡衣之屬皆从衣。 褧，丹穀衣。从衣，巠聲。 褕，翟，羽飾衣。从衣，俞聲。一曰：直裾謂之襜褕。 裧，玄服。从衣，參聲。 裛，上衣也。从衣，从毛。古者衣裘，以毛爲表。 襲，左衽袍。从衣，龘省聲。 袍，襺也。从衣，包聲。《論語》曰：「衣弊緼袍。」 襺，袍衣也。从衣，繭聲。以絮曰襺，以縕曰袍。《春秋傳》曰：「盛夏重襺。」 褋，南楚謂襌衣曰褋。从衣，枼聲。 褧，襘也。《詩》曰：「衣錦褧衣。」示反古。从衣，耿聲。 袛，袛裯，短衣。从衣，氏聲。 裯，衣袂，袛裯。从衣，周聲。 褿，無袂之衣謂之褿。从衣，惰省聲。 衧，諸衧也。从衣，于聲。 褭，短衣也。从衣，鳥聲。《春秋傳》曰：「有空褭。」 襡，短衣也。从衣，蜀聲。 襦，短衣也。从衣，需聲。一曰曐也。 褖，飾也。从衣，象聲。 被，寢衣。長一身有半。从衣，皮聲。 衾，大被。从衣，今聲。 衵，日日所常衣。从衣，从日，日亦聲。 褻，私服。从衣，埶聲。《詩》曰：「是褻袢也。」 衷，裏褻衣。从衣，中聲。《春秋傳》曰：「皆衷其衵服。」	共52條
	裳	帔，弘農謂帬帔也。从巾，皮聲。 常，下帬也。从巾，尚聲。 幝，帤也。从巾，軍聲。 帤，幝也。从巾，奴聲。一曰：帗帙，帤或从松。 帴，帬也。一曰：帗也。一曰：婦人脅衣。从巾，戔聲。讀若莫殺之殺。 韠，韍也。所以蔽前，以韋。下廣二尺，上廣一尺，其頸五寸。一命縕韠，再命赤韠。从韋，畢聲。 帬，下裳也。从巾，君聲。	

衣服	喪服	縗，喪服也。長六寸，博四寸，直心。从糸，衰聲。 絰，喪首戴也。从糸，至聲。	共52條
	雨衣	衰，草雨衣。秦謂之萆。从衣，象形。	
	小兒衣	襃，緥也。从衣，啻聲。 襁，負兒衣。从衣，強聲。 緥，小兒衣也。从糸，保聲。	
	鎧甲	鎧，甲也。从金，豈聲。 釬，臂鎧也。从金，干聲。 錏，錏鍜，頸鎧也。从金，亞聲。 鍜，錏鍜也。从金，叚聲。	
衣服部件	衣領	袘，裾也。从衣，它聲。《論語》曰：「朝服，袘紳。」 裾，衣袍裏也。从衣，居聲。讀與居同。 褱，衣博裾。从衣，保省聲。俕，古文保。襋，衣領也。从衣，棘聲。《詩》曰：「要之襋之。」 襮，黼領也。，从衣，暴聲。《詩》曰：「素衣朱襮。」 袵，衣袴也。从衣，壬聲。 褸，袵也。从衣，婁聲。 䘳，袵也。从衣，尉聲。 衿，交袵也。从衣，金聲。 袄，襲袄也。从衣，夫聲。 褗，褗領也。从衣，匽聲。 袩，褗謂之袩。从衣，奄聲。	共40條
	蔽前	市，韠也。上古衣蔽前而已，市以象之。天子朱市，諸侯赤市，大夫蔥衡。从巾，象連帶之形。凡市之屬皆从市。 袷，士無市有袷。制如，缺四角。爵弁服，其色䵟。賤不得與裳同。司農曰：裳，纁色。从市，合聲。 褘，蔽膝也。从衣，韋聲。《周禮》曰：「王后之服褘衣。」謂畫袍。 襜，衣蔽前。从衣，詹聲。	
	衣袖	袪，衣袂也。从衣，去聲。一曰：袪，褱也；褱者，袌也。袪，尺二寸。《春秋傳》曰：「披斬其袪。」 襃，袂也。从衣，采聲。 袂，袖也。从衣，夬聲。 褢，袖也。一曰：藏也。从衣，鬼聲。	
	腿衣	襌，絝也。从衣，單聲。 褰，絝也。从衣，寒省聲。《春秋傳》曰：「徵褰與襦。」 襱，絝踦也。从衣，龍聲。 絝，脛衣也。从糸，夸聲。 縳，蔽貉中，女子無絝，以帛爲脛空，用絮補核，名曰縳衣，狀如襜褕。从糸，尊聲。 徽，衺幅也。一曰：三糾繩也。从糸，微省聲。	
	冠帶	纚，冠織也。从糸，麗聲。 紘，冠卷也。从糸，厷聲。 紞，冕冠塞耳者。从糸，尤聲。 纓，冠系也。从糸，嬰聲。 緄，織帶也。从糸，昆聲。	

衣服部件	綬帶	綬，韍維也。从糸，受聲。 組，綬屬。其小者以爲冕纓。从糸，且聲。 縞，綬紫青也。从糸，咠聲。 縌，綬維也。从糸，逆聲。 纂，似組而赤。从糸，算聲。 綸，青絲綬也。从糸，侖聲。 綎，系綬也。从糸，廷聲。 紟，衣系也。从糸，今聲。 繑，絝紐也。从糸，喬聲。	共40條
鞋襪		鞮，履也。从韋，段聲。 鞎，履後帖也。从韋，段聲。 韈，足衣也。从韋，蔑聲。 絼，履也。一曰：青絲頭履也。讀若阡陌之陌。从糸，戶聲。 絑，枲履也。从糸，封聲。 緉，履兩枚也。一曰：絞也。从糸，从兩，兩亦聲。 鞔，履空也。从革，免聲。 鞰，小兒履也。从革，及聲。讀若沓。 靮，靮角，鞮屬。从革，印聲。 鞮，革履也。从革，是聲。 鞅，鞮鞅沙也。从革，从夾，夾亦聲。 鞑，鞮屬。从革，徙聲。 鞵，革生鞮也。从革，奚聲。 靲，鞮系也。从革，今聲。 履，足所依也。从尸，从彳，从夂，舟象履形。一曰：尸聲。凡履之屬皆从履。 屨，履也。从履省，婁聲。一曰：鞮也。 屛，履屬。从履省，予聲。 屩，屐也。从履省，喬聲。 屐，屩也。从履省，支聲。 屝，履也。从尸，非聲。 屧，履中薦也。从尸，枼聲。 褐，編枲韈。一曰：粗衣。从衣，曷聲。（襪）	共22條
配飾		璬，玉佩。从玉，敫聲。 珩，佩上玉也。所以節行止也。从玉，行聲。 玦，玉佩也。从玉，夬聲。 瑞，以玉爲信也。从玉、耑（聲）。 珥，瑱也。从玉耳，耳亦聲。 琫，佩刀上飾。天子以玉，諸侯以金。从玉，奉聲。 珌，佩刀下飾。天子以玉。从玉，必聲。 鏢，刀削末銅也。从金，票聲。 珧，蜃甲也。所以飾物也。从玉，兆聲。禮云：天子玉琫而珧珌。 璏，劍鼻玉也。从玉，彘聲。 璪，弁飾，往往冒玉也。从玉，綦聲。（帽裝飾品） 璪，玉飾。如水藻之文。从玉，喿聲。《虞書》曰：「璪火粉米。」 瑬，垂玉也。冕飾。从玉，流聲。 佩，大帶佩也。从人，从凡，从巾。佩必有巾，巾謂之飾。	共18條

配飾	琚，瓊琚。从玉，居聲。《詩》曰：「報之以瓊琚。」 笄，簪也。从竹，幵聲。（髮簪） 觷，杖耑角也。从角，敖聲。（手杖裝飾物） 鞶，大帶也。《易》曰：「或錫之鞶帶。」男子帶鞶，婦人帶絲。从革，般聲。	共 18 條
衣服材料	**毛** 氀，彊曲毛，可以箸起衣。从氂，省來聲。 氈，以氂爲縟，色如虋，故謂之氈。虋，禾之赤苗也。从毛，㒼聲。《詩》曰：「毳衣如氈。」 羽，鳥長毛也。象形。凡羽之屬皆从羽。 翨，鳥之強羽猛者。从羽，是聲。 翰，天鷄赤羽也。从羽，倝聲。《逸周書》曰：「大翰，若翬雉，一名鷐風。周成王時蜀人獻之。」 翟，山雉尾長者。从羽，从隹。 翡，赤羽雀也。出鬱林。从羽，非聲。 翠，青羽雀也。出鬱林。从羽，卒聲。 翦，羽生也。一曰矢羽。从羽，前聲。 翁，頸毛也。从羽，公聲。 翄，翼也。从羽，支聲。 翮，翅也。从羽，革聲。 翹，尾長毛也。从羽，堯聲。 猴，羽本也。一曰與初生貌。从羽，侯聲。 翮，羽莖也。从羽，鬲聲。 毛，眉髮之屬及獸毛也。象形。凡毛之屬皆从毛。 毫，獸豪也。从毛，軷聲。 毳，獸細毛也。从三毛。凡毳之屬皆从毛。 **皮革** 韋，相背也。从舛，口聲。獸皮之韋，可以束枉戾相韋背，故借以爲皮韋。凡韋之屬皆从韋。 韎，茅蒐染韋也，一入曰韎。从韋，末聲。 革，獸皮治去其毛，革更之。象古文革之形，凡革之屬皆从革。 鞹，去毛皮也。《論語》曰：「虎豹之鞹。」从革，郭聲。 靬，靬，乾革也。武威有麗靬縣。从革，干聲。 絡，牛革可以爲縷束也。从革，各聲。 鞄，柔革也。从革，从旦聲。 䪼，韋繡也。从革，貴聲。 靳，當膺也。从革，斤聲。 襋，袞裏也。从衣，鬲聲。讀若擊。 **布、巾** 巾，佩巾也。从冂，丨象糸也。凡巾之屬皆从巾。 帉，楚爲謂大巾曰帉。从巾，分聲。 帥，佩巾也。从巾，𠂤聲。 𢃇，禮巾也。从巾，執聲。 帗，一幅巾也。从巾，犮聲。讀若撥。 帉，枕巾也。从巾，刃聲。 幋，覆衣大巾。从巾，般聲。或以爲首鞶。 帤，巾帤也。从巾，如聲。一曰：幣（敝）衣。	共 127 條

衣服材料	布、巾	幣，帛也。从巾，敝聲。 帶，紳也。男子鞶帶，婦人帶絲。象繫佩之形。佩必有巾，从巾。 幘，髮有巾曰幘。从巾，責聲。 幏，殘帛也。从巾，祭聲。 幏，蓋衣也。从巾，冡聲。 幭，蓋幭也。从巾，蔑聲。一曰：禪被。 布，枲織也。从巾，父聲。 幏，南郡蠻夷賨布。从巾，家聲。 幍，布。出東萊。从巾，弦聲。 𢄊，鬃布也。一曰：車上衡衣。，从巾，敄聲。 帉，鬃布也。从巾，分聲。《周禮》曰：「駹車大帉。」 敝，帗也。一曰：敗衣。从攴，从㡀，㡀亦聲。 褕，帴，从衣，俞聲。 𧙕，棺中縑裏。从衣弔。讀若雕。 絣，氐人殊縷布也。从糸，并聲。 紕，氐人𦆼也。讀若《禹貢》玭珠。从糸，比聲。 𦆼，西胡毳布也。从糸，罽聲。	共 127 條
	絲	糸，細絲也。象束絲之形。凡糸之屬皆从糸。讀若覛。 絲，蠶所吐也。从二糸。凡絲之屬皆从絲。 繭，蠶衣也。从糸，从虫，𦍒省。 緒，絲耑也。从糸，者聲。 緬，微絲也。从糸，面聲。 純，絲也。从糸，屯聲。《論語》曰：「金也純，儉。」 綃，生絲也。从糸，肖聲。 䋙，大絲也。从糸，皆聲。 紇，絲下也。从糸，气聲。《春秋傳》有臧孫紇。 紝，機縷也。从糸，壬聲。 繈，觕纇也。从糸，強聲。 紿，絲勞即紿。从糸，台聲。 紙，絲滓也。从糸，氐聲。 繁，生絲縷也。从糸，敫聲。 絮，敝緜也。从糸，如聲。 絡，絮也。一曰：麻未漚也。从糸，各聲。 纊，絮也。从糸，廣聲。《春秋傳》曰：「皆如挾纊。」 紙，絮一苫也。从糸，氏聲。 䌠，治敝絮也。从糸，音聲。 絮，絜緼也。一曰：敝絮。从糸，奴聲。《易》曰：「需有衣絮。」 繫，繫褫也。一曰惡絮。从糸，毄聲。 褫，繫褫也。一曰絓也。从糸，虒聲。	
	絲織品	絨，采彰也。一曰：車馬飾。从糸，戊聲。 縱，絨屬。从糸，从從省聲。 紴，絛屬。从糸，皮聲。讀若被，或讀若水波之波。 絛，扁緒也。从糸，攸聲。 紃，圜采也。从糸，川聲。 繐，細疏布也。从糸，惠聲。 織，作布帛之總名也。从糸，戠聲。	

衣服材料	絲織品	紈，素也。從糸，丸聲。 繒，帛也。從糸，曾聲。 綢，繒也。從糸，胄聲。 綺，文繒也。從糸，奇聲。 縠，細縛也。從糸，殼聲。 縛，白鮮支也。從糸，專聲。 縑，并絲繒也。從糸，兼聲。 綈，厚繒也。從糸，弟聲。 縞，鮮卮也。從糸，高聲。 繲，粗緒也。從糸，璽聲。 紬，大絲繒也。從糸，由聲。 綮，致繒也。一曰：微幟，信也，有齒。從糸，放聲。 綾，東齊謂布帛之細曰綾。從糸，夌聲。 縵，繒無文也。從糸，曼聲。《漢律》曰：「賜衣者縵表白裏。」 絹，繒如麥稍。從糸，肙聲。 綃，帛青經縹緯。從糸，育聲。 綪，赤繒也。以茜染，故謂之綪。從糸，青聲。 帛，繒也。從巾，白聲。凡帛之屬皆從帛。 黼，會五彩繒色也。從黹，綷省聲。 素，白緻繒也。從糸丞，取其澤也。凡素之屬皆從素。 橾，素屬。從素，収聲。 豹，白約豹，縞也。從素，勺聲。 𦃡，素屬。從素，率聲。	共 127 條
	麻	績，績也。從糸，且聲。 縒，積所績也。從糸，次聲。 纑，布縷也。從糸，盧聲。 紨，布也。一曰：粗紬。從糸，付聲。 繕，蜀細布也。從糸，彗聲。 絺，細葛也。從糸，希聲。 綌，粗葛也。從糸，谷聲。 絟，絺之細也。《詩》曰：「蒙彼縐絺。」一曰：蹴也。從糸，芻聲。 絟，細布也。從糸，全聲。 紵，檾屬。細者為絟，粗者為紵。從糸，宁聲。 緦，十五升布也。一曰：兩麻一絲布也。從糸，思聲。 緆，細布也。從糸，易聲。 綸，繪貲，布也。從糸，俞聲。 絜，麻一耑也。糸，刧聲。 繆，枲之十絜也。一曰：綢繆。從糸，翏聲。 綢，繆也。從糸，周聲。 縕，紼也。從糸，昷聲。 紼，亂系也。從糸，弗聲。	
	線	綅，縫綫也。從糸，侵省聲。《詩》曰：「貝冑朱綅。」 縷，綫也。從糸，婁聲。 綫，縷也。從糸，戔聲。 紁，縷一枚也。從糸，穴聲。	
共計 257 條		

衣服類計有 52 條，衣服部件有 40 條，鞋襪類有 20 條，配飾有 18 條，衣服材料則有 127 條，共計有 257 條。服飾的種類繁多，材料也是有相當多的種類，可看出中國對於服飾的重視與紡織技術之發達。

（六）玉石、金屬和礦物

類別	《說文》玉石、金屬和礦物內容	條　數
玉名	璹，玉器也。从玉，壽聲。 瓃，玉器也。从玉，晶聲。 珣，醫無閭珣玗琪，《周書》所謂夷玉也。从玉，旬聲，一曰：器，讀若宣。 瓚，三玉二石也。从玉，贊聲。《禮》：天子用全，純玉也；上公用駹，四玉一石；侯用瓚；伯用埒，玉石半相埒也。 璧，瑞玉圜也。从玉，辟聲。 瑗，大孔璧。人君上除陛以相引。从玉，爰聲。《爾雅》曰：「好倍肉謂之瑗，肉好倍謂之璧。」 環，璧也。肉好若一謂之環。从玉，睘聲。 璜，半璧也。从玉，黃聲。 琮，瑞玉。大八寸，似車釭。从玉，宗聲。 琥，發兵瑞玉，為虎文。从玉，从虎，虎亦聲。《春秋傳》曰：「賜子家雙琥。」 瓏，禱旱玉。从玉，从龍，龍亦聲。 琬，圭有琬者。从玉，宛聲。 璋，剡上為圭，半圭為璋。从玉，章聲。 玠，大圭也。从玉，介聲。《周書》曰：「稱奉介圭。」 瑒，圭。尺二寸，有瓚，以祠宗廟者也。从玉，易聲。 瓛，桓圭。公所執。从玉，獻聲。 珽，大圭。長三尺，抒上，終葵首。从玉，廷聲。 瑁，諸侯執圭朝天子，天子執玉以冒之，似犁冠。《周書》曰：「天子執瑁四寸。」从玉冒，冒亦聲。 璠，璵璠。魯之寶玉。从玉，番聲。孔子曰：「美哉，璵璠。遠而望之，奐若也；進而視之，瑟若也。一則理勝，二則孚勝。」 璵，璵璠也。从玉，與聲。 玉，石之美。有五德：澤潤以溫，仁之方也；䚡理自外，可以知中，義之方也；其聲舒揚，專以遠聞，智之方也；不橈而折，勇之方也；銳廉而不技（忮），絜之方也。象三玉之連。丨，其貫也。凡玉之屬皆从玉。 璙，玉也。从玉，尞聲。 瓘，玉也。从玉，雚聲。《春秋傳》曰：「瓘斝。」 璥，玉也。从玉，敬聲。 琠，玉也。从玉，典聲。 瓃，玉也。从玉，耎聲。讀若柔。 瑴，玉也。从玉，㱿聲。讀若鬲。 玒，玉也。从玉，工聲。 䣍，䣍瓄，玉也。从玉，來聲。 瓊，赤玉也。从玉，夐聲。 珦，玉也。从玉，向聲。	共 46 條

玉名	璐，玉也。从玉，路聲。 璑，三采玉也。从玉，無聲。 珛，朽玉也。从玉，有聲。讀若畜牧之畜。 璿，美玉也。从玉，睿聲。《春秋傳》曰：「璿弁玉纓。」 琳，美玉也。从玉，林聲。 瓓，玉也。从玉，剌聲。 玨，二玉相合爲一玨。凡玨之屬皆从玨。 瑾，瑾瑜，美玉也。从玉，堇聲。 瑜，瑾瑜，美玉也。从玉，俞聲。 瑤，玉之美者。从玉，䍃聲。《詩》曰：「報之以瓊瑤。」 玖，玉屬。从玉，殳聲。讀若沒。 琅，琅玕，似珠者。从玉，良聲。 玕，琅玕也。从玉，干聲。《禹貢》曰：「報雝州球琳琅玕。」 琀，送死口中玉也。从玉，从含，含亦聲。 瑿，遺玉也。从玉，歐聲。 圭，瑞玉也。上圓下方。公執桓圭，九寸；侯執信圭，伯執躬圭，皆七寸；子執穀璧，男執蒲璧，皆五寸：以封諸侯。从重土。楚爵有執圭。	共 46 條
珠類	珍，寶也。从玉，㐱聲。 珠，蚌之陰精。从玉，朱聲。《春秋國語》曰：「珠以禦火災。」，是也。 玭，珠也。从玉，比聲。宋弘云：淮水中出產玭珠。 玟，火齊，玫瑰也。一曰：石之美者。从玉，文聲。 瑰，玫瑰。从玉，鬼聲。一曰：圓好。	共 5 條
石名	瑀，石之似玉者。从玉，禹聲。 玤，石之次玉者。以爲系璧，从玉，丰聲。讀若《詩》曰：「瓜瓞菶菶。」一曰：若盒蚌。 玪，玪䝮，石之次玉者。从玉，今聲。 䝮，玪䝮也。从玉，勒聲。 琊，石之有光，璧琊也。出西胡中。从玉，邪聲。 璓，石之次玉者。从玉，莠聲。《詩》曰：「充耳璓瑩。」 玖，石之次玉黑色者。从玉，久聲。《詩》曰：「貽我佩玖。」讀若芑。或曰：若人句脊之句。 珢，石之似玉者。从玉，艮聲。 璅，石之似玉者。从玉，巢聲。 璡，石之似玉者。从玉，進聲。讀若津。 璁，石之似玉者。从玉，悤聲。 珣，石之次玉者。从玉，句聲。讀若苟。 珢，石之似玉者。从玉，言聲。 璶，石之似玉者。从玉，盡聲。 瓗，石之似玉者。从玉，隹聲。讀若維。 瑦，石之似玉者。从玉，烏聲。 瑂，石之似玉者。从玉，眉聲。讀若眉。 璒，石之似玉者。从玉，登聲。 玜，石之似玉者。从玉，厶聲。讀與私同。 玗，石之似玉者。从玉，于聲。 瑎，黑石，似玉者。从玉，皆聲。讀若諧。	共 46 條

石名	碧，石之青美者。从玉石，白聲。 琨，石之美者。从玉，昆聲。《虞書》曰：「楊州貢瑤琨。」 珉，石之美者。从玉，民聲。 石，山石也。在厂之下；口，象形。凡石之屬皆从石。 磺，銅鐵樸石也。从石，黃聲。讀若穬。 碣，文石也。从石，易聲。 硬，石次玉者。从石，奭聲。 瑓，石之似玉者。从玉，虢聲。讀若鎬。 瑋，石之似玉者。从玉，羍聲。讀若曷。 𤤴，石之似玉者。从玉，䀼聲。 瓊，石之次玉者。从玉，欒聲。 玴，石之似玉者。从玉，曳聲。 瑨，石之似玉者。从玉，晉聲。 珽，石之似玉者。从玉，匜聲。 碞，水邊石。从石，巩聲。《春秋傳》曰：「闕碞之甲。。」 砮，石，可以為矢鏃。从石，奴聲。《夏書》曰：「梁州貢砮丹。」《春秋國語》曰：「肅愼氏貢楛矢石砮。」 礜，毒石也。出漢中。从石，與聲。 碣，特立之石。東海有碣石山。从石，曷聲。 磏，厲石也。一曰：赤色。从石，兼聲。讀若鐮。 碬，厲石也。从石，叚聲。《春秋傳》曰：「鄭公孫碬字子石。」 礫，小石也。从石，樂聲。 磧，水陼有石者。从石，責聲。 碑，豎石也。从石，卑聲。 确，磬石也。从石，角聲。 磽，磬石也。从石，堯聲。	共 46 條
金屬	瑒，金之美者。與玉同色。从玉，湯聲。禮：佩刀，諸侯瑒珤而璆珌。 金，五色金也。黃為之長。九苪不生衣，百鍊不輕，从革不違。西方之行。生於土，从土；左右注，象金在土中之形；今聲。凡金之屬皆从金。 銀，白金也。从金，艮聲。 鐐，白金也。从金，尞聲。 鋈，白金也。从金，茨省聲。 鉛，青金也。从金，㕣聲。 錫，銀鉛之間。从金，易聲。 釼，錫也。从金，引聲。 銅，赤金也。从金，同聲。 鏈，銅屬。从金，連聲。 鐵，黑金也。从金，戴聲。 鐯，九江謂鐵曰鐯。从金，皆聲。 鋻，鐵也。一曰：彎首銅。从金，攸聲。 鏤，剛鐵，可以刻鏤。从金，婁聲。《夏書》曰：「梁州貢鏤。」 鐨，鐵屬。从金，貴聲。讀若熏。 銑，金之澤者。一曰，小鑿。一曰：鐘兩角謂之銑，从金，先聲。 鑗，金屬。一曰：剝也。从金，黎聲。	共 25 條

金屬	釘，鍊鉼黃金。从金，丁聲。 鋌，銅鐵樸也。从金，廷聲。 鏡，景也。从金，竟聲。 銘，曲銘也。从金，多聲。一曰：鸞，鼎（也）。讀若摘。一曰：《詩》云：「佌兮侈兮。」 鍱，鍱也。从金，集聲。 鍱，鍱也。从金，葉聲。 鏟，鍱也。一曰平鐵。从金，產聲。 鍒，鐵之耎也。从金，从柔，柔亦聲。	共 25 條
礦物	鍇，鍇鋃，火齊。从金，唐聲。。 鋃，鍇鋃也。从金，弟聲。 珊，珊瑚，色赤，生於海，或生於山。从玉，刪省聲。 瑚，珊瑚也。从玉，胡聲。 丹，巴越之赤石也。象采丹井，一象丹形。凡丹之屬皆从丹。 䒞，善丹也。从丹，蒦聲。《周書》曰：「惟其斅丹䒞。」讀若宔。	共 6 條
共計 128 條		

玉名有 46 條，珠類有 5 條，石名共 46 條，金屬共 25 條，礦物共 6 條，共計 128 條。

（七）兵器和刑具

類 別		《說文》兵器和刑具內容	條　數
兵器	防禦器	櫓，大盾也。从木，魯聲。 盾，瞂也。所以扞身蔽目。象形。凡盾之屬皆从盾。 瞂，盾也。从盾，犮聲。 戦，盾也。从戈，旱聲 鞈，防汗扞也。从革，合聲。（盾類） 韝，射臂決也。从韋，冓聲。（綁於臂上防禦武器）	共 60 條
	弓矢	弦，弓弦也。从弓，象絲軫之形。凡弓之屬皆从弓。簫，所以盛弩矢，人所負也。从竹，蘭聲。 箙，弩矢箙也。从竹，服聲。《周禮》：「仲秋獻矢箙。」 弢，弓衣也。从弓，从攴。攴，垂飾，與鼓同意。 韣，弓衣也。从韋，蜀聲。 韔，弓衣也。从韋，長聲。 弧，木弓也。从弓，瓜聲。一曰：往體寡，來體多曰弧。 榜，所以輔弓弩。从木，旁聲。 弓，以近窮遠。象形。古者揮作弓。《周禮》六弓：王弓、弧弓以射甲革甚質；夾弓、庾弓以射干侯鳥獸；唐弓、大弓以授學射者。凡弓之屬皆从弓。 弴，畫弓也。从弓，臺聲。 弭，弓無緣。可以解轡紛者。从弓，耳聲。 弜，角弓也。洛陽名弩曰弜。从弓，昌聲。 矢，弓弩矢也。从入，象鏑栝羽之形。古者夷牟初作矢。凡矢之屬皆从矢。 矰，隹躲从矢，曾聲。	

兵器	弓矢	侯，春饗所躲侯也。从人；从厂，象張布；矢在其下。天子躲熊虎豹，服猛也；諸侯躲熊豕虎；大夫躲麋，麋，惑也。士躲鹿豕，爲田除害也。其祝曰：「毋若不寧侯，不朝于王所，故伉面躲汝也。」 橄，榜也。从木，敬聲。 鍭，矢。金鍭翦羽謂之鍭。从金，侯聲。 鞬，所以戢弓矢。从革，建聲。 韇，弓矢韇也。从革，賣聲。	共60條
	殳	杸，軍中士所執殳也。从木，从殳。《司馬法》：「執羽從杸。」 殳，以杸殊人也。《禮》：「殳以積竹，八觚，長丈二尺，建於兵車，車旅賁以先驅。」从又，几聲。凡殳之屬接从殳。 祋，殳也。从殳，示聲。或說，城郭市里，高縣羊皮，有不當入而入者，暫下以驚牛馬，曰。故从示殳。	
	刀劍	削，鞞也。一曰：析也。从刀，肖聲。 鞞，刀室也。从革，卑聲。（刀鞘） 韜，劍衣也。从韋，舀聲。 柙，劍柙也。从木，合聲。 刀，兵也。象形。凡刀之屬皆从刀。 剞，剞劂，曲刀也。从刀，奇聲。 劂，剞劂也。从刀，屈聲。 刉，刀握也。从刀，缶聲。	
	戟	錞，矛戟柲下銅，鐏也。从金，享聲。《詩》曰：「厹矛沃錞。」 鐏，柲下銅也。从金，尊聲。 戈，平頭戟也。从戈，一橫之。象形。凡戈之屬皆从戈。 戟，有枝兵也。从戈軗。《周禮》：「戟長丈六尺。」 緊，戟衣也。从糸，殹聲。一曰：斥黑色繒。 戜，戟也。从戈，从百。讀若棘。 鏝，鏝釪也。从金，莫聲。 釪，鏝釪也。从金，牙聲。	
	矛	矛，酋矛也。建於兵車，長二丈。象形。凡矛之屬皆从矛。 䂟，矛屬。从矛，良聲。 䂫，矛屬。从矛，害聲。 䂹，矛屬。从矛，昔聲。 鈒，鋋也。从金，及聲。 鋋，小矛也。从金，延聲。 鈗，侍臣所執兵也。从金，允聲。《詩》曰：「一人冕，執鈗。」讀若允。 鉈，短矛也。从金，它聲。 鏦，矛也。从金，從聲。 錟，長矛也。从金，炎聲。讀若老聃。 矜，矛柄也。从矛，今聲。	
	其他	兵，械也。从廾持斤，并力之皃。 戎，兵也。从戈，从甲。 戣，《周禮》：「侍臣執戣，立于東垂。」兵也。从戈，癸聲。 劍，人所帶兵也。从刃，僉聲。 槍，距也。从木，倉聲。一曰槍欀也。	

類別		《說文》建築部件和家具內容	條數
刑具		欽，鐵鉗也。从金，大聲。 校，木囚也。从木，交聲。 械，桎梏也。从木，戒聲。一曰：器之總名；一曰：持也；一曰：有盛爲械無盛爲器。 杽，械也。从木，手聲。 桎，足械也。从木，至聲。 梏，手械也。从木，告聲。	共 6 條
共計 66 條			

兵器（防禦器、弓矢、殳、刀劍、戟、矛、其他等）共 60 條，刑具有 6 條，共計有 66 條。

（八）建築部件和家具

類別		《說文》建築部件和家具內容	條數
建築部件	木板木片、磚	牏，築牆短版也。从片，俞聲。讀若俞。一曰若紐。 橫，闌木也。从木，黃聲。 杠，床前橫木也。从木，工聲。 桱，桱桯也，東方謂之蕩。从木，巠聲。 栽，築牆長版也。从木，戈聲。《春秋傳》曰：「楚圍蔡里而栽。」 榦，築牆耑木也。从木，倝聲。 柱，楹也。从木，主聲。 楹，柱也。从木，盈聲。《春秋傳》曰：「丹桓宮楹。」 櫍，柱砥古用木，今以石。从木，耆聲。 棳，欂櫨也。从木，咨聲。 欂，壁柱。从木，薄省聲。 櫨，柱上柎也。从木，盧聲。伊尹曰：「果之美者，箕山之東青鳧之所有櫨橘焉，夏孰也。一曰宅櫨木出弘農山也。」 枅，屋櫨也。从木，开聲。 橑，椽也。从木，尞聲。 桷，榱也。椽方曰桷。从木，角聲。《春秋傳》曰：「刻桓宮之桷。」 椽，榱也。从木，彖聲。 榱，秦名爲屋椽，周謂之榱，齊魯謂之桷。从木，衰聲。 楣，秦名屋櫋聯也，齊謂之檐，楚謂之梠。从木，眉聲。 梠，楣也。从木，呂聲。 梤，梠也。从木，毘聲。讀若枇杷之枇。 檐，櫋聯也。从木，邊省聲。 檐，樀也。从木，詹聲。 樀，屋梠前也。从木，啻聲。一曰：蠶槌。 楀，戶楀也。从木，啻聲。《爾雅》曰：「檐謂之楀。」 植，戶植也。从木，直聲。 樞，戶樞也。从木，區聲。 槏，戶也。从木，兼聲。 襲，屋是之疏也。从木，龍聲。 楯，闌楯也。从木，盾聲。 宋，棟也。从木，亡聲。《爾雅》曰：「宋廇謂之梁。」 棟，短椽也。从木，束聲。	共 88 條

建築部件	木板木片、磚	杇，所以涂也。秦謂之杇，關東謂之槾。从木，亏聲。	共88條
		槾，杇也。从木，曼聲。	
		根，門樞謂之根。从木，畏聲。	
		楣，門樞之橫梁。从木，冒聲。	
		梱，門橜也。从木，困聲。	
		榍，限也。从木，屑聲。	
		柤，木閑。从木，且聲。	
		楗，限門也。从木，建聲。	
		櫼，楔也。从木，鐵聲。	
		楔，櫼也。从木，契聲。	
		柵，編樹木也。从木，从㭲，冊亦聲。	
		杝，落也。从木，也聲。讀若他。	
		橦，帳極也。从木，童聲。	
		根，杖也。一曰：法也。从木，長聲。	
		甓，瓴甓也。从瓦，辟聲。《詩》曰：「中唐有甓。」（磚塊）	
	牆	牆，垣蔽也。从嗇，爿聲。	
		韓，井垣也。从韋，取其帀也；倝聲。	
		庉，樓牆也。从广，屯聲。	
		序，東西牆也。从广，予聲。	
		廦，牆也。从广，辟聲。	
		奂，周垣也。从宀，奂聲。	
		甃，井壁也。从瓦，秋聲。	
	門	門，聞也。从二戶。象形。凡門之屬皆从門。	
		閶，天門也。从門，昌聲。楚人名門曰閶闔。	
		闈，宮中之門也。从門，韋聲。	
		闠，闠謂之樀。樀，廟門也。从門，詹聲。	
		閎，巷門也。从門，厷聲。	
		閨，特立之戶，上圜下方，有似圭。从門，圭聲。	
		閤，門旁戶也。从門，合聲。	
		闟，樓上戶也。从門，弱聲。	
		閈，門也。从門，干聲。汝南平輿里門曰閈。	
		閭，里門也。从門，呂聲。《周禮》：「五家爲比，五比爲閭。」閭，侶也，二十五家相羣侶也。	
		閣，里中門也。从門，名聲。	
		闠，市外門也。从門，貴聲。	
		閨，城內重門也。从門，堊聲。《詩》曰：「出其闉闍。」	
		閉，門扇也。从門，介聲。	
		闔，門扇也。一曰：閉也。从門，盍聲。	
		篳，藩落也。从竹，畢聲。《春秋傳》曰：「篳門圭窬。」（籬笆）	
	門部件	闑，門梱也。从門，臬聲。	
		閾，門榍也。从門，或聲。《論語》曰：「行不履閾。」	
		闌，門遮也。从門，柬聲。	
		閑，闌也。从門中有木。	
		闟，關下牡也。从門，龠聲。	
		開，門樞櫨也。从門，弁聲。	
		鋪，箸門鋪首者从金，甫聲。	
		鐉，所以鉤門戶樞也。一曰：治門戶器也。从金，巽聲。	

建築部件	戶	牖，穿壁以木爲交窻也。从片、戶、甫。譚長以爲甫上日也，非戶也。牖，所以見日。 向，北出牖也。从宀，从口。《詩》曰：「塞向墐戶。」 宋，藏也。从宀，聲。丞，古文保。 戶，護也。半門曰戶。象形。凡戶之屬皆从戶。 扉，戶扇也。从戶，非聲。 扇，扉也。从戶，从翄聲。 戾，輜車旁推戶也。从戶，大聲。讀與釱同。 扃，外閉之關也。从戶，冋聲。	共 88 條
	橋	榷，水上橫木，所以渡者也。从木，隺聲。 橋，水梁也。从木，喬聲。 梁，水橋也。从木，从水，刃聲。	
家具	簾幕	笮，迫也。大瓦之下，棼上。从竹，乍聲。 簾，堂簾也。从竹，廉聲。 箈，蔽絮簀也。从竹，沾聲。讀若錢。 幎，幔也。从巾，冥聲。《周禮》曰：「幎人。」 幔，幕也。从巾，曼聲。 幬，禪帳也。从巾，壽聲。 幨，帷也。从巾，兼聲。 帷，在旁曰帷。从巾，隹聲。	共 39 條
	席	荐，薦席也。从艸，存聲。 菹，茅藉也。从艸，租聲。禮曰：「封諸侯以土，菹以白茅。」 茁，刷也。从艸，屈聲。 莜，艸田器。从艸，條省聲。《論語》曰：「以杖荷莜。」 萆，雨衣。一曰衰衣。从艸，卑聲。一曰萆藨，似烏韭。 苴，履中草。从艸，且聲。 蘸，艸履也。从艸，矗聲。 蕢，艸器也。从艸，貴聲。 茵，車重席。从艸，因聲。 苗，蠶薄也。从艸，曲聲。 蔟，行蠶蓐。从艸，族聲。 蕘，薪也。从艸，堯聲。 薪，蕘也。从艸，新聲。 蔱，喪藉也。从艸，侵聲。 簀，牀棧也。从竹，責聲。 第，牀簀也。从竹，朿聲。 筵，竹席也。从竹，延聲。《周禮》曰：「度堂以筵。」筵一丈。 簟，竹席也。从竹，覃聲。 籧，籧篨，粗竹席也。从竹，遽聲。 篨，籧篨也。从竹，除聲。 簩，積竹矛戟矜也。从竹，盧聲。 籋，箝也。从竹，爾聲。 篷，笠蓋也。从竹，登聲。 笠，簦無柄也。从竹，立聲。 席，籍也。《禮》：天子、諸侯席，有黼繡純飾。从巾，庶省（聲）。	

家具	床、几	桯，床前几。从木，呈聲。 案，几屬。从木，安聲。 檈，圓案也。从木，睘聲。 牀，安身之坐者。从木，爿聲。 枕，臥所薦首者。从木，冘聲。 枼，楄也，枼薄也。从木，世聲。（床版） 牑，牀版也。从片，扁聲。讀若邊。	共 39 條
共計 127 條			

建築部件（建築材料、牆、門、門部件、戶、橋樑等）有 88 條，家具（簾幕、席、床几等）有 39 條，共計有 127 條。

（九）食物和日用雜器

類　別		《說文》食物和日用雜器內容	條　數
食物	麵食	食，一米也。從皀，亼聲。或說：亼皀也。凡食之屬皆从食。 饔，熟食也。从食，雝聲。 飴，米糵煎也。从食，台聲。 餳，飴和饊者也。从食，易聲。 餅，麵餈也。从食，并聲。 饘，糜也。从食，亶聲。 餱，乾食也。从食，侯聲。《周書》曰：「峙乃餱粻。」 餥，餱也。从食，非聲。陳楚之間相謁食麥飯曰餥。 饎，酒食也。从食，喜聲。《詩》曰：「可以饋饎。」 飯，食也。从食，反聲。 麮，麥甘鬻也。从麥，去聲。 麲，餅籹也。从麥，殸聲。讀若庫。 䴛，餅籹也。从麥，穴聲。 䴓，餅籹也。从麥，才聲。 米，粟實也。象禾實之形。凡米之屬皆从米。 粱，米名也。从米，梁省聲。 糶，早取穀也。从米，焦聲。 粗，疏也。从米，且聲。 粃，惡米也。从米，北聲。 糪，牙米也。从米，辟聲。 粒，糂也。从米，立聲。 糂，以米和羹也。一曰：粒也。从米，甚聲。 糜，糁也。从米，麻聲。 䊆，潰米也。从米，尼聲。交阯郡有䊆泠縣。 糗，乾飯也。从米，匋聲。 糗，熬米麥也。从米，臭聲。 臬，舂糗也。从臼米。 糈，糧也。从米，胥聲。 糧，穀也。从米，量聲。 粗，雜飯也。从米，丑聲。 糶，穀也。从米，翟聲。 糲，麧也。从米，蔑聲。	共 108 條

食物	麵食	粹，不雜也。从米，卒聲。 粠，陳臭也。从米，工聲。 粉，傅面者也。从米，分聲。 䊪，粉也。从米，卷聲。 䇺，豆飴也。从豆，夗聲。	共 108 條
	肉、肉醬	犧，宗廟之牲也。从牛，羲聲。賈侍中說此非古字。 牲，牛完全。从牛，生聲。 犧，宗廟之牲也。从牛，羲聲。賈侍中說此非古字。 鹽，蠶甘飴也。一日：螟子。从蚰，鼏聲。 鮨，魚䏶醬也。从魚，兼聲。 鮺，藏魚也。南方謂之䰼，北方謂之鮺。从魚，差省聲。 䰼，鮺也。一日：大魚爲鮺，小魚爲䰼。从魚，今聲。 鮑，饐魚也。从魚，包聲。 鱻，新魚精也。从三魚。不變魚。 雋，肥美的鳥肉。从弓，所以射隹。長沙有下雋縣。 肉，胾肉。象形。凡肉之屬皆从肉。 胀，祭也。从肉，兆聲。 胙，祭福肉。从肉，乍聲。 隋，裂肉也。从肉，从隓省。 腬，嘉，善肉也。从肉，柔聲。 肴，啖也。从肉，爻聲。 脯，乾肉也。从肉，甫聲。 脩，脯也。从肉，攸聲。 膎，脯也。从肉，奚聲。 脼，膎肉也。从肉，兩聲。 膊，薄脯，膊之屋上。从肉，尃聲。 臘，無骨臘也。揚雄說，鳥臘也。从肉，無聲。 腒，北方謂鳥臘曰腒。从肉，居聲。 膮，豕肉羹也。从肉，堯聲。 臛，肉羹也。从肉，隺聲。 膹，臛也。从肉，賁聲。 臇，臛也。从肉，雋聲。讀若纂。 膾，細切肉。从肉，會聲。 散，雜肉也。从肉，㪔聲。 膞，切肉也。从肉，專聲。 狀，犬肉也。从肉，犬聲。 醬，醢也。从肉，从酉，酒以和醬也；爿聲。 醢，肉醬也。从酉㽅。 ䷒，䷒蒩，榆醬也。从酉，敄聲。 䏵，䷒蒩。从酉，俞聲。 醿，搗榆醬也。从酉，畢聲。 醯，醬也。从酉，喬聲。 胥，蟹醢也。从肉，疋聲。 肍，熟肉醬也。从肉，九聲。讀若舊。 膌，有骨醢也。从肉，奐聲。 脡，生肉醬也。从肉，延聲。 胎，豕肉醬也。从肉，音聲。 肬，肉汁滓也。从肉，尤聲。	

食物	酒	酒，就也，所以就人性之善惡。从水，从酉，酉亦聲。一曰：造也，吉凶所造也。古者儀狄作酒醪，禹嘗之而美，遂疏儀狄。杜康作秫酒。 酴，酒母也。从酉，余聲。讀若廬。 醇，不澆酒也。从酉，享聲。 醲，厚酒也。从酉，需聲。《詩》曰：「酒醴唯醹。」 酎，三重醇酒也。从酉，从時省。《明堂月令》曰：「孟秋，天子飲酎。」 醠，濁酒也。从酉，盎聲。 醲，厚酒也。从酉，農聲。 酤，一宿酒也。一曰：買酒也。从酉，古聲。 䤂，酒也。从酉，斬省聲。 醴，泛齊，行酒也。从酉，監聲。 醨，薄酒也。从酉，离聲。 醶，酢也。从酉，鐵聲。 酸，酢也。从酉，夋聲。 䤁，酢也。从酉，弋聲。 醶，酢漿也。从酉，僉聲。 酢，醶也。从酉，乍聲。 酏，黍酒也。从酉，也聲。一曰：甜也。賈侍中說，酏爲鬻清。 醷，雜味也。从酉，意聲。 酋，繹酒也。从酉，从半見於上。《禮》有「大酋」，掌酒官也。凡酋之屬皆从酋。	共 108 條
	其他	䊃，酒母也。从米，鞠省聲。 糟，酒滓也。从米，曹聲。 鹽，鹹也。从鹵，監聲。古者。宿沙初作煮海鹽。凡鹽之屬皆从鹽。 鹻，鹵也。从鹽省，僉聲。	
文書具	筆	聿，所以書也。楚謂之聿，吳謂之不律，燕謂之弗。从聿，一聲。凡聿之屬皆从聿。 筆，秦謂之筆。从聿，从竹。	共 18 條
	簡牘	篇，書。一曰：關西謂榜曰篇。从竹，扁聲。 籍，簿書也。从竹，耤聲。 箋，籥也。从竹，枼聲。 籥，書僮竹笘也。从竹，龠聲。 簡，牒也。从竹，間聲。 箈，蒲炭也。从竹，部聲。 牘，書版也。从片，賣聲。 槧，牘樸也。从木，斬聲。 札，牒也。从木，乙聲。 檄，二尺書。从木，敫聲。 牒，札也。从片，枼聲。 符，信也。漢制以竹，長六寸，分而相合。从竹，付聲。 冊，符命也。諸侯進受于王也。象其札一長一短；中有二編之形。凡冊之屬皆从冊。	
	書囊	褱，書囊也。从衣，邑聲。 帙，書衣也。从巾，失聲。	
	其他	幡，書兒拭觚布也。从巾，番聲。（拭寫字木簡的布）	

日用雜器	養蠶、絡絲工具	槌，關東謂之槌，關西謂之持。从木，追聲。 持，槌也。从木，特省聲。 栚，槌之橫者也，關西謂之樣。从木，灷聲。 籆，收絲者也。从竹，蒦聲。 筳，繀絲筦也。从竹，微延聲。 筦，筟也。从竹，完聲。 筟，筳也。从竹，孚聲。讀若《春秋》魯公子彄。 屍，籆柄也。从木，尸聲。	共161條
	針	箴，綴衣箴也。从竹，咸聲。 鍤，郭衣鍼也。从金，舀聲。 鍼，所以縫也。从金，咸聲。 鈹，大鍼也。一曰：劎如刀裝者。从金，皮聲。 鈗，綦鍼也。从金，尢聲。	
日用雜器	織布機部件	欐，絡絲欐。从木，爾聲。讀若柅。 𣏾，機持經者。从木，朕聲。 杼，機之持緯者。从木，予聲。 榺，機持繒者。从木，复聲。	共161條
	石磨	磑，䃺也。从石，豈聲。古者公輸班作磑。（石磨） 碓，舂也。从石，隹聲。 臼，舂也。古者掘地爲臼，其後穿木石。象形。中，米也。凡臼之屬皆从臼。	
	衡量器	銓，衡也。从金，全聲。 鞭，量物之鞭。一曰：抒井鞭。古以革。从革，冤聲。 尺，十寸也。人手卻十分動脈爲寸口。十寸爲尺。尺，所以指尺規榘事也。从尸，从乙。乙，所識也。周制，寸、尺、咫、尋、常、仞諸度量，皆以人之體爲法。凡尺之屬皆从尺。 斞，量也。从斗，臾聲。《周禮》曰：「桼三斞。」 斠，平斗斛也，从斗，冓聲。 槩，杚斗斛。从木，既聲。	
	模具	鑲，作型中腸也。从金，襄聲。 鎔，冶器法也。从金，容聲。 鋏，可以持冶器鑄鎔者。从金，夾聲。讀若漁人莢夾魚之夾。一曰：若挾持。 楥，履法也。从木，爰聲。（鞋履的模子）	
	工具：鑿、鎛、釘等	鏨，小鑿也。从金，从斬，斬亦聲。 鐫，穿木鐫也。从金，雋聲。一曰：琢石也。讀若瀸。 鑿，穿木也。从金，糳省聲。 鉆，鐵銸也。从金，占聲。一曰：膏車鐵鉆。 銸，鉆也。从金，耴聲。 鋸，槍唐也。从金，居聲。 鐕，可以綴著物。从金，朁聲。 鏝，鐵杇也。从金，曼聲。 鑽，所以穿也。从金，贊聲。	
	繩	繍，維綱，中繩。从糸，雟聲。讀若畫，或讀若維。 綱，維紘繩也。从糸，岡聲。	

日用雜器	繩	緷，持綱紐也。从糸，員聲。《周禮》曰：「緷寸。」 紩，扁緒也。一曰：弩腰鉤帶。从糸，折聲。 紉，繩繩也。从糸，刃聲。 繩，索也。从糸，蠅省聲。 絇，纑繩絇也。从糸，句聲。讀若鳩。 絭，攘臂繩也。从糸，关聲。 緘，束篋也。从糸，咸聲。 縢，緘也。从糸，朕聲。 維，車蓋維也。从糸，隹聲。 紲，系也。从糸，世聲。《春秋傳》曰：「臣負羈紲。」 纆，索也。从糸，黑聲。 絚，大索也。一曰：急也。从糸，恒聲。 繑，綆也。从糸，喬聲。 綆，汲井綆也。从糸，更聲。 綏，車中把也。从糸，从妥。 鞃，蓋杠絲也。从革，旨聲。 鞛，配刀絲也。从革，㪊聲。 筰，笮也。从竹，作聲。 笅，竹索也。从竹，交聲。 筶，可以收繩也。从竹，象形，中象人手所推握也。互，筶或省。 緱，刀劍緱也。从糸，侯聲。（纏在刀劍柄上的繩子）	共 161 條
	遊戲器	籌，壺矢也。从竹，壽聲。 簙，局戲也。六箸十二棊也。从竹，博聲。古者烏胄作簙。 棊，博棊。从木，其聲。 枰，平也。从木，平聲。	
	梳	櫛，梳比之總名也。从木，節聲。 梳，理髮也。从木，疏省聲。	
	木杖	橜，弋也。从木，厥聲。一曰：門梱也。 樴，弋也。从木，戠聲。 杖，持也。从木，丈聲。 柭，棓也。从木，犮聲。 棓，梲也。从木，音聲。 梲，木杖也。从木，兌聲。 欑，積竹杖也。从木，贊聲。一曰：穿也，一曰：叢木。 柯，斧柄也。从木，可聲。 柄，柯也。从木，丙聲。 柲，欑也。从木，必聲。 斡，蠡柄也。从斗，倝聲。揚雄、杜林說，皆以爲軺車輪斡。 梮，舉食者。从木，具聲。（抬舉食物的器具） 槔，橘枆木也。从木，皋聲。（汲水井索上端的橫木） 橾，夜行所擊者。从木，橐聲。《易》曰：「重門擊橾。」 瓴，治囊枲也。从瓦，今聲。 楂，木參交以枝炊篿者也。从木，㡭省聲。讀若驪駕。 橫，所以几器。从木，廣聲。一曰：帷屏風之屬。	

日用雜器	木柴	楸，木薪也。从木，取聲。 梡，楓木薪也。从木，完聲。 楄，楄部，方木也。从木，扁聲。《春秋傳》曰：「楄部薦榦。」 片，判木也。从半木。凡片之屬皆从片。 櫱，伐木餘也。从木，獻聲。《商書》曰：「若顛木之有皀櫱。」 樸，木素也。从木，菐聲。 材，木梃也。从木，才聲。 柴，小木散材。从木，此聲。 檥，榦也。从木，義聲。 栝，炊灶木。从木，舌聲。	共161條
	關禽獸柵欄	檻，櫳也。从木，監聲。一曰：圈。 櫳，檻也。从木，龍聲。 柙，檻也，以藏虎兕。从木，甲聲。 牿，牛馬牢也。从牛，告聲。《周書》曰：「今惟牿牛馬。」 牢，閑養牛馬圈也。从牛，冬聲。取其四周帀也。	
	棺	棺，關也，所以掩尸。从木，官聲。 櫬，棺也。从木，親聲。《春秋傳》曰：「士輿櫬。」 槥，棺櫝也。从木，彗聲。 椁，葬有木槨也。从木，享聲。 翣，棺羽飾也。天子八，諸侯六，大夫四，士二。下垂。从羽，妾聲。 柩，棺也。从匚，从木，久聲。	
	獸角	角，獸角也。象形，角與刀魚相似。凡角之屬皆从角。 觠，角也。从角，樂聲。 䚡，角中骨也。从角，思聲。 觠，曲角也。从角，关聲。 䚊，角曲中也。从角，畏聲。 觿，角觿，獸也。狀似豕，角善爲弓，出胡休多國。从角，巂聲。 觰，觰拿，獸也。从角，者聲。 觟，牝牂羊生角者也。从角，圭聲。 觡，骨角之名也。从角，各聲。 觜，鴟舊頭上角觜也。一曰觜觿也。从角，此聲。 解，判也。从刀判牛角。一曰解廌，獸也。 丷，羊角也。象形，凡丷之屬皆从丷。 萈，山羊細角者。从兔足，苜聲。凡萈之屬皆从萈。讀若丸。寬字從此。	
	簸箕	藩，大箕也。从竹，潘聲一曰：薂也。 箕，簸也。从竹；甘，象形；下象丌也。凡箕之屬皆从箕。 畀，箕屬。所以推棄之物也。象形。凡畀之屬皆从畀。	
	糨糊	黏，黏也。从黍，古聲。 䵑，履黏也。从黍，叴省聲。	
	其他	鐩，陽鐩也。从金，隊聲。（取火用的銅鏡） 篼，竹輿也。从竹，便聲。（轎） 籭，竹器也。可以取粗去細。从竹，麗聲。 籉，圓竹器也。从竹，專聲。	

| 日用雜器 | 其他 | 筵，筵箄，竹器也。从竹，徙聲。
箑，扇也。从竹，疌聲。
笘，折竹箠也。从竹，占聲。潁川人名小兒所書寫爲笘。（鞭子）
鎣，器也。从金，熒省聲。讀若銑。（可把器物磨得閃亮的器具）
鑯，鐵器也。一曰：从金，韱聲。
鉤，曲鉤也。从金，从句，句亦聲。
箄，筵箄也。从竹，卑聲。
筐，取蠶比也。从竹，匪聲。（箅取蝨子的篦子）
椻，椻窬，褻器也。从木，威聲。（便器）
梯，木階也。从木，弟聲。
桊，牛鼻中環也。从木，关聲。（貫穿牛鼻的環）
椎，擊也。齊謂之終葵。从木，隹聲。（捶擊之器）
椆，角械也。从木，邵聲。一曰：木下白也。（角鬥的器械）
韘，射決也。所以拘弦，以象骨，韋系，著右巨指。从韋，枼聲。
檃，栝也。从木，隱省聲。（矯正竹木的器具）
栝，檃也。从木，昏聲。
臬，射準的也。从木，自聲。
桼，木汁。可以鬃物。象形。桼如水滴而下。凡桼之屬皆从桼。
匰，宗廟盛主器也。《周禮》曰：「祭祀共匰主。」從匚，單聲。
䖝，古器也。从曲，舀聲。
鞙，囊紐也。从韋，惠聲。一曰：盛虜頭囊也。（捆物的帶子）
盌，械器也。从皿，必聲。（拭器物）
鍵，鉉也。一曰：車轄。从金，建聲。
鉉，舉鼎也。《易》謂之鉉，《禮》謂之鼏。从金，玄聲。
鈆，可以句鼎耳及鑪炭。从金，谷聲。一曰：銅屑。讀若浴。
柎，闌足也。从木，付聲。
枹，擊鼓杖也。从木，包聲。
枱，耒耑也。从木，台聲。
梱，梱斗可以射鼠。从木，固聲。（捕鼠器）
鋂，大瑣也。一環貫二者。从金，每聲。《詩》曰：「盧重鋂。」
觽，佩角，瑞耑可以解結。从角，巂聲。《詩》曰：「童子佩觽。」
觰，雖射收繳具。从角，奞聲。讀若鰌。
䚢，雖射收繫具也。从角，發聲。（打獵射鳥時收回箭上繫繩的角製器具） | 共 161 條 |
| 共計 287 條 ||||

食物有 108 條，文書具有 18 條，日用雜器（養蠶、絡絲工具、針、織布機部件、石磨、衡量器、模具、工具、繩、遊戲器、梳、木杖、木柴、柵欄、棺、獸角、簸箕、糊糊、其他等）有 161 條，共計有 287 條。

二、植物類

爲與《爾雅》植物類進行比較，故將《說文》植物類對照《爾雅》分成草類、木類二大類，材料表分列如下：

（一）草　類

類型	《說文》草類內容	條　數
五穀 雜糧	虋，赤苗嘉穀也。从艸，釁聲。 荅，小尗也。从艸，合聲。 萁，豆莖也。从艸，其聲。 藿，尗之少也。从艸，靃聲。 㮰，禾粟之穗，生而不成者，謂之董㮰。从艸，郎聲。 莠，禾粟下陽生者曰莠。从艸，秀聲。讀若西。 萉，枲實也。从艸，肥聲。 芓，麻母也。从艸，子聲。一曰：芓即枲也。 冀，芓也。从艸，異聲。 芋，大葉實根，駭人，故謂之芋也。从艸，亏聲。 莒，齊謂芋爲莒。从艸，呂聲。 蘧，蘧麥也。从艸，遽聲。 菊，大菊，蘧麥。从艸，匊聲。 蘆，蘆菔也。一曰齊根。从艸，盧聲。 菔，蘆菔，似蕪菁，實如小尗者。从艸，服聲。 莥，鹿藿之實名也。从艸，狃聲。 薏，薏苢。从艸，意聲。一曰：薏英。 蕎，爵麥也。从艸，喬聲。 蒛，牡茅也。从艸，遫聲。遫，籀文速。 菥，茅秀也。从艸，私聲。 蔣，苽蔣也。从艸，將聲。 苽，雕苽。一名蔣。从艸，瓜聲。 蕉，生枲也。从艸，焦聲。 芑，白苗嘉穀也。从艸，己聲。 瓠，匏也。从瓜，夸聲。凡瓠之屬皆从瓠。 瓜，蓏也。象形。凡瓜之屬皆从瓜。 㼓，小瓜也。从瓜，交聲。 瓞，㼓也。从瓜，失聲。《詩》曰：「緜緜瓜瓞。」瓞或从弗。 瑩，小瓜也。从瓜，熒省聲。 䟉，瓜也。从瓜，㡭省聲。 瓣，瓜中實。从瓜，辡聲。 麻，與枲同。人所治，在屋下。从广，从枲。凡麻之屬皆从麻。 黀，未練治纑也。从麻，後聲。 黂，麻藍也。从麻，取聲。 䕻，黀屬。从麻，俞聲。 枲，萉之總名也。枲之爲言微也，微纖爲功。象形。凡枲之屬皆从枲。 黻，枲屬。从枲，熒省。《詩》曰：「衣錦黻衣。」 枲，麻也。从朮，台聲。 禾，嘉穀也。二月始生，八月而孰，得時之中，故謂之禾。禾，木也。木王而生，金王而死。从木，从丞省。丞象其穗。凡禾之屬皆从禾。 稼，禾之秀實爲稼，莖節爲禾。从禾，家聲。一曰：稼，家事也。一曰：在野曰稼。 種，先穜後孰也。从禾，重聲。	共 92 條

五穀雜糧	秺，疾孰也。从禾，坴聲。《詩》曰：「黍稷種稑。」 穉，幼禾也。从禾，屖聲。 穬，禾也。从禾，蔑聲。 穋，禾也。从禾，廖聲。 私，禾也。从禾，厶聲。北道名禾主人曰私主人。 穳，稻紫莖不黏者也。从禾，糞聲。 稷，穧也。五穀之長。从禾，畟聲。 穧，稷也。从禾，齊聲。 秫，稷之黏者。从禾；朮，象形。 穄，䴰也。从禾，祭聲。 稻，稌也。从禾，舀聲。 稌，稻也。从禾，余聲。《周禮》曰：「牛宜稌。」 稬，沛國謂稻曰稬。从禾，耎聲。 穅，稻不黏者。从禾，兼聲。讀若風廉之廉。 秔，稻屬。从禾，亢聲。 秏，稻屬。从禾，毛聲。伊尹曰：「飯之美者，玄山之禾，南海之秏。」 穬，芒粟也。从禾，廣聲。 稗，禾別也。从禾，卑聲。琅邪有稗縣。 秾，齊為麥秾也。从禾，來聲。 采，禾成秀也，人所以收。从爪、禾。 秒，禾芒也。从禾，少聲。 秠，一稃二米。从禾，丕聲。《詩》曰：「誕降嘉穀，惟秬惟秠。」天賜後稷之嘉穀也。 穦，積禾也。从禾，資聲。《詩》曰：「穦之秩秩。」 稞，穀之善者。从禾，果聲。一曰：無皮穀。 䆚，稬也。从禾，气聲。 稃，穅也。从禾，孚聲。 穫，穧也。从禾，會聲。 糠，穀皮也。从禾，从米，庚聲。 穔，禾皮也。从禾，羔聲。 稈，禾莖也。从禾，旱聲。《春秋傳》曰：「或投一秉稈。」 稿，稈也。从禾，高聲。 秕，不成粟也。从禾，比聲。 稍，麥莖也。从禾，肖聲。 䅎，麥穰也。从禾，列聲。 穰，黍䅎已治者。从禾，襄聲。 穀，續也。百穀之總名。从禾，殼聲。 䅅，禾也。从禾，道聲。司馬相如：「䅅，一莖六穗。」 稟，嘉穀實也。从卤，从米。孔子曰：「稟之為言續也。」 尗，豆也。象尗豆聲之形也。凡尗之屬皆从尗。 來，周所受瑞麥來麰。一來二縫，象芒束之形。天所來也，故為行來之來。《詩》曰：「詒我來麰。」凡來之屬皆从來。 黍，禾屬而黏者也。以大暑而種，故謂之黍。从禾，雨省聲。孔子曰：「黍可以為酒，禾入水也。」凡黍之屬皆从黍。 䵖，穄也。从黍，麻聲。 貏，黍屬。从黍，卑聲。	共 92 條

五穀雜糧	麥,芒穀,秋種厚薶,故謂之麥。麥,金也。金王而生,火王而死。從來,有穗者;從夊。凡麥之屬皆從麥。 麰,來麰,麥也。從麥,牟聲。 䵂,堅麥也。從麥,气聲。 䴾,小麥屑之覈。從麥,肖聲。 麩,小麥屑皮也。從麥,夫聲。 麪,麥末也。從麥,丏聲。 𪌗,麥覈屑也。十斤為三斗。從麥,啻聲。 𪐩,黑黍也。一稃二米,以釀也。從鬯,矩聲。	共 92 條
經濟作物	菡,菡萏也。從艸,函聲。 萏,菡萏也。芙蓉,華未發為菡萏,已發為芙蓉。從艸,閻聲。 蓮,芙蕖之實也。從艸,連聲。 茄,芙蕖莖也。從艸,加聲。 荷,芙蕖葉。從艸,何聲。 蔤,芙蕖本。從艸,密聲。 藕,芙蕖根。從艸水,禺聲。 蔖,薑屬,可以香口。從艸,俊聲。 蒲,水艸也。可以作席。從艸,浦聲。 蒻,蒲子。可以為平席。從艸,弱聲。 茆,昌蒲也。從艸,卬聲。益州云。 藻,蒲,蒻之類也。從艸,深聲。 莞,夫離也。從艸,完聲。 蒚,夫離上也。從艸,鬲聲。 藷,藷蔗也。從艸,諸聲。 蔗,藷蔗也。從艸,庶聲。 緂,𦁐緂,可以作縻綆。從艸,㕙聲。 蒠,兔苽也。從艸,寅聲。 𦭔,馬帚也。從艸,并聲。 藺,艸也。可以束。從艸,閵聲。 蒐,茅蒐,茹藘。人血所生,可以染絳。從艸,從鬼。 茜,茅蒐也。從艸,西聲。 藨,鹿藿也。從艸,麃聲。讀若剽。一曰:蔽屬。 菠,芰也。從艸,淩聲。楚謂之芰,秦謂之薢茩。 芰,菠也。從艸,支聲。 薢,薢茩也。從艸,解聲。 茩,薢茩也。從艸,后聲。 蒹,萑之未秀者。從艸,兼聲。 萑,薍也。從艸,乢聲。八月萑為葦也。 薍,萑之初生。一曰薍,一曰鵻。從艸,剡聲。 薕,蒹也。從艸,廉聲。 蔧,王彗也。從艸,彗聲。 芫,魚毒也。從艸,元聲。 檽,木耳也。從艸,奭聲。一曰蕭茈。 萸,茱萸也。從艸,臾聲。 茱,茱萸,茮屬。從艸,朱聲。 茮,茮莍。從艸,尗聲。 莍,茮、樧實,裹如裘衮者。從艸,求聲。	共 43 條

經濟作物	萑，蓷也。从艸，隺聲。 葦，大葭也。从艸，韋聲。 葭，葦之未秀者。从艸，叚聲。 茶，苦荼也。从艸，余聲。 荔，艸也。似蒲而小，根可作刷。从艸，劦聲。	共 43 條
野菜	芺，菜也。从艸，夭聲。 葵，菜也。从艸，癸聲。 蘁，禦濕之菜也，从艸，彊聲。 蓼，辛菜，薔虞也。从艸，翏聲。 菹，菜也。从艸，祖聲。 蘘，菜也，似蘇者。从艸，康聲。 薇，菜也，似藿。从艸，微聲。 萑，菜也。从艸，唯聲。 菦，菜，類蒿。从艸，近聲。 釀，菜也。从艸，釀聲。 莧，莧菜也。从艸，見聲。 葷，臭菜也。从艸，軍聲。 蒜，葷菜。从艸，祘聲。 芥，菜也。从艸，介聲。 蔥，菜也。从艸，悤聲。 蘉，鳧葵也。从艸，攀聲。 茷，蚍虾也。从艸，收聲。 莊，蒿也。从艸，毗聲。 芹，楚葵也。从艸，斤聲。 葑，須從也。从艸，封聲。 蓍，蒿屬。生十歲，百莖。《易》以爲數。天子蓍九尺，諸侯七尺，大夫五尺，士三尺。从艸，耆聲。 菣，香蒿也。从艸，臤聲。 莪，蘿莪，蒿屬。从艸，我聲。 蘿，莪也。从艸，羅聲。 菻，蒿屬。从艸，林聲。 蔚，牡蒿也。从艸，尉聲。 蕭，艾蒿也。从艸，肅聲。 萩，蕭也。从艸，秋聲。 芍，鳧茈也。从艸，勺聲。 蓂，析蓂，大薺也。从艸，冥聲。 菹，酢菜也。从艸，沮聲。 荃，芥脃也。从艸，全聲。 酤，韭鬱也。从艸，酤聲。 蘫，瓜菹也。从艸，監聲。 泭，菹也。从艸，泭聲。 蕨，虌也。从艸，厥聲。 菲，芴也。从艸，非聲。 芴，菲也。从艸，勿聲。 菲，鳧葵也。从艸，亞聲。《詩》曰：「言采其菲。」 蘩，白蒿也。从艸，繁聲。	共 48 條

野菜	蒿，菣也。从艸，高聲。 蓬，蒿也，从艸，逢聲。 韭，菜名。一種而久者，故謂之韭。象形，在一之上。一，地也。此與耑同意。凡韭之屬皆从韭。 藿，韲也。从韭，隊聲。 鑫，墜也。从韭，次、弗皆聲。 韱，菜也。葉似韭。从韭，韱聲。 韱，山韭也。从韭，氅聲。 蟠，小蒜也。从韭，番聲。	共 48 條
草藥	蘇，桂荏也。从艸，穌聲。 荏，桂荏，蘇。从艸，任聲。 蕧，人蘧，藥艸，出上黨。从艸，浸聲。 芐，地黃也。从艸，下聲。《禮記》：「鉶毛：牛、藿；羊、芐；豕、薇。」 菀，茈菀，出漢中房陵。从艸，宛聲。 茵，貝母也。从艸，明省聲。 荒，山薊也。从艸，术聲。 薑，大苦也。从艸，霝聲。 藥，治病艸。从艸，樂聲。 桔，桔梗，藥名。从木，吉聲。一曰：直木。	共 10 條
草屬	艸，百艸也。从二屮。凡艸之屬皆从艸。 芝，神艸也。从艸，从之。 蓂，蓂莆，瑞艸也。堯時生于庖廚，扇暑而涼。从艸，逪聲。 莆，蓂莆也。从艸，甫聲。 苣，艸也。从艸，臣聲。 藍，染青艸也。从艸，監聲。 蕿，令人忘憂艸也。从艸，憲聲。 营，营藭，香草也。从艸，宮聲。 藭，营藭也。从艸，窮聲。 蘭，香艸也。从艸，闌聲。	共 178 條
草屬	蓁，艸，出吳林山。从艸，姦聲。 薰，香艸也。从艸，熏聲。 茖，艸也。从艸，各聲。 苷，甘艸也。从艸，甘聲。 芧，艸也。从艸，予聲。 藎，艸也。从艸，盡聲。 蓫，艸也。从艸，述聲。 荵，荵冬艸。从艸，忍聲。 萱，艸也。从艸，里聲。讀若釐。 蘳，釐艸也。一曰拜商蘳。从艸，翟聲。 芨，菫艸也。从艸，及聲。讀若急。 莤，毒艸也。从艸，娄聲。 莀，艸也。可以染留黃。从艸，戾聲。 蘄，艸也。从艸，靳聲。江夏有蘄春亭。 莞，艸也。可以作席。从艸，完聲。 菩，艸也。从艸，音聲。 萬，艸也。从艸，禹聲。	共 178 條

草屬	薐，艸也。从艸，夷聲。 薜，艸也。从艸，辥聲。 薂，艸也。从艸，靛聲。 薖，艸也。从艸，區聲。 茵，艸也。从艸，固聲。 蓏，艸也。从艸，榦聲。 蔥，艸也。从艸，賜聲。 苪，艸也。从艸，中聲。 芺，艸也。味苦，江南食以下氣。从艸，夭聲。 茲，艸也。从艸，弦聲。 薗，艸也。从艸，圖聲。圖，籀文囿。 莩，艸也。从艸，孚聲。 蕕，水邊艸也。从艸，猶聲。 蘳，艸也。从艸，贛聲。一曰，薏苢。 蔽，艸也。从艸，臧聲。 蔞，艸也。可以亨魚。从艸，婁聲。 藟，艸也。从艸，畾聲。《詩》曰：「莫莫葛藟。」 茈，茈艸也。从艸，此聲。 蘋，茈艸也。从艸，頮聲。 葦，艸也。从艸，章聲。 苞，艸也。南陽以爲麤履。从艸，包聲。 芸，艸也。似目宿。从艸，云聲。《淮南子》說：「芸草可以死復生。」 蔪，艸也。从艸，斬聲。 葎，艸也。从艸，律聲。 薮，艸也。从艸，嫂聲。 芩，艸也。从艸，今聲。《詩》曰：「食野之芩。」 蔿，艸也。从艸，爲聲。 莸，艸也。从艸，尤聲。 藥，艸也。从艸，彙聲。 菁，艸也。从艸，育聲。 蘢，艸也。从艸，罷聲。 薙，艸也。从艸，難聲。 茛，艸也。从艸，良聲。 蘷，艸也。从艸，要聲。《詩》曰：「四月秀蘷。」劉向說，此味苦，苦蘷也。 薖，艸也。从艸，過聲。 芘，艸也。一曰芘茮木。从艸，比聲。 萌，艸芽也。从艸，明聲。 莛，莖也。从艸，廷聲。 莖，枝柱也。从艸，巠聲。 葉，艸木之葉也。从艸，枼聲。 蒛，艸之小者。从艸，屶聲。屶，古（籀）文銳字，讀若芮。 芛，草之葟榮也。从艸，尹聲。 英，草榮而不實者。一曰：黃英。从艸，央聲。 莢，艸實。从艸，夾聲。 芒，艸耑。从艸，亾聲。	共 178 條

草屬	荄，艸根也。从艸，亥聲。 茇，艸根也。从艸，犮聲。春艸根枯，引之而發土爲撥，故謂之茇。一曰：艸之白華爲茇。 苗，艸生於田者。从艸，从田。 苛，小艸也。从艸，可聲。 蔡，艸也。从艸，祭聲。 菜，艸之可食者。从艸，采聲。 葼，艸也。从艸，是聲。 卉，艸之總名也。从艸屮。 藿，艸也。从艸，萑聲。《詩》曰：「食鬱及藿。」 苟，艸也。从艸，句聲。 董，艸也。根如薺，葉如細柳，蒸食之，甘。从艸，童聲。 鸛，艸也。从艸，鸛聲。 蓸，艸也。从艸，曹聲。 蔺，艸也。从艸，鹵聲。 蒩，艸也。从艸，沼聲。 菩，艸也。从艸，吾聲。《楚詞》有菩蕭草。 范，艸也。从艸，氾聲。 艿，艸也。从艸，乃聲。 蒩，艸也。从艸，血聲。 萄，艸也。从艸，匋聲。 苳，艸也。从艸，冬聲。 茗，艸也。从艸，召聲。 蒜，艸也。从艸，林聲。 蒄，艸也。从艸，冒聲。 芅，芅蘭，莞也。从艸，凡聲。 蘺，楚謂之蘺，晉謂之蘺，齊謂之茝。从艸，鹿聲。 蘺，江蘺，蘼蕪。从艸，離聲。 茝，蘺也。从艸，匝聲。 蘼，蘼蕪也。从艸，麋聲。 蒿，芎藭也。从艸，楬聲。 芎，芎藭也。从艸，弓聲。 薊，芺也。从艸，魝聲。 薐，卷耳也。从艸，務聲。 苦，大苦，苓也。从艸，古聲。 茅，菅也。从艸，矛聲。 菅，茅也。从艸，官聲。 藺，莞屬。从艸，闌聲。 蒢，黃蒢，職也。从艸，除聲。 蓷，藿也。从艸，推聲。《詩》曰：「中谷有蓷。」 莖，缺盆也。从艸，圭聲。 菌，井藻也。从艸，君聲。讀若威。 苢，芣苢，一名馬舄。其實如李，令人宜子。从艸，吕聲。《周書》所說。 蕁，芜藩也。从艸，尋聲。 蕡，王蕡也。从艸，負聲。 荌，艸也。从艸，安聲。	共 178 條

草屬	蘽，月爾也。从艸，纍聲。 菥，菟葵也。从艸，稀省聲。 覆，盜庚也。从艸，復聲。 苓，卷耳也。从艸，令聲。 蘆，茅，菅也，一名莣。从艸，寬聲。 蕾，薑也。从艸，富聲。 薑，蕾也。从艸，畐聲。 蓨，苗也。从艸，脩聲。 苗，蓨也。从艸，由聲。 萬，艸。枝枝相值，葉葉相當。从艸，易聲。 薁，嬰薁也。从艸，奧聲。 葴，馬藍也。从艸，咸聲。 蒬，棘蒬也。从艸，冤聲。 荝，烏喙也。从艸，則聲。 虇，赤虇也。从艸，隸聲。 薜，杜贊也。从艸，辟聲。 芒，杜榮也。从艸，忘聲。 艾，冰臺也。从艸，乂聲。 甄，豕首也。从艸，甄聲。 蔦，寄生也。从艸，鳥聲。《詩》曰：「蔦與女蘿。」 苦，苦婁，果蓏也。从艸，昏聲。 薟，白薟也。从艸，僉聲。 芩，黃芩也。从艸，金聲。 童，鼎童也。从艸，童聲。杜林曰：「藕根。」 藈，狗毒也。从艸，繫聲。 蕍，綏也。从艸，鶪聲。《詩》曰：「卬有旨蕍。」 蘜，治牆也。从艸，鞠聲。 芪，芪母也。从艸，氏聲。 菋，荎藸也。从艸，味聲。 荎，荎藸，艸也。从艸，至聲。 藸，荎藸也。从艸，豬聲。 葛，絺綌艸也。从艸，曷聲。 蔓，葛屬。从艸，曼聲。 藆，葛屬，白華。从艸，皋聲。 荇，莕餘也。从艸，杏聲。 莕，莕餘也。从艸，妄聲。 蕛，蕛英也。从艸，稊聲。 英，蕛英也。从艸，失聲。 芋，芋熒，朐也。从艸，丁聲。 茉，華盛。从艸，不聲。一曰茉苢。 菣，茇也。茅根也。从艸，均聲。 若，擇菜也。从艸右；右，手也。一曰：杜若，香艸。 芻，刈艸也。象包束草之形。 茭，乾芻。从艸，交聲。一曰牛蘄草。 芀，亂艸。从艸，步聲。 莝，斬芻。从艸，坐聲。	共 178 條

草屬	葶，亭歷也。从艸，單聲。 莎，鎬侯也。从艸，沙聲。 萊，蔓華也。从艸，來聲。 蒙，王女也。从艸，冡聲。 藻，水艸也。从艸，从艸，巢聲。《詩》曰：「于以采藻。」 菉，王芻也。从艸，彔聲。《詩》曰：「菉竹猗猗。」 薲，水舄也。从艸，賓聲。《詩》曰：「言采其薲。」 藜，艸也。从艸，黎聲。 歸，薺實也。从艸，歸聲。 蓐，陳草復生也。从艸，辱聲。一曰：蔟也。凡蓐之屬皆从蓐。 艸，眾艸也。从二屮，凡艸之屬皆从艸。 舜，艸也。楚謂之葍，秦謂之藑。蔓地連華。象形。从舛，舛亦聲。凡舜之屬皆从舜。 鬱，芳艸也。十葉爲貫，百廿貫築以煮之爲鬱。從臼、冂、缶、鬯、彡，其飾也。一曰：鬱鬯，百艸之華，遠方鬱人所貢芳艸，合釀之以降神。鬱，今鬱林郡也。 屯，艸葉也。从垂穗，上貫一，下有根。象形。凡屯之屬皆从屯。 筮，《易》卦用蓍也。从竹、巫聲。	共 178 條
其他	蓏，在木曰果，在地曰蓏。从艸、从瓜。 苺，馬苺也。从艸，母聲。 葥，山苺也。从艸，歬聲。 萇，萇楚，跳弋。一名羊桃。从艸，長聲。 薔，薔靡，虋冬也。从艸，牆聲。 菁，韭華也。从艸，青聲。 苶，苶苶也。从艸，邪聲。 芀，葦華也。从艸，刀聲。 茢，芀也。从艸，列聲。 蘘，蘘荷也。一名葍蒩。从艸，襄聲。 苹，蓱也，無根，浮水而生者。从艸，平聲。 薲，大蓱也。从艸，賓聲。 藻，水萹茿。从艸，从水，毒聲。讀若督。 萹，萹茿也。从艸，扁聲。 茿，萹茿也。从艸，築省聲。 薺，蒺棃也。从艸，齊聲。《詩》曰：「牆有薺。」 莿，茦也。从艸，刺聲。 茦，莿也。从艸，束聲。 芡，雞頭也。从艸，欠聲。 蘜，日精也。以秋華。从艸，鞠省聲。 蕡，青蕡，似莎者。从艸，煩聲。 蘢，天蘥也。从艸，龍聲。 菌，地蕈也。从艸，囷聲。 葚，桑葚。从艸，覃聲。 葚，桑實也。从艸，甚聲。 蓏，果也。从艸，竘聲。 蕣，木堇，朝華暮落者。从艸，舜聲。《詩》曰：「顏如蕣華。」 荊，楚。木也。从艸，刑聲。	共 45 條

類型		數目
其他	菭，水衣也。从艸，治聲。 芽，萌芽也。从艸，牙聲。 葩，華也。从艸，皅聲。 蘳，黃華。从艸，眭聲。讀若（墮）壞。 藨，苕之黃華也。从艸，票聲。一曰：末也。 葽，青齊沇冀謂木細枝曰葽。从艸，嫢聲。 藬，藍蓼秀。从艸，隋省聲。 帶，瓜當也。从艸，帶聲。 蔽，乾梅之屬。从艸，尞聲。《周禮》曰：「饋食之籩，其實乾蔽。」後漢長沙王始煮艸爲蔽。蔽或爲漻。 蘱，煎茱萸。从艸，類聲。漢律：會稽獻蘱一斗。 泮，苹也。从艸，泮聲。 薔，薔虞，蓼。从艸，嗇聲。 草，草斗，櫟實也。一曰：象斗子。从艸，早聲。 芺，菌芺，地蕈。叢生田中。从屮，六聲。 華，榮也。从艸，从璺。凡華之屬皆从華。 曅，艸木白華也。从華，从白。 璺，艸木華也。从㶾，亏聲。凡璺之屬皆从璺。	共 45 條
共計 416 條		

　　《說文》草類共 416 條，分爲六小類，依序是五穀雜糧 92 條，經濟作物 43 條，野菜 48 條，草藥 10 條，草屬 178 條，其他 45 條。

（二）木　類

類型	《說文》木類內容	數　目
木名	木，冒也，冒地而生，東方之行，从屮，下象其根，凡木之屬皆从木。 橘，果出江南。从木，矞聲。 橙，橘屬。从木，登聲。 柚，條也，似橙而酢。从木，由聲。《夏書》曰：「厥包橘柚。」 樝，果似棃而酢。从木，虘聲。 棃，果名。从木，称聲。 梬，棗也。从木，粵聲。 柿，赤實果。从木，宋聲。 柟，梅也。从木，冄聲。 梅，柟也。从木，每聲。 杏，果也。从木，可省聲。 奈，果也。从木，示聲。 李，果也。从木，子聲。 桃，果也。从木，兆聲。 楙，朹桃。从木，敄聲。 茉，果實如小栗。从木，辛聲。 楷，木也。孔子冢蓋樹者。从木，皆聲。 棳，桂也。从木，僵省聲。 桂，江南木，百藥之長。从木，圭聲。	共 177 條

	棠，牡曰棠，牝曰杜。从木，尚聲。	
	杜，甘棠也。从木，土聲。	
	榙，木也。从木，習聲。	
	橝，木也。从木，單聲。	
	橤，木也。从木，韋聲。	
	楢，柔木也，工官以為耎輪。从木，酋聲。讀若糗。	
	枒，櫚椐木也。从木，丣聲。	
	棆，毋杶也。从木，侖聲。讀若《易》卦屯。	
	㮕，木也。从木，胥聲。讀若芟刈之芟。	
	柍，梅也。从木，央聲。一曰：江南橦材，其實謂之柍。	
	楑，木也。从木，癸聲。又，度也。	
	榙，木也。从木，咎聲。讀若皓。	
	椆，木也。从木，周聲。讀若丩。	
	楸，樸楸木也。从木，軟聲。	
	欙，木也。从木，彝聲。	
	梣，青皮木。从木，岑聲。	
	㮞，木也。从木，叕聲。益州有㮞縣。	
	虠，木也。从木，號省聲。	
	棪，𣛍其也。从木，炎聲。	
	𣛍，木也。从木，遄聲。	
木名	椋，即來也。从木，京聲。	共 177 條
	檍，杶也。从木，意聲。	
	櫠，木也。从木，費聲。	
	樗，木也。从木，虖聲。	
	楀，木也。从木，禹聲。	
	虆，木也。从木，藟聲。	
	栘，赤棟也。从木，夷聲。《詩》曰：「隰有杞栘。」	
	栟，栟櫚也。从木，并聲。	
	櫋，栟櫚也。从木，䜌聲。	
	櫃，楸也。从木，賈聲。《春秋傳》曰：「樹六櫃於蒲圃。」	
	椅，梓也。从木，奇聲。	
	梓，楸也。从木，宰省聲。	
	楸，梓也。从木，秋聲。	
	楷，梓屬大者可為棺槨，小者可為弓材。从木，啻聲。	
	柀，櫱也。从木，皮聲。一曰：折也。	
	𣓀，木也。从木，黏聲。	
	榛，木也。从木，秦聲。一曰：蕺也。	
	梂，山樗也。从木，尻聲。	
	杶，木也。从木，屯聲。《夏書》曰：「杶榦栝柏。」	
	櫄，杶也。从木，筍聲。	
	桵，白桵棫。从木，妥聲。	
	棫，白桵。从木，或聲。	
	熄，木也。从木，息聲。	
	椐，樻也。从木，居聲。	

木名	櫝，梱也。从木，貴聲。 栩，柔也。从木，羽聲。其阜，一曰：樣。 柔，栩也。从木，予聲。讀若杼。 樣，栩實。从木，羕聲。 杙，劉劉杙。从木，弋聲。 枇，枇杷木也。从木，比聲。 柞，木也。从木，乍聲。 枰，木出橐山。从木，乎聲。 榗，木也。从木，晉聲。《晉書》曰：「竹箭如榗」。 橡，羅也。从木，彖聲。《詩》曰：「隰有樹檖」。 椵，木可作牀几。从木，叚聲。讀若賈。 穗，木也。从木，惠聲。 楛，木也。从木，苦聲。《詩》曰：「榛楛濟濟」。 檕，木也，可以爲大車軸。从木，齊聲。 杤，木也。从木，乃聲。讀若仍。 頻，木也。从木，頻聲。 樲，酸棗也。从木，貳聲。 樸，棗也。从木，僕聲。 樲，酸小棗。从木，然聲。一曰染也。 柅，木也，實如棃。从木，尼聲。 梢，木也。从木，肖聲。 櫟，木也。从木，隸聲。 柠，木也。从木，夅聲。 梭，木也。从木，夋聲。 樿，木也。从木，畢聲。 樲，木也。从木，刺聲。 枸，木也，可爲醬，出蜀。从木，句聲。 樜，木出發鳩山。从木，庶聲。 枋，木可作車。从木，方聲。 橿，枋也。从木，畺聲。一曰：鉏柄名。 樗，木也，以其皮裹松脂。从木，雩聲。讀若華。 檗，黃木也。从木，辟聲。 楥，香木也。从木，岑聲。 椴，似茱萸，出淮南。从木，殺聲。 槭，木可作大車輮。从木，戚聲。 楊，木也。从木，易聲。 檉，河柳也。从木，聖聲。 栭，小楊也。从木，丣聲。丣，古文酉。 樮，大木可爲鉏柄。从木，夸聲。 欒，木。似欄。从木，䜌聲。《禮》：「天子樹松，諸侯柏，大夫欒，是楊。」 栘，棠棣也。从木，多聲。 棣，白棣也。从木，隶聲。 枳，木似橘。从木，只聲。 楓，木也，厚葉弱枝，善搖，一曰：藥木。从木，風聲。	共 177 條

木名	權，黃華木。从木，雚聲。一曰：反常。 柜，木也。从木，巨聲。 槐，木也。从木，鬼聲。 穀，楮也。从木，𣪊聲。 楮，穀也。从木，者聲。 檵，枸杞也。从木，繼省聲。一曰：監木也。 杞，枸杞也。从木，己聲。 枒，木也。从木，牙聲。一曰：車輞會也。 檀，木也。从木，亶聲。 櫟，木也。从木，樂聲。 梂，櫟實。一曰：鑿首。从木，求聲。 楝，木也。从木，柬聲。 檿，山桑也。从木，厭聲。《詩》曰：「檿其柘」。 柘，桑也。从木，石聲。 楖，木可爲杖。从木，卽聲。 檈，檈味，稔棗。从木，還聲。 梧，梧桐木。从木，梧聲。一曰：櫬。 榮，桐木也。从木，熒省聲。一曰：屋梠之兩頭起者爲榮。 桐，榮也。从木，同聲。 橎，木也。从木，番聲。讀若樊。 榆，榆白枌。从木，俞聲。 枌，榆也。从木，分聲。 梗，山枌榆有朿莢，可爲蕪夷者。从木，更聲。 樵，散也。从木，焦聲。 松，木也。从木，公聲。 樠，松心木。从木，㒼聲。 檜，柏葉松身。从木，會聲。 樅，松葉柏身。从木，從聲。 柏，鞠也。从木，白聲。 机，木也。从木，几聲。 枯，木也。从木，占聲。 梇，木也。从木，弄聲。益州有梇棟縣。 楰，鼠梓木。从木，臾聲。《詩》曰：「北山有楰。」 桅，黃木可染者。从木，危聲。 杒，桎杒也。从木，刃聲。 樬，棓樬木也。从木，遝聲。 棓，棓樬果，似李。从木，苔聲。 某，酸果也。从木，从甘。闕。 櫾，崑崙河隅之長木也。从木，䌛聲。 樹，生植之總名。从木，尌聲。 朱，赤心木，松柏屬。从木，一在其中。 根，木株也。从木，㫐聲。 欆，細理木也。从木，畟聲。 果，木實也。从木，象果形，在木之上。	共 177 條

木名	樏，木實也。从木，累聲。 杈，枝也。从木，叉聲。 枝，木別生條也。从木，支聲。 朴，木皮也。从木，卜聲。 條，小枝也。从木，攸聲。 枚，榦也，可爲杖。从木，从攵。《詩》曰：「施於條枚。」 槀，木葉搖白也。从木，晶聲。 根，高木也。从木，良聲。 枵，木根也。从木，号聲。《春秋傳》曰：「歲在玄枵，玄枵，虛也。」 杚，高木也。从木，丩聲。 橈，曲木。从木，堯聲。 朴，相高也。从木，小聲。 梴，長木也。从木，延聲。《詩》曰：「松桷有梴。」 楨，剛木也。从木，貞聲。上郡有楨林縣。 榑，榑桑神木，日所出也。从木，專聲。 栵，栭也。从木，列聲。《詩》曰：「其灌其栵。」 櫘，棼也。从木，憲聲。 柃，木也。从木，令聲。 林，平土有叢木曰林。从二木。凡林之屬皆从林。 楚，叢木。一名荊也。从林，疋聲。 叒，日初出東方湯谷，所登榑桑，叒木也。象形。凡叒之屬皆从叒。 桑，蠶所食葉木。从叒木。 枲，木也。从木，其實下垂，故从卤。 棗，羊棗也。从重朿。 棘，小棗叢生也。从並朿。 黓，黑木也。从黑，多聲。丹陽有黓縣。	共 177 條
竹名	竹，冬生艸也。象形。下垂者，箁箬也。凡竹之屬皆从竹。 箭，矢也。从竹，前聲。 箘，箘簬也。从竹，囷聲。一曰博棊也。 簬，箘簬也。从竹，路聲。《夏書》曰：「惟箘簬楛。」 筱，箭屬。小竹也。从竹，攸聲。 蕩，大竹也。从竹，湯聲。《夏書》曰：「瑤琨筱蕩。」 薇，竹也。从竹，微聲。 筍，竹胎也。从竹，旬聲。	共 8 條
其他	柢，木根也。从木，氐聲。 株，木根也。从木，朱聲。 朿，木芒也。象形。凡朿之屬皆从朿。讀若刺。 箸，竹箸也。从竹，音聲。 箬，楚謂竹皮曰箬。从竹，若聲。 節，竹約也。从竹，即聲。 筡，竹膚也。从竹，民聲。 笨，竹裏也。从竹，本聲。	共 8 條
共計 193 條		

《說文》木類共 193 條，包含木名 177 條，竹名 8 條，其他 8 條。

三、動物類

　　爲與《爾雅》動物類進行比較，故將《說文》動物類對照《爾雅》分成蟲類、魚類、鳥類、獸類、畜類等五大類，各類表格如下：

（一）蟲　類

類　別		《說文》蟲類內容	條　數
節肢動物	蟲名	蠁，知聲蟲也。从虫，鄉聲。 蛓，毛蟲也。从虫，𢦏聲。 蠹，螬蠹也。从䖵，曹聲。 螬，螬蠹也。从虫，齊聲。 蚭，渠蚭。一曰天社。从虫，卻聲。 蜉，蠹蜉也。一曰蜉游。朝生莫死者。从虫，𡴎聲。 蟫，蟲也。从虫，𣪚聲。 蛸，蟲也。从虫，省聲。 蠠，蟲也。从䖵，宓聲。 蠤，蟲也。从䖵，展省聲。 蛁，蟲也。从虫，召聲。 蟜，蟲也。从虫，喬聲。 蚩，蟲也。从虫，之聲。 巴，蟲也。或曰：食象蛇。象形。凡巴之屬皆从巴。 蝤，蝤蠐也。从虫，酋聲。 蜆，縊女也。从虫，見聲。 蝜，蝜蝚，毒蟲也。从虫，般聲。 蝥，蝜蝥也。从虫，敄聲。 蚣，蚣蝑，以股鳴者。从虫，松聲。 蝑，蚣蝑也。从虫，胥聲。 蠓，蠛蠓也。从虫，蒙聲。 蚨，青蚨，水蟲，可還錢。从虫，夫聲。 蜮，短狐也。似鼈，三足，以气射害人。从虫，或聲。 虹，螮蝀也。狀似蟲。从虫，工聲。 螮，螮蝀，虹也。从虫，帶聲。 蝀，螮蝀也。从虫，東聲。 蟹，蟹鹿，蛁蟟也。从虫，奚聲。 蚗，蚚蚗，蛁蟟也。从虫，夬聲。 蠭，飛蟲螫人者。从䖵，逢聲。 蟊，蟊蟘也。从䖵，巨聲。 蟁，齧人飛蟲。从䖵，民聲。 𧉪，齧人飛蟲。从䖵，亡聲。 蚤，齧人跳蟲。从䖵，叉聲。 蝨，齧人蟲。。从䖵，卂聲。 蝰，多足蟲也。从䖵，求聲。 蜚，臭蟲，負蠜也。从蟲，非聲。	共 111 條

節肢動物	蟲名	鼉，水蟲。似蜥易，長大。从黽，單聲。 鼃，水蟲也。薉貉之民食之。从黽，奚聲。 蠣，蠣嬴，蒲盧，細要土蠭也。天地之性，細要，純雄無子。《詩》曰：「螟蛉有子，蠣嬴負之。」从虫，羸聲。	共 111 條
	蟲名：寄生	蠸，蟲也。一曰螫也。讀若蜀都布名。从虫，雚聲。 螟，蟲，食穀葉者。吏冥冥犯法即生螟。从虫，从冥。 蟘，蟲，食苗葉者。吏乞貸則生蟘。从虫，从貸，貸亦聲。 蟊，蟲，食草根者。从蟲，象其形。吏抵冒取民財則生。 蝹，蟲，在牛馬皮者。从虫，翁聲。 蝎，蝤蠐也。从虫，曷聲。 蜀，葵中蠶也。从虫，上目象蜀頭形，中象其身蜎蜎。《詩》曰：「蜎蜎者蜀。」。 蠋，馬蠲也。从虫目，益聲。 蠖，尺蠖，屈申蟲。从虫，蒦聲。 蛳，蛄蛳，強羊也。从虫，施聲。 蛅，蛅斯，墨也。从虫，占聲。 蠕，螟蠕，桑蟲也。从虫，需聲。 蜙，蝑蜙也。从虫，從聲。 蛕，腹中長蟲也。从虫，有聲。 蟯，腹中短蟲也。从虫，堯聲。 蟣，蝨子也。一曰：齊謂蛭曰蟣。从虫，幾聲。 蜱，齧牛蟲也。从虫，毘聲。 蛣，蛣蚍，蝎也。从虫，吉聲。 蚍，蛣蚍也。从虫，出聲。 蟫，白魚也。从虫，覃聲。 蛅，毛蠹也。从虫，冄聲。 蟠，鼠婦也。从虫，番聲。 蚈，蚈威，委黍；委黍，鼠婦也。从虫，伊省聲。 蠹，木中蟲。从蚰，橐聲	
	蠅	強，蚚也。从虫，弘聲。 蚚，強也。从虫，斤聲。 蛆，蠅蛆也。《周禮》蛆氏掌除鼃。从虫，昔聲。 蠅，營營青蠅。蟲之大腹者。从黽，从虫。	
	蜂	嬴，螺嬴也。从虫，贏聲。	
	蝗蟲	螽，蝗也。从蚰，夂聲。夂，古文終字。	
	蚊	蜹，秦晉謂之蜹，楚謂之蚊。从虫，芮聲。 蟁，蟲也。从蟲，門聲。	
	蟋蟀	蛚，蜻蛚也。从虫。列聲。 蜻，蜻蛚也。从虫，青聲。	
	蜻蜓	蛵，丁蛵，負勞也。从虫，巠聲。 蛉，蜻蛉也。从虫，令聲。	
	蝴蝶	蛺，蛺蜨也。从虫，夾聲。 蜨，蛺蜨也。从虫，疌聲。	

節肢動物	蟬	蜩，蟬也。从虫，周聲。《詩》曰：「五月鳴蜩。」 蜺，寒蜩也。从虫，兒聲。 蟬，以旁鳴者。从虫，單聲。 蚚，蚚蚗，蟬屬。讀若周天子赧。从虫，丏聲。 蠿，小蟬蜩也。从䖵，戢聲。 蝒，馬蜩也。从虫，面聲。	共 111 條
	蜘蛛	鼅，鼅鼄也。从黽，朱聲。 鼄，鼅鼄，蟊也。从黽，䵊省聲。 蟰，蟰蛸，長股者。从虫，肅聲。 蠿，蠿蟊，作罔蛛蟊也。从䖵，𢇁聲。 蟊，蠿蟊也。从䖵，矛聲。	
	蚱蜢	蠜，𦦨蠜也。从虫，樊聲。 蟅，蟲也。从虫，庶聲。 蝗，螽也。从虫，皇聲。	
	蟑螂	蜚，盧蜚也。从虫，肥聲。	
	金龜子	蚈，蠲蠸也，以翼鳴者。从虫，并聲。 蠲，蠲蠸也。从虫，矞聲。 蠸，蠲蠸也。从虫，黃聲。	
	螳螂	蟷，蟷蠰，不過也。从虫，當聲。 蠰，蟷蠰也。从虫，襄聲。 蜋，堂蜋也。从虫，良聲。 蛸，蟲蛸，堂娘子。从虫，肖聲。 蟲，蟲蛸也。从䖵，卑聲。	
	蟋蟀	蟋，悉蟀也。从虫，帥聲。	
	蛾	蛾，羅也。从虫，我聲。	
	螻蟻	蠱，蚍蜉，大螘也。 螽，復陶也。劉歆說：螽，蚍蜉子。董仲舒說：蝗子也。从虫，象聲。 螻，螻蛄也。从虫，婁聲。 蛄，螻蛄也。从虫，古聲。 蠪，丁螘也。从虫，龍聲。 螘，蚍蜉也。从虫，豈聲。 蚳，螘子也。从虫，氐聲。 蠢，螻蛄也。从䖵，羍聲。 蠹，蚍蠹也。从䖵，橐聲。	
其他		虫，一名蝮，博三寸，首大如擘指。象其臥形。物之微細，或行，或毛，或蠃，或介，或鱗，以虫爲象。凡虫之屬皆从虫。 䖵，蟲之總名也。从二虫。凡䖵之屬皆从䖵。 蟲，有足謂之蟲，無足謂之豸。从三虫。凡蟲之屬皆从蟲。	共 3 條
共計 114 條			

　　《說文》蟲類共有 114 條，其中包含節肢動物 111 條，以及蟲類總名 3 條，均屬現今動物學分類中的節肢動物。

（二）魚　類

類別	《說文》魚類內容	條　數
脊索動物：魚綱	蝛，蝛離也。从虫，漸省聲。 魚，水蟲也。象形。魚尾與燕尾相似。凡魚之屬皆从魚。 鱦，魚子已生者。从魚，憴省聲。 鮞，魚子也。一曰魚之美者，東海之鮞。从魚，而聲。 鮏，魚也。从魚，去聲。 鰫，魚。似鼈，無甲，有尾，無足，口在腹下。从魚，納聲。 鰯，虛鰯也。从魚，㬎聲。 鱒，赤目魚。从魚，尊聲。 鰲，魚也。从魚，狄聲。 鰫，魚也。从魚，容聲。 鰖，魚也。从魚，胥聲 鮪，鮥也。《周禮》曰：「春獻王鮪。」从魚，有聲。 鯾，鮋也。《周禮》謂之鯾。从魚，恆聲。 鮋，鯾鮋也。从魚，亢聲。 鮥，叔鮪也。从魚，各聲。 鯀，魚也。从魚，系聲。 鰈，魚也。从魚，罙聲。 鯉，鱣也。从魚，里聲。 鱣，鯉也。从魚，亶聲。 鱄，魚也。从魚，專聲。 鮦，魚名。从魚，同聲。一曰鱸也。讀若紈。 鱸，鮦也。从魚，蠡聲。 鱨，魚名。一名鯉，一名鰜。从魚，兼聲。 鰜，魚名。从魚，兼聲。 鯈，魚名。从魚，攸聲。 鯢，魚名。从魚，豆聲。 鯾，魚名。从魚，便聲。 魴，赤尾魚。从魚，方聲。 鱮，魚名。从魚，與聲。 鰱，魚名。从魚，連聲。 鮍，魚名。从魚，皮聲。 鮋，魚名。从魚，幼聲。讀若幽。 鮒，魚名。从魚，付聲。 鰹，魚名。从魚，巠聲。 鱺，魚名。从魚，麗聲。 鰻，魚名。从魚，曼聲。 鱉，魚名。从魚，夔聲。 魾，大鱺也。其小者名鮡。从魚，丕聲。 鱧，鱻也。从魚，豐聲。 鯁，鱧也。从魚，果聲。 鰭，揚也。从魚，耆聲。 鱏，魚名。从魚，覃聲。 鰼，鰌也。从魚，習聲。 鰌，鰼也。从魚，酋聲。	共 93 條

脊索動物：魚綱	鯇，魚名。從魚，完聲。 魠，哆口魚也。從魚，乇聲。 鮆，飲而不食，刀魚也。九江有之。從魚，此聲。 鮀，鮎也。從魚，它聲。 鮎，鰋也。從魚，占聲。 鰋，鮀也。從魚，匽聲。 鯷，大鮎也。從魚，弟聲。 鱱，魚名。從魚，賴聲。 鰭，魚名。從魚，晉聲。 鶲，魚名。從魚，翁聲。 鮊，魚名。從魚，臽聲。 鱖，魚名。從魚，厥聲。 鯫，白魚也。從魚，取聲。 鱓，魚名。皮可爲鼓。從魚，單聲。 鮸，魚名。出薉邪頭國。從魚，免聲。 魵，魚名。出薉邪頭國。從魚，分聲。 鱳，魚名。出樂浪潘國。從魚，虜聲。 鰸，魚名。狀似蝦，無足，長寸，大如叉股出遼東。從魚，區聲。 鮟，魚名。出樂浪潘國。從魚，妄聲。 鮍，魚名。出樂浪潘國。從魚，市聲。 鮈，魚名。出樂浪潘國。從魚，匊聲。 魦，魚名。出樂浪潘國。從魚，沙省聲。 鱳，魚名。出樂浪潘國。從魚，樂聲。 鮮，魚名。出貉國。從魚，鱻省聲。 鰅，魚名皮有文，出樂浪東暆。神爵四年，初捕收輸考工。周成王時，楊州獻鰅。從魚，禺聲。 鱅，魚名。從魚，庸聲。 鰂，烏鰂，魚名。從魚，則聲。 鮐，海魚名。從魚，台聲。 鮊，海魚名。從魚，白聲。 鰒，海魚名。從魚，复聲。 鮫，海魚，皮可飾刀。從魚，交聲。 骾，魚骨也。從魚，更聲。 鱗，魚甲也。從魚，粦聲。 鰕，魵也。從魚，叚聲。 鮥，當互也。從魚，各聲。 鯛，魚骨耑脆也。從魚，周聲。 鮅，魚名。從魚，必聲。 鱹，魚名。從魚，瞿聲。 鯸，魚名。從魚，侯聲。 鈇，鯕魚。出東萊。從魚，夫聲。 鯕，魚名。從魚，其聲。 鮡，魚名。從魚，兆聲。 魠，魚名。從魚，七聲。 鱻，二魚也。凡鱻之屬皆從鱻。	共93條
其它	魚枕謂之丁，魚腸謂之乙，魚尾謂之丙。	共1條
共計94條		

　　《說文》魚類共 94 條，包含魚類 93 條，與其他一條，均屬現今動物學分類類脊索動物門中的魚綱。

（三）鳥　類

類別	《說文》鳥類	條　數
脊索動物：鳥綱	䲹，䲹屬，頭有兩角，出遼東。从䴏，句聲。 梟，不孝鳥也，日至捕梟磔之。从鳥頭在木上。 隹，鳥之短尾總名也。象形。凡隹之屬皆从隹。 雅，楚烏也。一名鸒，一名卑居。秦謂之雅。从隹，牙聲。 隻，鳥一枚也。从又持隹。持一隹曰隻，二隹曰雙。 雎，鴡。从隹，牙聲。 閵，今閵。似雛鴶而黃。从隹，𦥑省聲。 雟，周燕也。从隹，屮象其冠也，㕯聲。一曰蜀王望帝，淫其相妻，慚亡去，爲子雟鳥。故蜀人聞子雟鳴，皆起云「望帝」。 雓，鳥也。从隹，方聲。讀若方。 雀，依人小鳥也。从小隹。 雊，鳥也。从隹，犬聲。 雗，雗鷽也。从隹，倝聲。 雉，有十四種：盧諸雉，喬雉，鳲雉，鷩雉，秩秩海雉，翟山雉，翰雉，卓雉，依洛而南曰翬，江淮而南曰搖，南方曰㠶，東方曰甾，北方曰稀，西方曰蹲。从隹，矢聲。 雊，雄雉鳴也。雷始動，雉鳴而雊其頸。从隹，从句，句亦聲。 雞，知時畜也。从隹，奚聲。 雛，雞子也。从隹，芻聲。 䨄，鳥大雛也。从隹，翏聲。一曰雉之莫子爲䨄。 離，黃，倉庚也。鳴則蠶生。从隹，离聲。 雕，鷻也。从隹，周聲。 雁，鳥也。从隹，瘖省聲。或从人，人亦聲。 雌，雊也。从隹，氏聲。 雄，雌也。从隹，垂聲。 雁，石鳥。一名雝䳑，一名精列。从隹，幵聲。 雝，雝䳑也。从隹，邕聲。 雂，鳥也。从隹，今聲。 雁，鳥也。从隹，厂聲。 䴅，䴅黃也。从隹，黎聲。一曰楚雀也。其色黎黑而黃。 雐，鳥也。从隹，虍聲。 䳺，牟母也。从隹，奴聲。 雇，九雇。農桑候鳥，扈民不婬者也。从隹，戶聲。春雇，鳻盾；夏雇，竊玄；秋雇，竊藍；冬雇，竊黃；棘雇，竊丹；行雇，唶唶；宵雇，嘖嘖；桑雇，竊脂；老雇，鷃也。 䧻，離雝屬。从隹，𡊄聲。 雡，雞屬。从隹，畬聲。 䧳，鳥也。从隹，支聲。一曰䧳度。	共 157 條

脊索動物：鳥綱	雄，鳥父也。从隹，厷聲。 雌，鳥母也。从隹，此聲。 隹，鳥屬。有毛角，所鳴其民有旤。凡隹之屬皆从隹。 萑，小爵也。从隹，吅聲。《詩》曰：「萑鳴于垤。」 舊，雖舊，舊留也。从萑，臼聲。 雔，雙鳥也。从二隹，凡雔之屬皆从雔。 雙，隹二枚也。从雔，又持之。 雥，群鳥也。从三隹。凡雥之屬皆从雥。 鸞，鳥群也。从雥，開聲。 鳥，長尾禽總名也。象形。鳥之足似匕，从匕。凡鳥之屬皆从鳥。 鳳，神鳥也。天老曰：鳳之象也，鴻前麐後，蛇頸魚尾，鸛顙鴛思，龍文虎背，燕頷雞喙，五色備舉。出于東方君子之國，翱翔四海之外，過崑崙，飲砥柱，濯羽弱水，莫宿風穴。見則天下安寧。从鳥，凡聲。象形。鳳飛，群鳥从以萬數，故以爲朋黨字。 鸞，亦神靈之精也。赤色，五采，雞形，鳴中五音，頌聲作則至。从鳥，綿聲。周成王時氏羌獻鸞鳥。 鷟，鸑鷟，鳳屬，神鳥。从鳥，獄聲。 鷟，鸑鷟也。从鳥，族聲。 鷫，鷫鷞。五方神鳥也。東方發明，南方焦明，西方鷫鷞，北方幽昌，中央鳳皇。从鳥，肅聲。 鷞，鷫鷞也。从鳥，爽聲。 鳩，鶻鵃也。从鳥，九聲。 鶌，鶌鳩也。从鳥，屈聲。 雛，祝鳩也。从鳥，隹聲。 鶻，鶻鵃也。从鳥，骨聲。 鵃，鶻鵃也。从鳥，骨聲。 鳲，秸鳲，尸鳩。从鳥，勼聲。 鴿，鳩屬。从鳥，合聲。 鴠，渴鴠也。从鳥，旦聲。 鵙，伯勞也。从鳥，臭聲。 鷚，天蘥也。从鳥，翏聲。 鸒，卑居也。从鳥，與聲。 鷽，鷽鷽，山鵲，知來事鳥也。从鳥，學省聲。 鷫，鳥，黑色，多子。師曠曰：「南方有鳥，名曰羌鷫，黃頭，赤目，五色皆備。」从鳥，就聲。 鴞，鴟鴞，寧鴂也。从鳥，号聲。 鴂，寧鴂也。从鳥，夬聲。 鷕，鳥也。从鳥，崇聲。 魴，澤虞也。从鳥，方聲。 鶼，鳥也。从鳥，截聲。 鷜，鳥也。从鳥，婁聲。 鴃，鋪豉也。从鳥，失聲。 鶤，鶤雞也。从鳥，軍聲。讀若運。 鳺，鳥也。从鳥，夫聲。 鵙，鳥也。从鳥，臼聲。	共157條

脊索動物：鳥綱	鷦，鷦䳟，桃蟲也。从鳥，焦聲。 䳟，鷦䳟也。从鳥，眇聲。 鶹，鳥少美長醜，爲鶹離。从鳥，留聲。 鶤，鳥也。从鳥，堇聲。 䳉，欺老也。从鳥，象聲。 鶂，鳥也。从鳥，說省聲。 䳇，鳥也。从鳥，主聲。 䳎，鳥也。从鳥，昏聲。 鷯，刀鷯。剖葦，食其中蟲。从鳥，尞聲。 䴀，鳥也。其雌皇。从鳥，匽聲。 䳕，瞑䳕也。从鳥，旨聲。 鵅，烏鸔也。从鳥，各聲。 鸔，烏鸔也。从鳥，暴聲。 鶴，鳴九皋，聲聞于天。从鳥，隺聲。 鷺，白鷺也。从鳥，路聲。 鵠，鴻鵠也。从鳥，告聲。 鴻，鴻鵠也。从鳥，江聲。 鶖，禿鶖也。从鳥，未聲。 鴛，鴛鴦也。从鳥，夗聲。 鴦，鴛鴦也。从鳥，央聲。 鷄，鷄鳩也。从鳥，叕聲。 鵝，蕣，鵝也。从鳥，夅聲。 䳊，䳊鵝也。从鳥，可聲。 䳗，䳊鵝也。从鳥，我聲。 鴈，䳗也。从鳥人，厂聲。 鶩，舒鳧也。从鳥，敄聲。 鷖，鳧屬。从鳥，殹聲。 鷐，鷐鷞，鳧屬。从鳥，契聲。 鷞，鷐鷞也。从鳥，薛聲。 鸏，水鳥也。从鳥，蒙聲。 鷸，知天將雨鳥也。从鳥，矞聲。 鷝，鷝鴔也。从鳥，辟聲。 鴔，鷝鴔也。从鳥，虒聲。 鸕，鸕鷀也。从鳥，盧聲。 鷀，鸕鷀也。从鳥，兹聲。 鷖，鷀也。从鳥，壹聲。 鴃，鴃鴀也。从鳥，乏聲。 鴀，鴃鴀也。从鳥，㠯聲。 鴰，鳥也。肉出尺胾。从鳥，早聲。 鶼，離鶼也。从鳥，渠聲。 䴓，水鴞也。从鳥，區聲。 鴂，鳥也。从鳥，犮聲。讀若撥。 鷛，鳥也。从鳥，庸聲。 鶂，鳥也。从鳥，兒聲。《春秋傳》曰：「六鶂退飛。」	共 157 條

脊索動物：鳥綱	鶇，鶇胡，污澤也。从鳥，夷聲。 鴗，天狗也。从鳥，立聲。 鶬，麋鴰也。从鳥，倉聲。 鴰，麋鴰也。从鳥，昏聲。 鴃，鴃鶄也。从鳥，交聲。 鶄，鴃鶄也。从鳥，青聲。 鳱，鴃鶄也。从鳥，干聲。 鸝，鸝鶿也。从鳥，箴聲。 鶿，鸝鶿也。从鳥，此聲。 鷻，雕也。从鳥，敦聲。 鳶，鷙鳥。从鳥，弋聲。 鵰，鴟也。从鳥，閒聲。 鷂，鷙鳥也。从鳥，名聲。 鷲，白鷢，王鴡。从鳥，厥聲。 鴡，王鴡也。从鳥，且聲。 雜，雝專，畐蹂。如鵲，短尾。射之，銜矢射人。从鳥，蒦聲。 鸇，鷐風也。从鳥，亶聲。 鷐，鷐風也。从鳥，晨聲。 鷙，擊殺鳥也。从鳥，執聲。 鶯，鳥也。从鳥，熒省聲。 鴝，鴝鵒也。从鳥，句聲。 鵒，鴝鵒也。从鳥，谷聲。古者鴝鵒不踰泲。 鷩，赤雉也。从鳥，敝聲。 鵔，鵔鸃，鷩也。从鳥，夋聲。 鸃，鵔鸃也。从鳥，義聲。秦漢之初，侍中冠鵔鸃冠。 鸐，雉屬。戀鳥。从鳥，適省聲。 鷸，似雉，出上黨。从鳥，曷聲。 鳹，鳥，似鶡而青，出羌中。从鳥，介聲。 鸚，鸚鵡，能言鳥也。从鳥，嬰聲。 鵡，鸚鵡也。从鳥，母聲。 鷮，走鳴，長尾雉也。乘輿以爲防釳，著馬頭上。从鳥，喬聲。 鸓，鼠形。飛走且乳之鳥也。从鳥，畾聲。 鶨，雉肥鶨音者也。从鳥，軑聲。 鴳，雇也。从鳥，安聲。 鴆，毒鳥也。从鳥，冘聲。 鷇，鳥子待哺者。从鳥，殼聲。 烏，孝烏也。象形。孔子曰：「烏，盱呼也。」取其助氣，故以爲烏呼。凡鳥之屬皆从烏。 舄，鵲也。象形。 焉，焉鳥，黃色，出于江淮。象形。凡字：朋者，羽蟲之屬；烏者，日中之禽；舄者，知太歲之所在；燕者，請子之候也，作巢避戊己。所貴者，故皆象形。焉亦是也。 燕，玄鳥也。籋口，布翄，枝尾。象形。凡燕之屬从燕。 乚，玄鳥也。齊魯謂之乙。取其鳴自呼。象形。凡乚之屬皆从乚。	共 157 條

《說文》鳥類共 157 條，均屬現今動物學分類脊索動物門中的鳥綱。

（四）獸　類

類別		《說文》獸類內文	條數
脊索動物：獸類	鼠屬	鼠，穴蟲總名也。象形。凡鼠之屬皆从鼠。	共 108 條
		鼠番，鼠也。从鼠，番聲。讀若樊。或曰：鼠婦。	
		鼠各，鼠，出胡地，皮可作裘。从鼠，各聲。	
		鼢，地行鼠，伯勞所作也。一曰偃鼠。从鼠，分聲，或从虫分。	
		鼠平，鼠平令鼠。从鼠，平聲。	
		鼠虒，鼠也。从鼠，虒聲。	
		鼠留，竹鼠也。如犬。从鼠，留省聲。	
		鼫，五技鼠也。能飛，不能過屋；能緣，不能窮木；能游，不能渡谷；能穴，不能掩身；能走，不能先人。从鼠，石聲。	
		鼨，豹文鼠也。从鼠，冬聲。	
		鼠益，鼠屬。从鼠，益聲。	
		鼷，小鼠也。从鼠，奚聲。	
		鼩，精鼩鼠也。从鼠，句聲。	
		鼸，鼢也。从鼠，兼聲。	
		鼢，鼠屬。从鼠，今聲。讀若含。	
		鼬，如鼠，赤黃而大，食鼠者。从鼠，由聲。	
		鼩，胡地風鼠。从鼠，勺聲。	
		鼠冗，鼠屬。从鼠，冗聲。	
		鼒，鼠，似雞，鼠尾。从鼠，此聲。	
		鼲，鼠。出丁零胡，皮可作裘。从鼠，軍聲。	
		鼠胡，斬鼠胡鼠。黑身，白腰若帶；手有長白毛，似握版之狀；類蝯蜼之屬。从鼠，胡聲。	
		豞，鼠屬。善旋。从豸，穴聲。	
		貂，鼠屬。大而黃嘿，出胡丁零國。从豸，召聲。	
	猴屬	玃，母猴也。从犬，矍聲。《爾雅》雲：「玃父善顧。」攫持人也。	
		猴，夒也。从犬，侯聲。	
	蝙蝠	蝙，蝙蝠也。	
		蝠，蝙蝠，服翼也。	
	虎豹屬	虞，騶虞也。白虎黑文，尾長於身。仁獸，食自死之肉。从虍，吳聲。《詩》曰：「于嗟乎，騶虞。」	
		虎，山獸之君，从虍，虎足像人足，象形。凡虎之屬皆从虎。	
		虘，白虎也。从虎，昔省聲，讀若鼏。	
		虖，虘屬。从虎，去聲。	
		虪，黑虎也。从虎，儵聲。	
		彪，虎文也。从虎，彡象其文也。	
		虩，易履虎尾，虩虩恐懼，一曰蠅虎也。从虎，㝬聲。	
		虒，委虒虎之有角者也。从虎，厂聲。	
		虪，黑虎也。从虎，騰聲。	

脊索動物：獸類	虎豹屬	豹，似虎，圜文。从豸，勺聲。 貙，貙獌，似貍者。从豸，區聲。 貚，貙屬也。从豸，單聲。 貔，豹屬，出貉國。从豸，毘聲。《詩》曰：「獻其貔皮。」《周書》曰：「如虎如貔。」貔，猛獸。 貐，猰貐，似貙，虎爪，食人，迅走。从豸，俞聲。	
	鹿屬	鹿，獸也。象頭角四足之形。鳥鹿足相似，从匕。凡鹿之屬皆从鹿。 麚，牡鹿。从鹿，叚聲。以夏至左右脫落鹿角。 麟，大牡鹿也。从鹿，粦聲 麀，鹿麛也。从鹿，奐聲。讀若偄弱之偄。 麁，鹿跡也。从鹿，速聲。 麛，鹿子也。从鹿，弭聲。 麑，鹿之絕有力者。从鹿，幵聲。 麒，仁獸也。麋身，牛尾，一角。从鹿，其聲。 麐，牡麒也。从鹿，吝聲。 麋，鹿屬。从鹿，米聲。麋冬至解其角。 麎，牝麋也。从鹿，辰聲。 麞，大麋也。狗足。从鹿，旨聲。 麠，麐也。从鹿，囷省聲。 麌，麠屬。从鹿，章聲。 麐，麌者。从鹿，咎聲。 麑，大鹿也。牛尾，一角。从鹿，畺聲。 麃，麐屬。从鹿，覈省聲。 麈，麋屬。从鹿，主聲。 麑，獸也。从鹿，兒聲。 麢，山羊而大者，細角。从鹿，咸聲。 麤，大羊而細角。从鹿，靁聲。 麈，鹿屬。从鹿，圭聲。 麝，如小麋，臍有香。从鹿，射聲。 麚，似鹿而大者。从鹿，與聲。 麀，牡鹿也。从鹿，从牝省，或从幽聲。	共 108 條
	熊屬	熊，獸。似豕，山居，多蟄。从能，炎省聲。凡熊之屬皆从熊。 羆，如熊，黃白文。从熊，罷省聲。	
	象屬	象，長鼻牙，南越大獸，三秄一乳，象耳牙四足之形。 豫，象之大者。賈侍中說：不害於物。从象，予聲。 毚，狡兔也，兔之駿者。从㲋兔。 兔，獸名。象踞，後其尾形。兔頭與㲋頭同。凡兔之屬皆从兔。 娩，兔子也。娩疾也。从女兔。	
	其他獸類	㲋，獸也。象耳、頭、足厹地之形。古文㲋，下从厹。凡㲋之屬皆从㲋。 獸，守備者。从嘼从犬。 能，熊屬。足似鹿。从肉㠯目聲。能獸堅中，故稱賢能；而彊壯，稱能傑也。凡能之屬接从能。	

| 脊索動物：獸類 | 其他獸類 | 𪎮，獸名。从怠，吾聲。讀若寫。
㲋，獸也。似牲牲。从怠，夬聲。
怠，獸也。似兔，青色而大。象形。頭與兔同，足與鹿同。凡怠之屬皆从怠。
廌，解廌獸也，似山牛，一角。古者決訟，令觸不直。象形，从豸省。凡廌之屬皆从廌。
䚦，解廌屬。从廌，㸯聲。
㷇，如野牛而青。象形。與禽、离頭同。凡㷇之屬皆从㷇。
解，判也。从刀判牛角。一曰解廌，獸也。
禽，走獸總名。从厹，象形，今聲。禽、离、兕頭相似。
离，山神，獸也。从禽頭，从厹，从屮。歐陽喬說，离，猛獸也。
豸，獸長脊，行豸豸貌，欲有所司殺形。凡豸之屬皆从豸。
豺，狼屬，狗聲。从豸，才聲。
貘，似熊而黃黑色，出蜀中。从豸，莫聲。
貜，猛獸也。从豸，庸聲。
貜，貜貜也。从豸，矍聲。
貁，獸，無前足。从豸，出聲。《漢律》：「能捕豺貁，購百錢。」
貈，似狐，善睡獸。从豸，舟聲。《論語》曰：「狐貈之厚以居。」
犴，胡地野狗。从豸，干聲。
貉，北方豸穜。从豸，各聲。孔子曰：「貉之爲言惡也。」
貆，貉之類。从豸，亘聲。
貍，伏獸，似貙。从豸，里聲。
貒，獸也。从豸，耑聲，讀若湍。
貛，野豕也。从豸，藋聲。
駮，獸，如馬。倨牙，食虎豹。从馬，交聲。
獺，如小狗也。水居食魚。从犬，賴聲。
猵，獺屬。从犬，扁聲，或从賓。
狼，似犬，銳頭，白頰，高前，廣後。从犬，良聲。
狟，如狼，善驅趕羊。从犬，白聲，讀若蘗。
狻，狻麑，如虩貓，食虎豹者。从犬，夋聲。
猶，玃屬。从犬，酋聲。一曰隴西爲犬子爲猷。
狙，玃屬。从犬，且聲。一曰狙，犬也，暫齧人者。一曰犬不齧人也。
狐，祅獸也。鬼所乘之。有三德：其色中和，大前小後，死則丘首。从犬，瓜聲。
獌，狼屬。从犬，曼聲。《爾雅》曰：「貙、獌，似狸。
㹰，犬屬。腰已上黃，腰已下黑，食母猴。从犬，㱿聲。讀若構。或曰㹰似羊羊，出蜀北囂山中，犬首而馬尾。
羸，或曰：獸名。象形。缺。 | 共108條 |

為與《爾雅》對照，故將《說文》除蟲、魚、鳥外動物依野生、豢養分為獸類、畜類兩類。獸類共108條，其中包含鼠屬、猴屬、虎豹屬、鹿屬、熊屬、象屬、兔屬、其他獸類等八小類。

（五）畜　類

類　別		《說文》畜類內文	條　數
脊索動物：畜類	馬屬	馬，怒也；武也。象馬頭髦尾四足之形。凡馬之屬皆从馬。 騭，牡馬也。从馬，陟聲。讀若郅。 馬，馬一歲也。从馬；一，絆其足。讀若弦；一曰若環。 駒，馬二歲曰駒，三歲曰駣。从馬，句聲。 馭，馬八歲也。从馬，从八。 騽，馬一目白曰騽，二目白曰魚。从馬，閒聲。 騏，馬青驪，文如博棊也。从馬，其聲。 驪，馬深黑色。从馬，麗聲。 駽，青驪馬。从馬，昌聲。 騩，馬淺黑色。从馬，鬼聲。 騮，赤馬黑毛尾也。从馬，留聲。 騢，馬赤白雜毛。从馬叚聲。謂色似鰕魚也。 騅，馬蒼黑雜毛。从馬，隹聲。 駱，馬白色黑鬣尾巴也。从馬，各聲。 駰，馬陰白雜毛。黑。从馬，因聲。 驄，馬青白雜毛也。从馬，悤聲。 驈，驪馬白胯也。从馬，矞聲。《詩》曰：「有驈有騜。」 騚，馬面顙皆白也。从馬，尤聲。 騧，黃馬，黑喙。从馬，咼聲。 驃，黃馬發白色。一曰白髦尾也。从馬，票聲。 駓，馬黃白毛也。从馬，丕聲。 驖，馬赤黑色。从馬，戴聲。《詩》曰：「四驖孔阜。」 騝，馬頭有發赤色者。从馬，岸聲。 馰，馬白額也。从馬，的省聲。一曰駿也。《易》曰：「爲的顙。」 駁，馬色不純。从馬，爻聲。 馵，馬後左足白也。从馬，二其足。讀若注。 驔，驪馬黃脊。从馬，覃聲。讀若簞。 騷，馬白州也。从馬，燕聲。 驁，駿馬。以壬申日死，乘馬忌之。从馬，敖聲。 驥，千里馬也，孫陽所相者。从馬，冀聲。天水有驥縣。 駿，馬之良材者。从馬，夋聲。 驍，良馬也。从馬，堯聲。 驕，馬高六尺爲驕。从馬，喬聲。 騋，馬七尺爲騋，八尺爲龍。从馬，來聲。《詩》曰：「騋牝驪，牡。」 驔，馬名。从馬蕈聲。 驗，馬名。从馬，僉聲。 觜，馬名。从馬，此聲。 儵，馬名。从馬，休聲。 馻，馬赤鬣縞身，目若黃金，名曰媽。吉皇之乘，周文王時，犬戎獻之。从馬，从文，文亦聲。《春秋傳》曰：「馻馬百駟。畫馬也。西伯獻紂，以全其身。」	共 140 條

	馬屬	駢，駕二馬也。从馬，并聲。 驂，駕三馬也。从馬，參聲。 駟，一乘也。从馬，四聲。 駙，副馬也。从馬，付聲。一曰近也。一曰疾也。 驛，置騎也。从馬，睪聲。 駮，獸，如馬。倨牙，食虎豹。从馬，交聲。 駃，駃騠，馬父贏子也。从馬，夬聲 騠，駃騠也。从馬，是聲。 贏，驢父馬母。从馬，贏聲。 驢，似馬，長耳。从馬，盧聲。 騾，驢子也，从馬，冢聲。 驒，驒騱，野馬也。从馬，單聲。一曰青驪白鱗，文如鼉魚。 騱，驒騱馬也。从馬，奚聲。 駒，駒騟，北野之良馬。从馬，匋聲。 騟，駒騟也。从馬，余聲。 驫，眾馬也。从三馬。	共 140 條
脊索動物：畜類	牛屬	犛，西南夷長髦牛也。从牛犛聲。凡犛之屬皆从犛。 氂，犛牛也。从犛省，从毛。 牛，大牲也。牛，件也；件，事理也。像角頭三封尾之形。凡牛之屬皆从牛。 牡，畜父也。从牛，土聲。 犅，特牛也。从牛，岡聲。 特，朴特牛也。从牛，寺聲。 牝，畜母也。从牛，匕聲。《易》曰：「畜牝牛吉。」 犢，牛子也。从牛，賣省聲。 㹍，二歲牛。从牛，市聲。 犙，三歲牛。从牛，參聲。 牭，四歲牛。从牛，从四，四亦聲。 牾，騤牛也。从牛，害聲。 牻，白黑雜毛牛。从牛，尨聲。 㹁，牻牛也。从牛，京聲。《春秋傳》曰：「牻㹁。」 㸴，牛白脊也。从牛，厲聲。 悆，黃牛虎文。从牛，余聲，讀若塗。 犖，駁牛也。从牛，勞省聲。 㸸，牛白脊也。从牛，守聲。 犏，牛駁如星。从牛，平聲。 㹍，牛黃白色。从牛，麃聲。 犉，黃牛黑脣也。从牛，享聲。《詩》曰：「九十其犉。」 㸹，白牛也。从牛，隺聲。 犣，牛長脣也。从牛，量聲。 㹙，牛徐行也。从牛，叟聲。讀若滔。 犫，畜牷也。从牛，產聲。 牲，牛完全。从牛，生聲。 牷，牛純色。从牛，全聲。	

	羊屬	丫，羊角也。象形，凡丫之屬皆从丫。 羔，羊子也。从羊，照省聲。 羜，五月生羔也。从羊，宁聲。 𦎠，六月生羔也。从羊，敄聲。 羍，小羊也。从羊，大聲。讀若達。 挑，羊未卒歲也。从羊，兆聲。 羝，牡羊也。从羊，氐聲。 羒，牂羊也。从羊，分聲。 牂，牡羊也。从羊，爿聲。 羭，夏羊牝曰羭。从羊，俞聲。 羖，夏羊牡曰羖。从羊，殳聲。 羠，騬羊也。从羊，夷聲。 羳，黃腹羊。从羊，番聲。 羥，羊名。从羊，巠聲。 摯，羊名。从羊，執聲。汝南平輿有摯亭。 𩐫，羊名。蹏皮可割桼。从羊，此聲。	
脊索動物：畜類	狗屬	犻，健犬也。从犬，宂聲。 獜，健也。从犬，粦聲。 獻，宗廟犬名羹獻。犬肥者以獻之。从犬，鬳聲。 犴，獟犬也。从犬，干聲。一曰逐虎犬也。 獟，犴犬也。从犬，堯聲。 狾，狂犬也。从犬，折聲。 狂，狾犬也。从犬，㞷聲。 狄，赤狄，本犬種。狄之爲言淫辟也。从犬，亦省聲。 㺉，犬屬。腰已上黃，腰已下黑，食母猴。从犬，殼聲。讀若構。或曰㺉似牂羊，出蜀北囂山中，犬首而馬尾。 獺，如小狗也。水居食魚。从犬，賴聲。 犬，狗之有縣蹏者也。象形。孔子曰：「視犬之字如畫狗也。」凡犬之屬皆从犬。 狗，孔子曰：「狗，叩也。叩氣吠以守。」从犬，句聲。 獿，南趙名犬獿獿。从犬，夒聲。 尨，犬之多毛者。从犬，从彡。 狡，少狗也。从犬，交聲。 獳，犬惡毛也。从犬，農聲。 猲，短喙犬也。从犬，曷聲。《詩》曰：「載獫猲獢。」《爾雅》曰：「短喙犬謂之猲獢。」 獢，猲獢也。从犬，喬聲。 獫，長喙犬。一曰黑犬黃頭。从犬，僉聲。 狦，黃犬，黑頭。从犬，主聲。讀若注。 猈，短脛狗。从犬，卑聲。 狦，惡健犬也。从犬，刪省聲。 㹋，妄彊犬也。从犬，从狀，狀亦聲。 獒，犬如人心可使者。从犬，敖聲。《春秋傳》曰：「公嗾夫獒。」 猛，健犬也。从犬，孟聲。	共 140 條

| 脊索動物：畜類 | 豕屬 | 豕，彘也。竭其尾，故謂之豕。象毛足而後有尾。讀與豨同。凡豕之屬皆从豕。
豬，豕而三毛叢居者，从豕，者聲。
縠，小豚也。从豕，殼聲。
豝，牝豕也。从豕，巴聲。一曰一歲能相把孯也。《詩》曰：「一發五豝。」
豜，三歲豕肩相及者。从豕，幵聲。《詩》曰：「並驅从兩豜兮。」
豮，羠豕也。从豕，賁聲。
豭，牡豕也。从豕，叚聲。
豛，上谷名豬豛。从豕，役省聲。
豨，豵也。从豕，隋聲。
狙，豕屬。从豕，且聲
豲，逸也。从豕，原聲。《周書》曰：「豲有爪而不敢以撅。」讀若桓。
豩，二豕也。豳从此闕。
希，脩豪獸。一曰河內名豕也。从彑，下象毛族。凡希之屬皆从希。讀若弟。
彔，希屬。从希召聲。
彙，豕，如筆管者，出南郡。从希，高聲。
絫，希屬。从二希。《虞書》曰：「絫類於上帝。」
彑，豕之頭，象其銳而上見也。凡彑之屬皆从彑。讀若罽。
彘，豕也，後蹏發謂之彘。从彑，矢聲，从二匕。彘足與鹿足同。
彖，豕也。从彑，从豕，讀若弛。
夬，豕也。从彑，下象其足。讀若瑕。
豚，小豕也。从象省，象形。从又持肉以給祠祀。凡豚之屬皆从豚。
豶，豚屬。从豚，衛聲，讀若罽。 | 共 140 條 |

獸類共 140 條，包含馬屬、牛屬、羊屬、狗屬、豕屬等五小類。

（六）其他類

類　別	《說文》其他類內容	條　數
環節	蛭，蟣也。从虫，至聲。 蝚，蛭蝚，至掌也。从虫，柔聲。 螼，螾也。从虫，堇聲。（蚯蚓） 螾，側行者。从虫，寅聲。 蛹，繭蟲也。从虫，甬聲。 蛶，蛹也。从虫，鬼聲。讀若潰。 蠶，任絲也。从䖵，朁聲。 蛾，蠶化飛蟲。从䖵，我聲。	共 8 條
軟體	玔，蜃屬。从玉，劜聲。禮：佩刀，士玔琫而珧珌。 貝，海介蟲也，居陸，名猋，在水名蜬。 魧，大貝也。一曰：魚膏。从魚，亢聲。讀若岡。 魶，蚌也。从魚，丙聲。 鮚，蚌也。从魚，兼聲。漢律：會稽郡獻鮚醬。 蝸，蝸蠃也。从虫，咼聲。 蝓，虒蝓也。从虫，俞聲。 蠊，海蟲也。長寸而白，可食。从虫，兼聲。讀若嗛。	共 13 條

	軟體		蜃,雉入海,化爲蜃。从虫,辰聲。 蚌,蜃屬。有三,皆生於海。千歲化爲蚌,秦謂之牡厲。又云百歲燕所化。魁蛤,一名復累,老服翼所化。从虫,合聲。 蠯,蜃也。脩爲蠯,圜爲蠇。从虫,庳聲。 蚌,蜃屬。从虫,丰聲。 蠇,蚌屬。似螊,微大,出海中,今民食之。从虫,萬聲。	共13條
節肢	蝦蟹類		蟹,有二敖八足,旁行,非蛇鱓之穴,無所庇。从虫,解聲。 蛫,蟹也。从虫,危聲。 鰝,大鰕也。从魚,高聲。	共3條
脊索動物		娃娃魚	鯢,刺魚也。从魚,兒聲。	共32條
	兩生	蛙類	蝦,蝦蟆也。从虫,叚聲。 蟆,蝦蟆也。从虫,莫聲。 蜪,蜪蠪,詹諸,以脰鳴者。从虫,匊聲。 蜼,似蜥易,長一丈,水潛,吞人即浮,出日南。从虫,卑聲。 黽,鼃黽也。从它,象形。黽頭與它頭同。凡黽之屬皆从黽。 鼃,蝦蟇也。从黽,圭聲。 鼀,夫鼀,詹諸也。其鳴詹諸,其皮鼀鼀,其行夫夫。从黽,从夫,夫亦聲。 鼆,鼆鼆,詹諸也《詩》曰:「得此鼆鼆。」言其行鼆鼆。从黽,爾聲。	
	爬蟲	蜥蜴類	易,蜥易,蝘蜓,守宮也。象形。《祕書》説:日月爲易,象陰陽也。一說从勿。凡易之屬皆从易。 雖,似蜥蜴而大。从虫,唯聲。 虺,虺以注鳴。《詩》曰:「胡爲虺蜥。」从虫,兀聲。 蜥,蜥易也。从虫,析聲。 蜓,蝘蜓也。从虫,廷聲。一曰蝘蜓。 蝘,在壁曰蝘蜓,在艸曰蜥蜴。从虫,匽聲。 蚖,榮蚖,蛇醫,以注鳴者。从虫,元聲。 蚙,商何也。从虫,孚聲。从虫,孚聲。	
		龜類	蠵,大龜也。以胃鳴者。从虫,巂聲。 龜,舊也。外骨內肉者也。从它,龜頭與它頭同。天地之性,廣肩無雄;龜鼈之類,以它爲雄。象足甲尾之形。凡龜之屬皆从龜。 鼀,龜名。从龜,攵聲。 鼈,甲蟲也。从黽,敝聲。 黿,鼈也。从黽,元聲。	
		蛇類	蝮,虫也。从虫,复聲。 螣,神蛇也。 蚦,大蛇,可食。 蜦,蛇屬,黑色,潛于神淵,能興風雨。 蠚,蚗也。从虫,亞聲。 它,虫也。从虫而長,象冤曲垂尾形。上古艸患它,故相問無它乎。凡它之屬皆从它。	
		蠍類	螝,蛬也。从虫,圭聲。 蚔,螝也。从虫,氏聲。 萬,毒蟲也。象形。	
	哺乳	鯨	鱷,海大魚也。从魚,畺聲。	

其他	龍，鱗蟲之長。能幽，能明，能細，能巨，能短，能長。春分而登天，秋分而潛淵。 龗，龍也。从龍，霝聲。 蛟，龍之屬也。池魚滿三千六百，蛟來爲之長，能率魚飛。置笱水中，即蛟去。从虫，交聲。 螭，若龍而黃，北方謂之地螻。从虫，离聲。 虯，龍子有角者。从虫丩聲。	共 5 條
共計 61 條		

　　《說文》其他類共 61 條，其中包含環節動物 8 條，軟體動物 13 條，節肢動物（蝦蟹）3 條，脊索動物（兩生、爬蟲、哺乳）32 條，其他（龍屬）五條。

第三章 《爾雅》與《說文》器用類名物詞之比較

　　本章以《爾雅》與《說文》器用類名物詞材料爲論述對象，共有四節，第一、二節分別討論《爾雅》與《說文》器用類的材料、體例，第三節是綜合一、二節作材料、體例的比較，第四節是兩者器用類的價值比較。

　　《爾雅》器用類名物詞材料包含〈釋宮〉、〈釋器〉、〈釋樂〉、〈釋天〉的「旌旂」部分。〈釋宮〉著重訓釋古代建築相關方面的名稱和知識。〈釋器〉集中訓釋了禮器、樂器、農具、寫具、金屬、兵器等諸多器具，更廣及古代服飾、飲食等方面，其範圍廣指上述諸多方面的內容，並不只單純地指器械而已。〈釋樂〉對古代重要樂器名稱的紀錄，篇幅儘管不多，卻保留了關於古代音樂不可多得的史料。〈釋天〉的「旌旂」部分則是對種類不同的旗幟進行訓釋。

　　《說文》器用類名物詞材料則是散見於 96 個部首，[註1] 舉凡食、衣、住、行各方面所需的器物基本上都包含在內。

第一節　《爾雅》器用類名物詞內容

一、材　料 [註2]

　　《爾雅》器用類包含第五篇〈釋宮〉、第六篇〈釋器〉、第七篇〈釋樂〉、第

〔註 1〕詳細部首表請參見第貳章。

〔註 2〕材料詳細表請參見第貳章第一節。

八篇〈釋天〉的「旌旗」部分，材料分類依據上述九大類區分，各類情形如下表所示：

類　　　別	細　項	條　數	總　　計
一、盛器	炊具	共 3 條	共 6 條
	其他盛器	共 3 條	
二、樂器（含舞具）	管樂器	共 6 條	共 16 條
	弦樂器	共 2 條	
	打擊樂器	共 5 條	
	舞具	共 1 條	
	其他	共 2 條	
三、農具和捕具	鋤鍬	共 3 條	共 8 條
	捕具	共 5 條	
四、車馬具（含交通工具）	車具	共 1 條	共 8 條
	馬具	共 1 條	
	旗幟	共 6 條	
五、服飾	衣服	共 3 條	共 11 條
	衣服部件	共 9 條	
六、玉石、金屬和礦物	玉石	共 6 條	共 11 條
	金屬	共 5 條	
七、兵器和刑具	弓矢	共 2 條	共 2 條
八、建築部件和家具	建築材料	共 9 條	共 22 條
	建築部件	共 9 條	
	家具	共 4 條	
九、食物和日用雜器	食物	共 7 條	共 12 條
	文具	共 2 條	
	其他	共 3 條	
總計共 96 條			

　　九大類中，盛器有 6 條；樂器（含舞具）有 16 條；農具和捕具有 8 條；車馬具有 8 條；服飾有 11 條；玉石、金屬和礦物有 11 條；兵器和刑具有 2 條；建築部件和家具有 22 條；食物和日用雜器有 12 條，總計有 96 條。

二、體　例

　　在內容的編排上，從原本所屬的篇章來看：

　　（一）〈釋宮〉：大致上從建築部件（如梁、木柱）、到門、戶，其中穿插著屏風、門簾等。

（二）〈釋器〉：大致按著盛器、農具、服飾、車器、食物、炊具、樂器、金屬、文具、兵器、家具排列，雖偶有穿插一、二條其他類，但整體來看，小類與小類之間的區分很明顯，可見寫作此篇的作者在編排上有其一定的規則。

（三）〈釋樂〉：內容依序大致按照弦樂器（琴、瑟）、打擊樂器（鼓）、管樂器（笙、篪等）編排，打擊、管樂器交錯情形較多，不過大致上的區隔也算明顯。

（四）〈釋天〉：是對我國古代有關天文知識以及年、月別名等的訓釋，全篇分做十二部分，其序次為四時、祥、災、歲陽、歲名、月陽、月名、風雨、星名、祭名、講武、旌旂，整體上編排得很整齊，「旌旂」是〈釋天〉的最後一部份，以「旗」為訓釋的對象。

除編排外，再從訓詁方法與訓詁術語兩部分來看：

（一）訓詁方法〔註3〕

1、直訓：

甲、單詞相訓：如「鸞，鈴也。」、「罿，罬也。」。

乙、多詞同訓：如「彝、卣、罍，器也。」、「璆、琳，玉也。」。

丙、數詞遞訓：如「緵罟謂之九罭。九罭，魚罔也。」、「宮中之門謂之闈，其小者謂之閨，小閨謂之閣。」。

2、義界：

甲、直下定義：如「盎謂之缶。」、「卣，中尊也。」。

乙、兩字各訓：如「大鼓謂之鼖，小者謂之應。」、「肉謂之羹，魚謂之鮨。」。

丙、連類並訓：如「彝、卣、罍，器也。」、「璆、琳，玉也。」。

丁、集比為訓：如「鳥罟謂之羅，兔罟謂之罝，麋罟謂之罞，彘罟謂之羉，魚罟謂之眾。」、「篧謂之汕，篧謂之罩，椮謂之涔。」。

戊、描寫形象：如「鼎絕大謂之鼐，圓弇上謂之鼒，附耳外謂之釴，款足者謂之鬲。」、「珪大尺二寸謂之玠，璋大八寸謂之琡，璧大六寸謂之宣。」。

《爾雅》器用類的訓詁方法以「義訓」為主，又以「直下定義」為主要方法。

（二）訓詁術語〔註4〕

《爾雅》器用類材料中包含兩種訓詁術語：

1、「曰、為、謂之」：

甲、曰：如：「緇廣充幅長尋曰旐，繼旐曰旆，注旄首曰旌，有鈴曰旂，錯革鳥曰旟，因章曰旃。」。

乙、為：如「雞棲於弋為榤。」。

丙、謂之：如「小罍謂之坎。」、「鼎絕大謂之鼐，圜弇上謂之鼒，附耳外謂之釴，款足者謂之鬲。」。

2、「某，某也」：如「卣，中尊也。」、「罦，覆車也。」。

其中，以第一類中的「謂之」最多，佔《爾雅》器用類材料百分之九十以上。其次是「某，某也」，再其次是「曰」、「為」。

第二節　《說文》器用類名物詞內容

一、材　料〔註5〕

《說文》器用類所包含的部首有 96 部，相當龐大且雜亂，逐條依據上述九大類分類，各類情形如下：

類　　　別	細　項	條　數	總　計
一、盛器	炊煮具	共 25 條	共 184 條
	酒器	共 22 條	
	食器	共 55 條	
	其他盛器	共 82 條	
二、樂器（含舞具）	舞具	共 2 條	共 41 條
	吹奏樂器	共 20 條	
	弦樂器	共 2 條	
	打擊樂器	共 17 條	
三、農器和捕具	鋤鍬	共 18 條	共 48 條
	鐮	共 8 條	
	斧	共 8 條	
	犁	共 5 條	

〔註4〕訓詁術語：詳參胡楚生：《訓詁學大綱》，臺北：華正書局，1900 年；周碧香：《實用訓詁學》，臺北：洪葉文化事業有限公司，2006 年。

〔註5〕詳細材料表請參見第貳章第二節。

三、農器和捕具	其他農具	共 8 條	共 48 條
	捕具	共 30 條	
四、車馬器（含交通工具）	車具	共 71 條	共 134 條
	馬具	共 18 條	
	交通工具	共 29 條	
	旗幟	共 16 條	
五、服飾	衣服	共 52 條	共 259 條
	衣服部件	共 40 條	
	鞋襪	共 22 條	
	配飾	共 18 條	
	衣服材料	共 127 條	
六、玉石、金屬和礦物	玉名	共 46 條	共 128 條
	珠類	共 5 條	
	石名	共 46 條	
	金屬	共 25 條	
	礦物	共 6 條	
七、兵器和刑具	兵器	共 60 條	共 66 條
	刑具	共 6 條	
八、建築部件和家具	建築部件	共 88 條	共 127 條
	家具	共 39 條	
九、食物和日用雜器	食物	共 108 條	共 287 條
	文書具	共 18 條	
	日用雜器	共 161 條	
總計共 1274 條			

在這九大類中，盛器共 184 條；樂器共 41 條；農具和捕具共 48 條；車馬具共有 134 條；服飾共 259 條；玉石、金屬和礦物共 128 條；兵器和刑具共 66 條；建築部件和家具共 127 條；食物和日用雜器共 287 條，總計共 1274 條。

二、體　例

在編排上，《說文》器用類材料分類前，大致上在所屬部首以字義相引方式排列，相當整齊。《說文》器用類除包含《爾雅》器用類義訓之外，在詮釋字義方面，更開展出形訓、聲訓兩類，此外，更有剖析字形、標注讀音、引證等，各種訓詁方法基本上都具備了，底下依訓詁方法、訓詁術語來看：

（一）訓詁方法

1、詮釋字義：

甲、形訓：如「彝，宗廟常器也。从糸；糸，綦也。収持米，器中寶也。

互聲。此與爵相似。《周禮》：『六彝：雞彝、鳥彝、黃彝、虎彝、蟲彝、斝彝。以待裸將之禮。』」、「卮，圜器也。一名觛。所以節飲食。象人，卩在其下也。《易》曰：「君子節飲食。」凡卮之屬皆从卮。」

乙、聲訓：如「琴（群母，侵部），禁（見母，侵部）也。」、「衣（影母，微部），依（影母，微部）也。」、「戶（匣母，魚部），護（匣母，鐸部）也。」〔註6〕

丙、義訓：

（1）直訓

a、單詞相訓：如「枓，勺也。」、「匙，匕也。」

b、多詞同訓：如「罾，魚网也。」、「罽，魚网也。」；「璙，玉也。」、「瓘，玉也。」、「璥，玉也。」、「瑛，玉也。」

c、兩詞互訓：如「鎌，鍥也。」、「鍥，鎌也。」；「橐，囊也。」、「囊，橐也。」

d、數詞遞訓：如「袘，裾也。」、「裾，衣袍裾也。」

e、一詞數訓：如「櫝，匱也。从木，賣聲。一曰：木名，又曰：大棺也。」、「銚，溫器也。一曰：田器。」

（2）義界

a、直下定義：如「玠，大圭也。」、「鑣，馬銜也。」

b、增字爲訓：如「轡，馬轡也。」、「植，戶植也。」

c、兩字各訓：如「籚，飲牛筐也。从竹，盧聲。方曰筐，圜曰籚。」、「鰲，藏魚也。南方謂之魿，北方謂之鰲。」

d、集比爲訓：如「榱，秦名爲屋椽，周謂之榱，齊魯謂之桷。」、「楣，秦名屋檽聯也，齊謂之檐，楚謂之梠。」

e、描寫形象：如「鬶，三足釜也，有柄喙。」、「玨，二玉相合爲一玨。」

f、比況爲訓：如「玟，石之似玉者。」、「瑂，黑石，似玉者。」

g、補充說明：如「玉，石之美。有五德：澤潤以溫，人之方也；鰓理自外，可以知中，義之方也；其聲舒揚，專以遠聞，智之方也；不橈而折，勇之方也；銳廉而不忮，絜之方也。象三玉之連。丨，其貫也。凡玉之屬皆从玉。」、

〔註6〕詳參郭錫良：《漢字古音手冊》，北京：北京大學出版社，1986年。

「斝，玉爵也。夏曰琖，殷曰斝，周曰爵。从吅，从斗，冂象形。與爵同意。或說斝受六升。」

2、剖析字形：如「牖，穿壁以木爲交窻也。从片、戶、甫。譚長以爲甫上日也，非戶也。牖，所以見日。」、「向，北出牖也。从宀，从口。《詩》曰：『塞向墐戶。』」

3、標注讀音：如「瓨，似罌，長頸。受十升。讀若洪。」、「𤭖，小卮也。从卮，耑聲。讀若捶擊之捶。」

4、引證：如「觶，鄉飲酒角也。《禮》曰：『一人洗，舉觶。』觶受四升。」、「幎，幔也。从巾，冥聲。《周禮》曰：『幎人。』」

（二）訓詁術語

《說文》器用類的訓詁術語有以下五種：

1、曰、爲、謂之：

甲、曰：如：「觴，觶實曰觴，虛曰觶。」、「斝，玉爵也。夏曰琖，殷曰斝，周曰爵。」

乙、爲：如：「舟，船也。古者，共鼓、貨狄，刳木爲舟，剡木爲楫，以濟不通。象形。凡舟之屬皆从舟。」

丙、謂之：「梪，木豆謂之梪。」、「籈，三孔龠也。大者謂之笙，其中謂之籈，小者謂之䈁。」

2、一曰：「欘，斫也。齊謂之鎡錤，一曰：斤柄，性自曲者。」、「鉈，臿屬。从金，危聲。一曰：瑩鐵也。」

3、讀若：「帾，載米𦄑也。从巾，盾聲。讀若《易》屯卦之屯。」、「帴，蒲席𦄑也。从巾，及聲。讀若蛤。」

4、屬：「旞，旗屬。」、「緃，絨屬。」

5、謂：「箱，陳留謂飯帚。」

6、某，某也：「櫓，大盾也。」、「韔，弓衣也。」

其中，《說文》器用類因編排體例的關係，先釋義，次之後析形，再其次是標注讀音、引證、補充說明，故每一條幾乎均以「某，某也」爲首要的釋義方式，因此，佔了百分之九十五以上。

「某，某也」之外，「曰、爲、謂之」計出現二十餘次，「謂」有一次，「屬」

有十一次。「一曰」則有一百餘次之多,「一曰」是對同一字彙的不同解釋,不僅可從中考察各地方的用詞不同,也可以藉由另一稱呼幫助我們更認識這一器物。「讀若」有五十餘次,有標注讀音的實際功能,也是研究古音的寶貴資料。

第三節 材料與體例之比較

一、材料比較

收字方面,《說文》器用類材料有 1274 條,遠超過《爾雅》器用類材料的 96 條,收字比較如下表:

《爾雅》有,《說文》無。	戥翼罩羉縶罜籉滜笟簁筭旀筑筅簷椹榹杙栱櫟橪柣梘裶襓衼衳旀襳縛緷綾繡縗閞龒櫺獒鐴釴鐪鉼鈑鏃卣罍馨睸璘琧珚珸裞閲	共 55 字
《說文》有,《爾雅》無。	𪓷瞏膚饋膞魛鰢魝穀筍篁筶籨簹簠籌簣篅豊皿盂盌盛盧盅盆盦醢匋罌缾缸缻㭊梧槃梡檛椑槽槤桶樏槁疈瓟卮壺匚匛匩匲匪㔶㔾匭匱匜匲匳樞匩瓦甀甂甞瓮㼚瓵㼛㪷斛斞鉼鍾鑑鐈鋞鑣鑊鍑鏊鈽鉒鎬銚鐎銅鐯鍵鉉鉛鋻鐵錠鐙鑪鏇鑄鉔鈧鈂鈹酋筶鉤畢筊籮橯枱橭桯杷梯柫枷杵槩梱网罳罩罶罪罬罜罦罭㓁銛鐅錢钁釿鑺鉬鉏鎌鍥鉊鉎鎛鈇嫠巾帥幣帉幣帶幬帔常幔幬帷幭布市敝㡓褕袗襹襸褸褽袜襲袍襺褻袛裯衩袂褰襌袥衧裏襱裦襩襦被衾襓袓褻衷襘裋褵袩祜襐衰卒裯祝裏裘履屨屬屖絲糸繭緒緬絹紇織紝繈紿紈繒綢綺縠縛縑絺縞縈綾縵絹繡纚紘紽纓緄緺緆緃篡綸綖總紒綺繑緥繂絛縱紃緩綫徽絮絡纊紙繫絹繡紺絺紛緅絰紆緫緆緰繐経緊繆緼緋絣紕綱鎧釬錏鍛鞄鞁鞀鞣軡犙鞁鞼靶斬軩勒鞘韇轒簬篋等策笧楕楷槅橐囊橐馸騰蠻軒輻軡輼輬軶輕輴軩軶軾輅轊輢軚輻轀軨輴軨輴軨輪軨輳輴轒軍輦軒輴轀軜軛輬輴轄輪軜蜒軛鈀鋼釭錏釪鑾錫銡鋂紟筴縼糾紆絅絆紃縻犧犔鮑羸雋牲犧食飴餳餅饘餒饎饎飯麬粗粒粯糜糟糧糧粗粹粉鹽鹼鏠鉛銅鏈鐵鍇鍌鏤鏿鏢釘錠鏡鏶鍱鏟鋚璙瓘璈瑛璠璵瑾瑜玒瓊珦珣璐瓚瑈珛璿瑻琮琥瓏琬瑒璊珽珔璅珋珥琫珌璲瑤瑓瑩瓅瑉珤瓃珍瑀玤玲珇珛珧玖瑅璞璘瑰珣珛璕瑋琂瑝珺瑒瑝璔璫玕瑎碧琨珉瑤珠玼瑙玫瑰琅玕玲珏佩石磺碣碧礜碣碟碬磧碑䃀磢兵鞭鞃殳杸盾刀削剞劒簡簁矢矰侯韜韝鞢韣簚槍榜匕戈戎戢戛戉戚㪍弨弧斤斧斨所矛猎矜鏌釪鏢鈹鋌銑鉈鏦鎁錞鐏緱縶壎侖𪔚鼖鐲鈴鉦鐃鐸鐏鈁靮竽簧筒籟筋笛筝箛筴杊枹旗旝旓栽萩柱橰橰桦橼桅橾檥楈楯棟栖楜桛楗橵柵枑橦偏牖牏向戶扇扃閭閼閈閰閣閽閵閑鋪鐉篳壁㲄篇籍節符牘牒牍冊椠札楤帙荓苲荍萆苴蕢茵蔟蕘薪筳籧蒢簬籭簅笠繃綱緝紃綮緘縢維絏緬繝綆綏轜鐯鈵珊瑚丹雘鑲鎔鋏鑒槧鑴鐾鉆鈚鈦鋸鐕鏝鑽銓鄆軒軒輴軮輥杋簺莛筅筟簾籭藩籔箕筥筵筆簟籹觴竽蕢薁籌麓筀復筰籠簪簺笘籌箄牀杌枮槥櫛梳案槈械枓杓槌栔槃梢杼椱援核梯㭊杖棓椎柯柄柲橝樸材柴檥杠桯桱隉棊椉桰臬橾榷梋橃梠橘橇校橫梜楄枰概葉棷杅桱枯槛梮枏棺槥檽橁梣桼片席幡幬烯碅碓舟尺翮翳翼箕韋韝絑聽羽翬翰翟翡翠翡翁翄翹猴毛毳羮角觺觟㿼觟莧牷牛酒䣭醇醹酎醢醸酤酸醹酸醶酢酏胹肯肌腜脡肙肉胅胙隋膫肴脯脩膜胹膊膴胒曉膌膡膾散膊肰麩麪爩醃醷䤏䣱醬䣑醓䣛酯胳脫縹亼觜鸘觟㹈鰓鰓	共 1179 字

《說文》有，《爾雅》無。	舳鉾觕黏剝橾檹梡杴梼櫎枲臍橑槲檁屎梧柳奥箱篃笨簾笠篿箈軒輓輕驁儎輸鮑鱻箞臍輲輅絮茵曲莄奌宋庛辟戻閫閜朳扁笨榱玶龏楫輪笪鱻旒旇艑㣲帟戕斡盨弢狼豬确枱欖劂剕刉役戟碧珤珢璑璑珝璉瑧璑珘璑璯琫璑李瑚璑歎魝糦柴撆凷籟緒稬粢糧機釭枀鮐鐜紅饔軐輓衕輬曇肇輮較輅輫轉輪輟桓箪輨鞘尿軸軫輭耧報縠羃袞韃輶轜舵鮝紓卸鮝縞絮縺緹絪絹繻絨緒紙枀帗柭衱縣蘇帍祴祿褘怱帖帩襂幁幝恩雀幏嶣嶵帄潵辯褮麦鑼鏑鉋鏈奮鉼奮罘罟磹䴢皃緙薮希罕蠿砉翼釆東禾枖柁甲鋸鐎鑛鏽鎺鰱匰匜匰鲖瓻胗鼩臷墉磹匋缶罈口鬳殼甈畚觷豈嘗楂盘宬潃盇幭怢磚端筆笩篡登登甹觷虐虙盄亯絺歆叶鼎屍辫紡麵筥	共 1179 字
俱收者	豆鬲盎缶瓹甀瓿瓠瓶彝器鼎鬵尊鉨鼐鬲遵鈞窅罘罣罝罿羅罬車卶斸衣褖純袞裾衿褘襠輿鑣革韉鞄靭金釦銀鏐鐐錫璺瑞玉琳玤璋璧環瑗綬弓珧銑鏃弨瑟琴鼓磬笙鐘簫管籥鏞旐䋏綢旆帛旄旌斿縿練斿組旗縷緇笅簡律筆簪第椊窡枡棷梲楣櫓橺植樞柎柠槾根楔牆序扉門闉閜闈閣開閘闌闞闣闑箴醢廥龤	共 128 字

　　從上面比較表格看，俱收者有 128 字；《爾雅》器用類有收，《說文》未收者僅有 55 字；《說文》器用類有收，《爾雅》未收者則多達有 1179 字。從收字的字數懸殊可看出兩者寫作時的動機不同：《爾雅》是為釋經而作，內容是收集訓釋經書字詞，並非以編纂辭書為目的，如：

《詩經》詩句〔註7〕	《毛傳》〔註8〕	《爾雅》釋經條文
〈周南・兔罝〉：肅肅兔罝	兔罟，兔罝也。	兔罟謂之罝〈釋器〉
〈衛風・碩人〉：施罛濊濊	罛，魚罟也。	魚罟謂之罛〈釋器〉
〈大雅・靈台〉：於論鼓鐘	鏞，大鐘也。	大鐘謂之鏞〈釋樂〉
〈大雅・生民〉：恆之秬秠	秬，黑黍。 秠，一稃二米。	秬，黑黍。 秠，一稃二米。〈釋草〉
〈周頌・豐年〉：豐年多黍多稌	稌，稻也。	稌，稻。〈釋草〉
〈秦風・晨風〉：鴥彼晨風	晨風，鸇也。	晨風，鸇。〈釋鳥〉
〈大雅・大明〉：駟騵彭彭	騵馬白腹曰騵。	騵馬白腹，騵。〈釋畜〉

　　反觀《說文》，雖許慎說解文字的目的在於矯正時人不解漢字，競逐說字的錯誤，藉以達到「以理群類，解謬誤，曉學者，達神恉。」的目的，由此出發點，故廣收材料，並參考通人之說，歷時二十餘年編成《說文》一書，故包含的材料之豐富，由此可見。《說文》蒐集材料豐富，儘管不可能盡收當時所見所用之物，但其重要性是不容忽視的。而《爾雅》雖材料較少，站在閱讀古書與

〔註7〕詳參《詩經》（十三經注疏本），臺北：藝文印書館，1955 年。依序頁碼為 37、128、567、583、730、243、533。

〔註8〕詳參金啓華：《詩經全譯》，江蘇：新華書局，1984 年。依序頁碼為 16、130、656、672、825、282、626。

了解當時社會風貌的角度來看，也是有其不可磨滅的貢獻。

在釋義方面，《說文》器用類在補充說明部份引用《爾雅》僅有二條：「宋，棟也。從木，亡聲。《爾雅》曰：『宋廇謂之梁。』」、「楣，戶楣也。從木，啻聲。《爾雅》曰：『檐謂之楣。』」但若將《爾雅》、《說文》器用類相同字的釋義比較，相同的有 12 條，如下表所示：

	《爾雅》器用類內容	《說文》器用類內容
釋義同	木豆謂之豆。	桓，木豆謂之桓。
	竹豆謂之籩。	籩，竹豆也。
	鼎絕大謂之鼐。	鼐，鼎之絕大者。
釋義同	甌瓵謂之瓵。	瓵，甌瓵謂之瓵。
	康瓠謂之甄。	甄，康瓠，破罌。
	宮中之門謂之闈。	闈，宮中之門也。
	小者謂之篎。	小者謂之篎。
	小者謂之筊。	小管謂之筊。
	繴謂之罿。罬謂之罦。	繴謂之罿。罬謂之罦。
	罿，罬也。	罿，罬也。
	衣蔽前謂之襜。	襜，衣蔽前。
	東西牆謂之序。	序，東西牆也。

在本章第一節中談到，《爾雅》器用類材料通篇幾乎以「謂之」爲釋義的方式，而《說文》器用類則是以「某，某也」爲主要方式，加上《爾雅》的訓釋多以當時用語中的同義詞來作爲解釋，《說文》則是以字義的本義爲主，故兩者之間釋義全同的部分僅有 12 條。雖《說文》這 12 字的內容中並無提到引自《爾雅》，但釋義基本上完全相同，應是以《爾雅》爲參考對象。

二、體例比較

《爾雅》對漢語的聚類群分，從匯集到分類、歸納、訓釋，是中國語言研究的一大創舉。而《說文》的「分別部居，不相雜廁。」的分類體系，可見許慎受到《爾雅》的啓示是必然的，故兩者在器用類編排上有一定的法則。《爾雅》器用類材料在原本所屬篇章內便可觀察出材料是以小類排列，如〈釋器〉：

縿罟謂之九罭。九罭，魚罔也。嫠婦之笱謂之罶。

罺謂之汕，箄謂之罩，槮謂之涔。

鳥罟謂之羅（【圖 01】），兔罟謂之罝（【圖 02】），麋罟謂之罞，彘罟

謂之罶,魚罟謂之罛。

繴謂之罿。罿,罬也。罬謂之罦。罦,覆車也。

絇謂之救。

上面 5 條均是捕具,將網類排列在一起成爲一個小類,又如〈釋樂〉:

大瑟謂之灑(【圖 03】)。

大琴謂之離(【圖 04】)。

大鼓謂之鼖(【圖 05】),小者謂之應(【圖 06】)。

大磬謂之馨(【圖 07】)。

大笙謂之巢(【圖 08】),小者謂之和(【圖 09】)。

大篪謂之沂(【圖 10】)。

大塤謂之嘂。

第一組是弦樂器,第二組是打擊樂器,第三組是管樂器,以樂器種類不同來排列,相當清楚。《說文》器用類材料在分類前,若從各自部首來看,按照部首來編排,已有初步的分類,再加上在每個字例各自所屬的部首內大致按照「以義相引」的原則編排,因此,前後字之間的關聯相當緊密,無形中在部首內產生小的類型,如〈玉部〉:

琫,佩刀上飾。天子以玉,諸侯以金。从玉,奉聲。

珌,佩刀下飾。天子以玉。从玉,必聲。

璹,玉器也。从玉,𦎧聲。

瑐,玉器也。从玉,晶聲。

瑲,石之次玉者。从玉,𦬇聲。《詩》曰:「充耳瑲瑩。」

玖,石之次玉黑色者。从玉,久聲。《詩》曰:「貽我佩玖。」讀若芑。或曰:若人句脊之句。

㺬,石之似玉者。从玉,匹聲。

琅,石之似玉者。从玉,艮聲。

曳,石之似玉者。从玉,曳聲。

璨,石之似玉者。从玉,巢聲。

璡，石之似玉者。从玉，進聲。讀若津。

第一組是佩刀上的裝飾物，第二組是玉器，第三組是石之次玉者，第四組是石之似玉者，在〈玉部〉內，呈現小組的聚合，這樣的編排對於字義的掌握與查閱，其便利性與實用度是字書必須具備的功能，《說文》最基本的價值就在此。

在訓詁方面，《爾雅》以釋經目的，所包含的訓詁方式多是直訓、義界爲主要，訓詁方式大多不出「義訓」範圍。《說文》則是在前賢的基礎上大放異彩，訓詁方法中的形訓、聲訓、義訓，大致上都包含在內。前者是立於訓詁的開創地位，後者則是爲訓詁學奠定其基礎樣貌，兩者均對訓詁學的有重大貢獻。

第四節　價值之比較

一、語言文字方面

（一）文　字

《爾雅》以訓釋經典爲著書目的，若與其訓釋的典籍相較，如《詩經》等，再將詞彙拆開來看，與《說文》對照來看，其所記錄的文字，正可由上古延續到中古時期，文字的流變在這裡便有痕跡可尋，《爾雅》雖以釋詞爲主，但在文字學上的價值卻不容否定。此外，正如《說文·序》中提到：「今敘篆文，合以古籀。」此爲《說文》的撰寫體例，字頭以篆文爲主，若該字有古文、籀文等，便一併收入，無形中保存了古文字的字形，而這些材料便是我們研究古文字的橋樑，藉由篆文上推古文字，也可往下聯繫隸書、楷書等，是探究中國文字的演變、發展絕不可忽略的重要材料。

（二）音　韻

《爾雅》器用類各條的訓釋以義訓爲主，但若與《詩經》相比較，從釋經的角度來看，或許也可發現其音韻的痕跡，但此非本文論述對象，故此不贅述。《說文》的解說字音有主要是以「形聲」，其次是「讀若」。此外，在訓詁方法中的聲訓，也是研究音韻材料，舉例如下：

1、形聲：如「琬，圭有琬者。从玉，宛聲。」、「鬵，大釜也。一曰鼎大上

小下若甀曰甇。从鬲，兓聲。」

2、讀若：如：「珣，醫無閭珣玗琪，《周書》所謂夷玉也。从玉，旬聲，一曰：器，讀若宣。」、「甗，甌也。一曰穿也。从瓦，虜聲。讀若言。」

3、聲訓：如「琴（群母，侵部），禁（見母，侵部）也。」、「衣（影母，微部），依（影母，微部）也。」、「戶（匣母，魚部），護（匣母，鐸部）也。」〔註9〕

聲訓除了保存古音外，更可從中推求事物命名緣由。〈說文〉每一字例的內容均是先釋義，後析形，而「从某，某聲」是每一個字例內容的必備部分，因此，在無形中保留了大量的形聲字可供研究。「讀若」更是直接標注當時的讀音，對於當時語音的紀錄，這些都是研究古音的寶貴資源。

（三）訓　詁

《爾雅》、《說文》器用類中出現的訓詁方法與術語，與兩者對於訓詁學上貢獻，分別在本章一、二節中已討論過，故不再贅述。

（四）詞　彙

《爾雅》以經書爲主軸，區別一般通用詞語和專用詞語，對古漢語進行匯集、分類與歸納的工作，雖在釋義方面顯得簡略，但其紀錄與保存了古代的語文成就，不僅是中國第一部詞典，也爲日後中國語言學的開展樹立了典型，在詞彙學的地位與貢獻皆相當鉅大。在器用類保存各方面的詞彙，如禮器、樂器、農具等，有些至今仍出現在日常生活中，有些已經亡佚，這些對於詞彙演變的研究都有很大的幫助。而《說文》雖以單字爲訓釋的標準，但在字義的訓釋中所使用的詞語，無形中也留下相當大量的詞彙，不僅可以與先秦比較，更可與其後的各字典、詞典對照，將詞彙的流傳、演變作一整理，不失爲一項有意義且具有價值的研究。此外，在《說文》器用類中也有方言用語的材料，如：

櫋，秦名爲屋椽，周謂之榱，齊魯謂之桷。

楣，秦名屋櫋聯也，齊謂之檐，楚謂之梠。

杇，所以涂也。秦謂之杇，關東謂之槾。

上面三例，均是同一種建築部件，但在不同地方有不同的稱呼，這對於研究各

地社會文化與用語習慣，也是值得參考的部份。

二、日常生活方面

《爾雅》與《說文》器用類的紀錄除了可看出當時的工藝技術發展之外，更可從這些記載瞭解當時的生活狀況，列舉以下幾點來看：

（一）階　級

中國社會歷時五千餘年，自古建立的封建社會，社會階級分明，在各方面均有嚴格的區分，不可逾矩，舉凡服飾、飲食、用具、宮室、喪禮等等，《爾雅》雖缺乏這類記錄，不過《說文》中則保存這方面的紀錄，如：

> 市，韠也。上古衣蔽前而已，市以象之。天子朱市，諸侯赤市，大
> 夫蔥衡。從巾，象連帶之形。凡市之屬皆從市。（服飾）
>
> 袷，士無市有袷。制如，缺四角。爵弁服，其色韎。賤不得與裳同。
> 司農曰：裳，纁色。從市，合聲。（服飾）
>
> 侯，春饗所躲侯也。從人；從厂，象張布；矢在其下。天子躲熊虎
> 豹，服猛也；諸侯躲熊豕虎；大夫躲麋，麋，惑也。士躲鹿豕，為
> 田除害也。其祝曰：「毋若不寧侯，不朝于王所，故伉而躲汝也。」
> （兵器）

上面三個字例，分別是市、袷、侯，前面二字是蔽前，從顏色來區隔地位，並限制所處階級能使用的蔽前為何。第三字是在狩獵時，限制不同階級的人使用不同圖騰的射布，以示地位之差別。

（二）飲　食

在飲食方面，從器用類的烹飪工具與食物來看，《爾雅》、《說文》兩者各類的數量如下表：

	炊具、盛器	食　物
《爾雅》器用類	6	7
《說文》器用類	184	107

從上表來看，一方面從數量比較，《說文》在這方面的紀錄顯然勝於《爾雅》；另一方面，從《爾雅》到《說文》飲食器具數量的遞增，也可看出中國對於飲食的重視。不同材質、形制的器具則有不同的名稱與用途，先從《爾雅》來看，

舉例如下：

　　盎謂之缶。甌瓵謂之瓵。康瓠謂之甄。（【圖11～13】）

　　鼎絕大謂之鼐，圜弇上謂之鼒，附耳外謂之釴，款足者謂之鬲（【圖
　　14～16】）。

第一條是盛器，盎、缶一類大腹而斂口；甌瓵、瓵一類是小盆的名稱，口較寬，
而且較矮；康瓠、甄則是壺類的盛具。第二條是炊具，最大的鼎稱鼐，上掩斂
鼎口的小鼎是鼒，附耳的稱釴，鼎足中空的則是鬲。這些都是因形制不同而名
稱、用途皆不同的例子。

　　《說文》飲食器具除數量較多之外，其種類龐雜，可細分為炊煮具、酒器、
食器與其他盛器等。〔註10〕製作材料的不同，也有不同的名稱，如木製、竹製、
青銅製等，皆有使用者與使用場合的限制，何種材質的器具盛放何種食物也都
有一定的要求，舉例如下：

　　觚，鄉飲酒之爵也。一曰觴受三升者謂之觚。从角，瓜聲。

　　觶，鄉飲酒角也。《禮》曰：「一人洗，舉觶。」觶受四升。从角，
　　單聲。

觚、觶是鄉飲酒時所使用的酒器。又如：

　　枓，勺也。从木，从斗。

　　觝，角匕也。从角，亘聲。

　　柶，禮有柶。柶，匕也。从木，四聲。

枓、觝、柶都是杓子，但因材料不同而有不同的稱呼。又如：

　　簠，黍稷方器也。从竹，从皿，从皀。

　　簋，黍稷圜器也。从竹，从皿，甫聲。

　　豋，禮器也。从収持肉在豆上。讀若鐙同。

　　豆，古食肉器也。从口，象形。凡豆之屬皆从豆。

第一、二條是盛裝黍稷的盛具，第三、四條是盛裝肉類的器皿。從上面這些例
子都可看出，古人對於飲食方面的要求與重視程度。在食物方面，除了植物、

─────────────

〔註10〕詳細材料內容可參見第貳章第二節。

動物所提供的之外，還有米麥製品（麵食）、醃製品、酒等，《說文》中皆有紀錄，舉例如下：

> 餱，乾食也。从食，侯聲。《周書》曰：「峙乃餱糧。」
>
> 鋂，餱也。从食，非聲。陳楚之間相謁食麥飯曰鋂。
>
> 餅，麵餈也。从食，并聲。
>
> 脯，乾肉也。从肉，甫聲。
>
> 脩，脯也。从肉，攸聲。
>
> 膎，脯也。从肉，奚聲。
>
> 醨，薄酒也。从酉，离聲。
>
> 醠，濁酒也。从酉，盎聲。
>
> 醲，厚酒也。从酉，農聲。
>
> 鹽，鹹也。从鹵，監聲。古者。宿沙初作煑海鹽。凡鹽之屬皆从鹽。
>
> 鹼，鹵也。从鹽省，僉聲。

第一組是麵食，第二組是醃製品，第三組是酒，第四組是調味品。植物類中的稻、黍、麥、粱等在採收之後均是麵食製品、酒的來源；豢養的動物，如豕等，則是醃製品的來源；而鹽是飲食的必需品。從這些記錄中，對於食物的來源相當多樣，皆可看出中國自古以來對於飲食材料的廣泛取用與講究程度。

（三）休閒娛樂

從《爾雅》、《說文》器用類的材料來看，古人的休閒娛樂主要有以音樂爲主的觀賞舞樂，次有狩獵。關於音樂，可從樂器的紀錄來看，狩獵則可從捕具、[註11] 車馬具、兵器 [註12] 中的弓矢 [註13] 著手。兩者各類的數量如下：

〔註11〕捕具以獸類網屬爲主。

〔註12〕捕具、車馬具，弓矢均是狩獵過程必備的工具。

〔註13〕如《說文》兵器類：「弓，以近窮遠。象形。古者揮作弓。《周禮》六弓：王弓、弧弓以射甲革甚質；夾弓、庾弓以射干侯鳥獸；唐弓、大弓以授學射者。凡弓之屬皆从弓。」、「侯，春饗所躲侯也。从人；从厂，象張布；矢在其下。天子躲熊虎豹，服猛也；諸侯躲熊豕虎；大夫躲麋，麋，惑也。士躲鹿豕，爲田除害也。其祝曰：『毋若不寧侯，不朝于王所，故伉而躲汝也。』」等。

	舞樂	狩　　獵			其　　他	
	樂器	捕具	車馬具	弓矢	投壺	棋戲
《爾雅》器用類	16	4	2	2	0	0
《說文》器用類	41	29	132	18	1	3

　　不同材質的舞具、樂器的表演形式與呈現，均有不同的效果與所使用的場合，因此，音樂除了國家祭典等隆重場合的演奏外，更是感動人心，成為人們的精神寄託，也是休閒娛樂中的要角。古代的狩獵活動，通常也是配合著軍事演習，在郊外舉行的狩獵活動，不僅可以鍛鍊軍事將領，也在狩獵過程放鬆身心，有多重效果。此外，從上表看《爾雅》到《說文》，捕具、車馬具、弓矢各部件的數量增多，與種類的多樣，除了見証工藝的發達外，也可看出對於軍事、狩獵的重視。

　　《說文》器用類除了音樂、狩獵之外，還有對於休閒娛樂的紀錄，如投壺、棋戲等，共有四條：

> 籌，壺矢也。从竹，壽聲。

> 簙，局戲也。六箸十二棊也。从竹，博聲。古者烏胄作簙。

> 棊，博棊。从木，其聲。

> 枰，平也。从木，平聲。

第一條是投壺遊戲，後三條都是棋戲。投壺遊戲在《禮記》〔註14〕中也有記載：「投壺之禮，主人奉矢，司射奉中，使人執壺……。」投壺遊戲、棋戲皆是古人在日常生活中的休閒活動，更精確地說應是士階級以上的休閒活動。以上這些休閒活動，雖不能完全代表當時社會的普遍行為，但對於我們瞭解當時社會生活仍是有所助益的。

三、工藝發展方面

　　工藝製造對於一個社會邁向文明，具有實質性的指標意義，民生的各項用品，也都根源於此，工藝發展也是牽動社會進步的動力來源之一。在工藝方面，舉例從建築與木工業、紡織工業、冶煉與鑄造工業等三部分來討論。

〔註14〕詳參《禮記》（《十三經注疏本》），臺北：藝文印書館，1955年，第四十卷〈投壺〉，頁 965。

（一）建築與木工業

在《爾雅》〈釋宮〉、〈釋器〉、〈釋樂〉等篇所詮釋的正是先秦建築、器用等方面的內容和相關名詞，雖《爾雅》所收的詞彙侷限在經籍中，對也未能概括當時社會的工藝技術，但若逐條串起來看，仍是可以反映工藝與民生密切結合的社會生活型態。《說文》中對於建築部件的字例也是相當豐富，有八十餘條，除包含《爾雅》的紀錄之外，更有《爾雅》未收的部件，不僅看出建築的發展日益進步，更可幫助我們完整地認識古代的建築。如《爾雅》中：

　　大版謂之業（【圖 17】）。繩之謂之縮之（【圖 18】）。（〈釋器〉）

　　鏝謂之杇，椹謂之樸，地謂之黝，牆謂之堊。（〈釋宮〉）

第一條是版築所使用的築牆版，「繩之」、「縮之」是指在施工前用準繩規劃、校正建築基礎，第二條是建築中所用的抹牆、斫木工具與地面、牆壁的塗料，從這些記錄可知此時的版築建造技術已相當成熟。《詩經・大雅・緜》〔註15〕中也有類似的記載：「乃召司空，乃召司徒，俾立室家，其繩則直，縮版以載，作廟翼翼捄之陾陾，度之薨薨，築之登登，削屢馮馮，百堵皆興。」由此可知，中國的版築建造技術最晚應在周代時已經發展開了，這樣的技巧流傳千年，在現今社會中仍未失傳。除建築技巧外，從建築部件的複雜與多樣性，可知道古人對於建築的要求與重視，如〈釋宮〉：

　　柣謂之閾，楔謂之楔，楣謂之梁，樞謂之椳。

　　宗廇謂之梁。其上楹謂之梲，開謂之槉，桷謂之梠，棟謂之桴，桷
　　謂之榱。

門檻叫做柣，也稱作閾；門旁豎立的支柱稱爲楔，也稱作楔；門上端的橫木叫作楣，又稱爲梁；承托門扇轉軸的是樞，也稱作椳。宗廇就是梁，梁上的短柱稱作梲；柱上承托屋梁且跟它平行的橫木叫作開，又稱爲槉；住上方承托屋梁且跟它直角的橫木稱作桷，又叫作梠；頂梁爲棟，又稱爲桴，方的椽叫作桷，也稱爲榱。〔註16〕從這些繁複的名稱來看，中國對於建築的重視與講究，從這

〔註15〕詳參《詩經》（《十三經注疏本》），頁 0540。

〔註16〕詳參吳榮爵、吳畏注譯：《爾雅全譯》，貴州：貴州人民出版社，1997 年，頁 390
　　　　～396。

裡都可得到印證。木工除了從建築中可見到外，先秦時的戰事多以車戰爲主，故更可從戰事中的戰車與車具中看到古人的木工的技術，如：

> 輣，兵車也。从車，朋聲。

> 軘，兵車也。从車，屯聲。

> **轒**，陷敶車也。从車，童聲。

> 輅，車軨前橫木也。从車，各聲。

> 軫，車後橫木也。

> 軾，軺車前橫木也。

第一組是戰事用的兵車，第二組是車具部件，由不同的木製部件組成的車，在戰事中發揮其功能。又如兵器、農具、日用雜器工具的柄也多是木製爲多，木工的開展亦是古社會日常生活中重要的工業。

（二）紡織工業

在日常生活中，服飾是不可或缺的一環。從遠古時代的裸露，到使用獸皮縫製衣物，衣物的使用也從遮羞、禦寒到裝飾作用，服飾在人類社會中所佔的地位也逐漸增加其重要性。在紡織工業方面，可從服飾來看，《爾雅》、《爾雅》器用類服飾的數量如下：

	衣　　服	衣服材料
《爾雅》器用類	11	0
《說文》器用類	132	127

從上表來看，《爾雅》器用類共有 11 條，[註17] 分別是衣服、衣領、蔽前、綬帶、配飾，依序有 3、4、1、2、1 條，對於製作衣服的材料則無記錄，但其對於衣服的各部件都有其專屬的稱呼，得知當時已對服飾有相當程度的重視，且也能製作精美的服飾。《說文》在服飾方面則有 259 條的紀錄，除了對各種樣式、材質不同的服裝均有其特定的稱呼，如：

> 襄，丹縠衣。从衣，絰聲。

> 袍，襺也。从衣，包聲。《論語》曰：「衣弊縕袍。」

〔註17〕詳細材料內容請參見第貳章第一節。

> 褕，翟，羽飾衣。从衣，俞聲。一曰：直裾謂之襜褕。

> 褧，襑也。《詩》曰：「衣錦褧衣。」示反古。从衣，耿聲。

襄是紅色的細紗衣服；袍是有夾層，中間裝有棉絮的長衣；褕是有羽毛裝飾的衣服；褧是用麻紗製成的單罩衣。此外，衣服部位不同也有不同的名稱，有衣領、蔽前、腿衣、冠帶、綬帶等區分，衣物之外，還有配飾，足見當時對於服飾相當講究。

在衣服的材料方面，《說文》中有獸毛、羽毛、皮革、布匹、絲、麻等。人們從獵來的動物身上取得皮毛，製成皮革、毛料，除了可作爲平時的衣服外，更可製作鎧甲、弓矢、皮鼓等，在戰事中佔有重要地位。而種植的麻、葛，養殖的蠶則是衣服材料的主要來源，上層的王侯貴族使用絲織品、綢緞等華麗且柔軟的材料製衣，對於衣服的顏色、繡樣都相當精緻，如：

> 縞，帛青經縹緯。从糸，育聲。

> 綪，赤繒也。以茜染，故謂之綪。从糸，青聲。

> 帛，繒也。从巾，白聲。凡帛之屬皆从帛。

> 黼，會五彩繒色也。从黹，綷省聲。

上面四例是絲織品，不同的顏色與花紋有不同的名稱。一般的百姓則是使用低階的麻布、粗葛等製成的粗糙衣服，如：

> 紵，枲屬。細者爲絟，粗者爲紵。从糸，宁聲。

> 絺，細葛也。从糸，希聲。

> 綌，粗葛也。从糸，谷聲。

麻屬製成的衣物，除了是平民百姓一般日常的穿著外，也是喪事時所穿戴的衣物材料來源。當時的衣物，與衣物上的裝飾、顏色、繡樣等，都是評斷階級的標準之一。此外，上層貴族的穿著，也可視爲先秦時期紡織工業發達的重要指標。

除了衣服、衣服材料之外，《說文》器用類還有關於養蠶、絡絲與織布機部件的紀錄：

> 槌，關東謂之槌，關西謂之峙。从木，追聲。

> 峙，槌也。从木，特省聲。

椳，槌之橫者也，關西謂之槤。从木，炎聲。

籆，收絲者也。从竹，蒦聲。

莚，繀絲筟也。从竹，微延聲。

筦，筟也。从竹，完聲。

筟，莚也。从竹，孚聲。讀若《春秋》魯公子彄。

屎，籆柄也。从木，尸聲。欄，絡絲欄。从木，爾聲。讀若杞。

滕，機持經者。从木，朕聲。

杼，機之持緯者。从木，予聲。

榎，機持繒者。从木，复聲。

第一組是養蠶、絡絲時使用的工具，第二組是織布機的部件名稱，工具的多樣使用與織布機的發明，足見在此紀錄之前，養蠶業的興盛與織布的技術已相當發達。

（三）冶煉與鑄造工業

歷史上開始使用青銅製品的時間可上推到夏商時代，此時期的青銅冶煉與鑄造已頗具規模，從殷商遺址出土的地下文獻蘊含大批的青銅鑄造的器具可證明。西周時期，青銅冶煉與鑄造工業的技術更是高度發展，但由於冶煉與鑄造需要大批人力財力，是相當昂貴的製品，故青銅器多是帝王、貴族階層的專利，並非普及於各層社會。直至冶鐵、鑄鐵的發明，因鐵量多，又容易取得，遠比青銅器來的普及，故鐵器逐漸成為日用的生產工具，甚至連鐵製兵器也成為戰事中的作戰武器。可說冶鐵、鑄鐵的出現，將中國的工業與農業發展帶到一個新階段。

冶煉與鑄造技術的高度發展，主要可從青銅禮器與炊煮具等盛具、樂器、農具、兵器和採礦得到印證。《爾雅》、《説文》器用類中的金屬製品數量如下表：

	盛具	樂器	農具	兵器	金屬
《爾雅》器用類	4	1	3	2	5
《説文》器用類	49	9	39	28	25

從數量上來看，《説文》器用類的材料均勝於《爾雅》器用類，但若從內容來看，在《爾雅》器用類中已有紀錄，說明當時對於金屬已有相當基礎的認識，且能分辨其中的不同：

黃金謂之璗，其美者謂之鏐。

　　　白金謂之銀，其美者謂之鐐。

　　　餅金謂之鈑。

　　　錫謂之鈏。

　　　絕澤謂之銑。

黃金的別名稱鎏，其最精美者叫做鏐；白金即是銀，其最精美者稱之爲鐐；冶煉而成的餅形金版稱爲鈑；錫又稱作鈏；具有最好光澤的金稱作銑。除了對金屬的認知外，更利用冶煉技術製造出各種形制不同的器具，如：

　　　鼎絕大謂之鼐，圜弇上謂之鼒，附耳外謂之釴，款足者謂之鬲。

　　　大鐘謂之鏞，其中謂之剽，小者謂之棧。

第一條是根據鼎的大小、樣式給予不同的名稱；第二條是打擊樂器中的鐘，不同大小的鐘，演奏出的音色也有不同。在當時已有如此細密與熟練的鑄造功夫，可見當時鑄造技術的高度水準。

　　《說文》器用類中除了包含《爾雅》中的紀錄外，更有大量的金屬製品，如盛具、農具、兵器等，都比《爾雅》所收的材料、種類豐富，除此之外，較特別的還有製造模型所使用的工具：

　　　鑲，作型中腸也。从金，襄聲。

　　　鎔，冶器法也。从金，容聲。

　　　鋏，可以持冶器鑄鎔者。从金，夾聲。讀若漁人莢夾魚之夾。

上面三例都是製作模型的工具，鑲是作鑄器模型裡面的坯胎，鎔是冶煉器物的模型，鋏則是用來夾取正在冶煉器物的工具。在盛器、樂器、農具、兵器之外，生活中更有許多日用雜器，如：

　　　鍼，所以縫也。从金，咸聲。

　　　鈹，大鍼也。一曰：劒如刀裝者。从金，皮聲。

　　　銶，蓁鍼也。从金，朮聲。

　　　鑽，所以穿也。从金，贊聲。

　　　鑿，小鑿也。从金，从斬，斬亦聲。

第一組是縫製衣物使用的針，第二組是釘子、鑿子。這些日用的雜器也都普遍

使用金屬製成，說明了當時社會對於冶煉、鑄造技術的普遍運用。

　　當然，除了建築與木工業、紡織工業、冶煉與鑄造工業外，還有民生必需品的手工藝製作，如竹製、陶製、瓦製品等工藝，古人根據材質製作用途不同的器具，如〈釋器〉：

　　　　木豆謂之豆，竹豆謂之籩，瓦豆謂之登（【圖 19～21】）。

木製的豆稱之豆，竹製的豆稱為籩，而陶製的豆則稱之為登，形制都是豆，但因材質不同，就有不同的名稱，如此細分的結果使得器具的名稱相當繁雜，但亦可看出古人對於器具使用的精細程度。

四、精神依託方面

　　器物除了實質上的用途外，在精神層面，也可看出其在人類社會中的重要性，舉例來看：

（一）音　樂

　　音樂常與禮制並稱為禮樂，在先秦社會中具有規範的作用，配合祭典、燕饗、迎接外賓等不同場合，使用不同的樂器演奏，早在《詩經》時代便有許多相關的記載，舉例來看，如：〈小雅・甫田〉：「琴瑟擊鼓，以御田祖，以祈甘雨。」敘述在祈求降雨的祭祀典禮上，使用琴、瑟、鼓合奏。又如：〈小雅・鹿鳴〉：「鐘鼓既設，一朝饗之。」這是描述國軍燕饗功臣的情形，使用的樂器有鐘、鼓兩種。在《爾雅》記錄的樂器有：

　　　　大瑟謂之灑。

　　　　大琴謂之離。

　　　　大鼓謂之鼖，小者謂之應。

　　　　大磬謂之馨。

　　　　大鐘謂之鏞，其中謂之剽，小者謂之棧。

　　　　大笙謂之巢，小者謂之和。

　　　　大箎謂之沂。

　　　　大塤謂之嘂。

　　　　大簫謂之言，小者謂之筊。

大管謂之簥，其中謂之篞，小者謂之䇷。

大籥謂之産，其中謂之仲，小者謂之箹。

第一組是弦樂器，第二組是打擊樂器，第三組是管樂器。同一種樂器，因大小的不同，則有不同的音色，也有不同的使用方式與場合，足見當時對於音樂的看重程度。從樂器的演奏方式來看，先秦時期的打擊樂器和管樂器比較發達，弦樂器較少，《說文》中的樂器也是如此。〔註18〕

配合《說文》記錄的樂器來看，在樂器的製作材料上，主要是以金（如鏞、鉦等）、竹（如笙、簫等）、革（如鼓、鼖等）、絲（如琴、瑟等）四種爲主，而木製（如椌、柷）、石（如磬）、土（如缶、壎）等材質的樂器則比較古老，隨著樂器製作的材料範圍況大，它們逐漸被其他材料所取代，至今多失傳了。《說文》以文字的形式記錄了我國先秦時期豐富多彩的樂器文化，它不僅反映了先秦時期製作樂器的發達，體現了先民的智慧，也從另一方面反映出古代音樂藝術的繁榮。

（二）旗　幟

古代戰事中，以旗幟代表國家，各種樣貌、形制的旗幟代表該國的精神，也是兵士在戰爭中的心靈依托的對象，例如《詩經·小雅·出車》：「我出我車，於彼郊矣。設此旐矣，建彼旄矣。……王命南仲，往城于方。出車彭彭，旂旐央央。天子命我，城彼朔方。赫赫南仲，玁狁於襄。」〔註19〕此篇是稱讚大將南仲帶兵抵禦玁狁，克敵有功；在戰事前高掛旗幟，飄揚的旌旗一片輝煌，除了聲勢浩蕩之外，也激勵了戰士們的士氣。戰事之外，旗幟也是當時帝王、諸侯外出時車馬的裝飾物，也是使者出使表示身份與地位的象徵物，例如《詩經·小雅·采菽》：「君子來朝，言觀其旂。其旂淠淠，鸞聲嘒嘒。」〔註20〕這篇則是紀錄遠道而來的諸侯，車上旌旗隨風開展，鸞鈴陣陣響不斷，周王給予各種賞賜，並祝福他們。又如《詩經·小雅·采芑》：「方叔蒞止，其車三千，旂旐央央。」〔註21〕此詩是讚美周宣王大臣方叔征服荊蠻，檢閱戰車三千輛時，龜

〔註18〕《說文》中的打擊樂器、管樂器、弦樂器分別有 17、20、2 條。

〔註19〕詳參《詩經》（十三經注疏本），頁 332。

〔註20〕詳參《詩經》（十三經注疏本），頁 499。

〔註21〕詳參《詩經》（十三經注疏本），頁 357。

蛇龍旗齊飄揚，軍容顯盛的模樣。在《爾雅》器用類的旗幟也有不同形制的旗
幟的介紹：

> 素錦綢杠，纁帛縿，素陞龍於縿（【圖 22】），練旒九，飾以組，維
> 以縷。
>
> 緇廣充幅長尋曰旐（【圖 23】），繼旐曰旆（【圖 24】）。
>
> 注旄首曰旌（【圖 25】）。
>
> 有鈴曰旂。
>
> 錯革鳥曰旟。
>
> 因章曰旃。

第一條是說天子的龍旗形制；第二到第六條是說明因竿頭裝飾物、旗面圖騰不
同，而有不同名稱的旗幟。《說文》器用類有 16 條旗幟，其中不乏更詳細的介
紹，如：

> 旗，熊旗六游，以象罰星，士卒以爲期。从㫃，其聲。《周禮》曰：
> 「率都建旗。」
>
> 旂，旗有眾鈴，以令眾也。从㫃，斤聲。
>
> 旌，游車載旌，析羽注旄首，所以精進士卒。从㫃，生聲。
>
> 旟，錯革畫鳥其上，所以進士眾。旟旟，眾也。从㫃，與聲。《周禮》
> 曰：「州里建旟。」

第一條是畫有熊的旗幟，有六根飄帶用來象徵罰星，士卒將熊旗的豎立當作聚
集的時間。第二到第四條均是激勵士兵勇往直前的旗幟。上述這些特製的旗幟
在戰事或外交上有其各自的功用，在旗幟開展與飄動的同時，激勵士氣與顯示
國家氣魄，其各自所表示的深遠意義則不容小覷。

　　上述四方面，《說文》的紀錄普遍比《爾雅》來的詳盡且數量較多，但若從
歷史的角度來看，兩者均爲研究當時語言文字與社會文化的重要材料，兩者的
貢獻皆不可忽視。

第四章 《爾雅》與《說文》植物類名物詞之比較

　　本章爲《爾雅》與《說文》植物類名物詞的比較，共四節：第一節爲草類比較，第二節爲木類比較，第三節爲《爾雅》與《說文》植物類價值比較，第四節是小結。

　　材料的範圍：在《爾雅》的部份，前後分別是〈釋草〉、〈釋木〉兩篇。在《說文》的部份則比較複雜，散見在 32 個部首中，〔註1〕爲比較、對照之便，將《說文》植物類大致以草本植物、木本植物來作區隔，分爲草類、木類兩大類。

第一節　草　類

一、《爾雅·釋草》內容

（一）材　料〔註2〕

　　〈釋草〉是《爾雅》的第 13 篇，共 196 條。〈釋草〉針對草本植物名稱進行訓釋，同時也兼及草本植物有關的一些木本植物進行訓釋。訓釋時，有的分別指出其異名，有的狀寫其形狀，有的以類相從，有的前後互見。所釋大多數是古代民間與日常生活密切相關的常見草本植物。〔註3〕

〔註 1〕 詳細部首表請參見第貳章。

〔註 2〕 詳細材料表請參見第貳章第一節。

〔註 3〕 參考吳榮爵、吳畏註釋：《爾雅全譯》，貴州人民出版社，1997 年，頁 528。

為了便於觀察，本文將〈釋草〉分為五大類：一、五穀雜糧；二、經濟作物；三、野菜；四、草藥；五、其他。五類中，經濟作物的條目最多，依序是野菜、草藥、五穀雜糧、其他，各類數量如下：

	五穀雜糧	經濟作物	野　菜	草　藥	其　他
條　數	27	76	36	33	23

〈釋草〉主要以記載草本植物名稱為主，其次有辨別草木開花、結實之名的描述等。正如王國維在《爾雅草木蟲魚鳥獸釋例》〔註4〕序言：「若雅俗古今同名，或此有而彼無者，名不足以相釋，則以其形釋之，草木蟲魚鳥多異名，故釋以名，獸與畜罕異名，故釋以形。」故〈釋草〉一篇多以名詞釋名詞佔了大半以上的篇幅，也因此間接使得《爾雅》一書具有同義詞典的性質。

（二）體　例

從材料的蒐集來看，《爾雅》無疑是一部小型的綜合的百科全書，包含了社會科學、應用科學與自然科學等概念；從材料的詮釋來看，《爾雅》則是總結了曾經通行的漢語詞彙，可說是一部同義詞典。對於草本植物的詮釋，《爾雅》的作者有幾種不同的方法：

1、以名詞釋名詞：如「瓝棲，瓝。」、「葵，蘆萉。」、「黃，菟瓜。」

2、以草本植物大小、顏色、味道、形態等描述：

甲、大小：如「薪蓂，大薺。」、「蘦，大苦。」、「蒙，王女。」〔註5〕

乙、顏色：如「秬，黑黍。」、「虋，赤苗。」、「芑，白苗。」

丙、味道：如「荼，苦菜。」、「齧，苦堇。」

丁、形態：如「荷，芙渠。其莖茄，其葉蕸，其本蔤，其華菡萏，其實蓮，其根藕，其中的，的中薏。」

戊、用途：如「菺，王蕡。」（製帚）、「莁，馬帚。」（製帚）

由上可見《爾雅》各條的詮釋方法不盡相同，詮釋方法的多樣性也造成了《爾雅》在訓釋上形式不統一，導致有混亂的情形。若從〈釋草〉各條逐一來看，《爾雅》卻是訓詁先聲，如下所示：

〔註4〕詳參王國維：《觀堂集林》，河北：河北教育出版社，2000年。

〔註5〕大謂之荍，亦謂之戎，亦謂之王。詳參王國維：《觀堂集林》，河北：河北教育出版社，2000年。

1、直訓：

甲、單詞相訓：如「菲，芴。」、「稌，稻。」

乙、數詞遞訓：如：「唐、蒙，女蘿。女蘿，菟絲。」、「芣苢，馬舄；馬舄，車前。」

多詞同訓：如：「蕍、芛、葟、華，榮。」、「華、荂，榮也。」

2、義界：

甲、直下定義：如「莔，貝母。」、「蒚，苻蘺。」

乙、增字為訓：如「芛，葟芛。」

丙、兩字各訓：如「苹，莁。其大者蘋。」、「中馗，菌。小者菌」

丁、集比為訓：如「黃華，蔈。白華，茇。」、「木謂之華，草謂之榮。」

戊、描寫形象：如「荷，芙渠。其莖茄，其葉蕸，其本蔤，其華菡萏，其實蓮，其根藕，其中的，的中薏。」、「莽，數節。桃枝，四寸有節。粼，堅中。簜，箁中。仲，無笓。篡，箭萌。篠，箭。」

己、比況為訓：如「綸似綸，組似組，東海有之。帛似帛，布似布，華山有之。」

庚、補充說明：如「莕，接余，其葉苻。」、「蕅侯，莎，其實媞。」

從以上各例可看出〈釋草〉的訓釋主要是以義訓方式，擴大來看，《爾雅》一書基本上就是以義訓為主的典籍，也因此《爾雅》提供了不少義訓的方法可供後世的字書、詞書參考，在訓詁學上的貢獻即在此。

此外，因〈釋草〉通篇大多以名詞相釋為主，或以草本植物大小、顏色、味道、形態等描述，僅有一種訓詁術語，即「謂之」：

> 戎叔謂之荏菽。

> 木謂之華，草謂之榮。不榮而實者謂之秀，榮而不實者謂之英。

上述二例即〈釋草〉可見到的訓詁術語，其餘均是以名詞釋名詞，故在訓詁術語方面，並無可觀的成就。

二、《說文》草類內容

（一）材　料〔註6〕

〔註6〕詳細材料表請參見第貳章第二節。

　　《說文》草類共 416 條。為觀察、比較之便，將材料分為六類，較〈釋草〉多了一類「草屬」，各類數量如下表：

	五穀雜糧	經濟作物	野　菜	草　藥	草　屬	其　他
條　數	92	43	48	10	178	45

　　六類為依序為：五穀雜糧、經濟作物、野菜、草藥、草屬、其他。五穀雜糧，如「芋，大葉實根，駭人，故謂之芋也。从艸，亐聲。」、「莒，齊謂芋為莒。从艸，呂聲。」等；有野菜類，如：「薇，菜也，似藿。从艸，微聲。」、「蓷，菜也。从艸，唯聲。」等；有經濟作物，如：「荓，馬帚也。从艸，并聲。」、「蒐，茅蒐，茹藘。人血所生，可以染絳。从艸，从鬼。」等；有野草，如：「蕫，艸也。从艸，曹聲。」、「藚，艸也。从艸，鹵聲。」；有藥草，如「藥，治病艸。从艸，樂聲。」等等，相當豐富。主要是以草屬為主。

（二）體　例

　　《說文》除繼承了《爾雅》義訓傳統外，在訓詁方面則更大大地往進了一步，如下所示：

　　1、詮釋字義

　　甲、形訓：如「芻，刈艸也。象包束草之形。」、「尗，豆也。象尗豆生之形也。凡尗之屬皆从尗。」

　　乙、聲訓：如「苹，萍也。〔註7〕無根，浮水而生者。」、「萊，莿也。〔註8〕从艸，束聲。」

　　丙、義訓：

　　（1）直訓

　　a、單詞相訓：如：「葵，菜也。」、「蕲，芺也。」

　　b、多詞同訓：如：「茖，艸也。」、「芧，艸也。」、「薹，艸也。」

　　c、兩詞互訓：如：「茅，菅也；菅，茅也。」；「藷，藷蔗也；蔗，藷蔗也。」

　　d、數詞遞訓：如「薂，茅，菖也；菖，薑也；薑，菖也」

〔註7〕苹、萍，同屬並母、耕部。詳參郭錫良：《漢字古音手冊》，北京北京大學出版社，1986 年，頁 281。

〔註8〕萊、莿，同屬清母、錫部。詳參郭錫良：《漢字古音手冊》，北京：北京大學出版社，1986 年，頁 60。

e、一詞數訓：如：「菼，乾芻。一曰牛蘄草。」、「蓄，蓄莒。从艸，啻聲。一曰：蓄英。」

（2）義界

a、直下定義：如「荅，小尗也。」、「茾，馬帚也。」

b、增字爲訓：如「茿，萹茿也。」、「蘚，蘚茞也。」

c、兩字各訓：如「蓏，在木曰果，在地曰蓏。」

d、集比爲訓：如「舜，艸也。楚謂之葍，秦謂之藑。蔓地連華。象形。从舛，舛亦聲。凡舜之屬皆从舜。」

e、描寫形象：如「芋，大葉實根，駭人，故謂之芋也。」、「葭，葦之未秀者。从艸，叚聲。」

f、比況爲訓：如「芸，艸也。似目宿。」、「堇，艸也。根如薺，葉如細柳，蒸食之，甘。从艸，堇聲。」

g、補充說明：如「蓮，蓮莆，瑞艸也。堯時生于庖廚，扇暑而涼。」、「禾，嘉穀也。二月始生，八月而孰，得時之中，故謂之禾。禾，木也。木王而生，金王而死。从木，从𠂹省。𠂹象其穗。凡禾之屬皆从禾。」

2、剖析字形：如：「苓，卷耳也。从艸，令聲。」、「鬱，芳艸也。十葉爲貫，百廾貫築以煮之爲鬱。從臼、冂、缶、鬯，彡，其飾也。一曰：鬱鬯，百艸之華，遠方鬱人所貢芳艸，合釀之以降神。鬱，今鬱林郡也。」

3、標注讀音：如「蔍，鹿藿也。从艸，麃聲。讀若剽。」、「穛，稻不黏者。从禾，兼聲。讀若風廉之廉。」

4、引證：如「蓷，萑也。从艸，推聲。《詩》曰：『中谷有蓷。』」、「蓍，蒿屬。生十歲，百莖。《易》以爲數。天子蓍九尺，諸侯七尺，大夫五尺，士三尺。从艸，耆聲。」

上述除直訓中的反訓、義界中的連類並訓之外，訓詁學中釋詞的形式與類型皆已包含在內。

在訓詁術語方面，有「曰、謂之」、「一曰」、「讀若」、「屬」、「某，某也」等，各類舉例如下：

1、曰、謂之：

甲、曰：如：「蓏，在木曰果，在地曰蓏。」

乙、謂之：「藼，楚謂之蘺，晉謂之䔖，齊謂之茝。」

2、一曰：「芋，麻母也。从艸，子聲。一曰：芓即枲也。」

3、讀若：「蓳，艸也。从艸，里聲。讀若釐。」

4、屬：「藺，莞屬。」、「秔，稻屬。」

5、某，某也：「荅，小尗也。」、「萁，豆莖也。」

因《説文》每一字例基本上以「某，某也」爲釋義的方式，故數量最多，其次有「一曰」、「讀若」，再其次有「曰、謂之」、「屬」等術語。

三、《爾雅・釋草》與《説文》艸類材料比較

〈釋草〉中的材料，除了見於《説文》艸部之外，又分見於竹部、瓜部、禾部、米部、麻部等部首，由此也可看出在漢代植物的分類漸趨清晰，對於植物間的區隔更能掌握。若將〈釋草〉、《説文》草類的單字相比較，如下表所示：

		字	
〈釋草〉有	艸類無	椴櫚栝樓薴蘩薦勃荼茹藘粢茌菽荵藦蘇薭莵荍薆茢蕲葵肔茵芘底苻萎胏丁蓄萸芫莁薂尐虻頮鼏薈篠柜䕷薊菽荺莜蒡蔄蔃蔬莑蘪茨蒺藜藘蘁棘洗潘蒲葍蔄莞蔂蓫薗蔁蕙蘢葰䕬薥薏蕡蘪萅蕶蘋茜莵蕡蘈蘱藸蔓蕨蓬薜薄蕧荃蘺肻蕧芋薂芘蕌絳潎藤菽菜葉薜莾藺筡笢篠芏萣芐蘢蕎䅀菽葤藻芒䒩芩薰炎蘮蘜蔽芛薑蘜薢蔬莜莜萎茂薽璾蕳蘦	146字	共152字
	見於木類	竹箭簜筍節槾	6字
艸類有〈釋草〉無		艸莁荳莆荅萁郎蓩肧芓芋莒薜莛葷蘘菁菔茝蕡蘦藭蘱俀蘺薰筑气苺蕳苷芌蓋薂蒶蔆菩藺蒲蒻萿蕁薀藸蔗芧猶妾荎覆奡蘁蒶苞蕫蔦芸葎葑薊芐薐苓芰莢頮亂藸林萩蒿蔞茾芌蔣荖龍莨薖蕈甚蒟芘蕌臾茱莱萊荊落芽莛萉笋薽蔆莢苟蔡藥蓋苴荃蘁若芥荾莝蕉苟洴萊茘薈蕗范芍萄苳蔾菖蓐蟩乇舜鬱來麱曅束棗棘枲卡鐵禾稼種稑稗穆私穄稅稴秔秏穬稗秒稞稊穅秸稁枇穰穀篘桔茀萓芺薀萾蔍釀菅莒薄藜蠻蔩毗萬薜薻曉藙茵蕀薂賜芔賮茲萠蔄蓼鷬易蓍蘝蘇芘蘋薮苦蔆蔦秎芇薊茆莔菡蕳芫莘蘱菁蘱萸蔩䒳蒟蔕芍菣洓蓨蘛莘茝藟萑菡菩茴蘇棶𣗣米弙槖底茕荌絲蘩秇椛犾𤣳𤣩𤧛鑫蕃櫹𥥶采穦秝檜糀穄蘃	共260字
俱收者		芝藥菰蘇荏葵蓼薇莧蓬菊蘆苹藍蘭芃蘺蘽蒿荂荵葚薊薺芨莭莜黃苦茅菅蘄莞蔯蘿莖葛莒芙黃荓蘪荅虋蕳蓨苗葴蔞莬蒐茜薜莣艾芹薽蕖薺菫蘩薰蔆薢苲蓸蒹蔍莂蓮茄荷薔満龍䪥莪蘿蔚蕭芍蘜藩芪菀茵蕢蘇荃葏葛蔓荅蕌稊芙蘡菌萌莖葉茉蘡英荄芨苗荣弱芨卉蒜蔥萑虉蕨莎菫菲芍葭蒙芳藻菉芑蕡薔苕荼蒿蓬蘺葦草麥華櫻秫稻稴秠黍瓠麻韮瓜㼎瓣米梁蘿穚䕬蘜蘅茫龗	共158字

從上表來看，〈釋草〉有收，而《説文》草類未收者椴、槾、櫚、薴等146字，其中有6字見於《説文》木類；《説文》草類有收，而〈釋草〉未收者有艸、莁、荳、莆等260字；〈釋草〉與《説文》草類俱收者有芝、藥、菰、蘇等158字。《説文》草類特有的260字，足見《説文》的收字豐富許多，其與〈釋草〉

之間的收字落差也相當明顯。此外，兩篇共有的名物字有 158 字，也可看出植物的名稱在流傳過程中的變動性並不大。

在收字差異問題上來看，《說文》草類有而〈釋草〉未收者，原因除了異體字問題外，再者就是《爾雅》本是釋經之作，故所收錄的文字在著作時便有所限制，大多不出所釋經典範圍。另一方面，〈釋草〉有收而《說文》草類未收者，可能原因有四：

（一）異體字流傳：如：蓤藄／析藄、[註9] 蒿侯／鎬侯、蕨菈／缺盆、蕳／蘺、卷耳／卷耳、長楚／萇楚、銚芅／跳弋、刺／莿、王蘦／王蕙、芞輿／萯輿、蕭藿／鼎藿、藏／職等，因異體字問題，導致收字上的差異。

（二）詞異實同：舉例如下：

《爾雅》	《說文》
茹藘	茜
葖、蘆	葭
萹蓄	竹
稂	莨

因詞彙的轉變，看起來好像是不同兩種植物，其實是相同的。

（三）《說文》漏收：《說文》的草類收字雖多達四百多字，但必定有所遺漏，不可能盡收當時能見的所有草類字。

（四）罕見植物或不詳：如《爾雅》中的「葝、蒯」，郭璞注「未詳」，因《爾雅》的說解過為簡陋，導致後代注家不知其詳。

收錄的字數比較之外，將兩篇俱收字的釋義相比較，如下：

	〈釋草〉釋義	草類釋義
釋義同	尤，山薊。	芃，山薊也。
	蕛，蕛。	蕛，蕛也。
	菉，王芻。	菉，王芻也。
	蓤藄，大薺。	藄，析藄，大薺也。
	萑，藋。	藋，萑也。
	芺，馬帚。	芺，馬帚也。
	黃，菟瓜。	黃，菟苽也。
	葖，牛蘄。	葖，乾芻。一曰牛蘄草。
	菲，芴。	菲，芴也。 芴，菲也。

	菖，蕾。	菖，蕾也。
	芍，鳧茈。	芍，鳧茈也。
	茵，貝母。	茵，貝母也。
	艾，冰臺。	艾，冰臺也。
	蕈，亭歷。	蕈，亭歷也。
	蘢，天蘥。	蘢，天蘥也。
	藊侯，莎。	莎，鎬侯也。
	芹，楚葵。	芹，楚葵也。
	葥，山苺。	葥，山苺也。
	蘜，治牆。	蘜，治牆也。
	苗，蓨。	苗，蓨也。 蓨，苗也。
	莖，蕻蒫。	莖，缺盆也。
	芨，菫草。	芨，菫艸也。
	虆，狗毒。	虆，狗毒也。
	莃，莖蕗。	莃，莖蕗也。 蕗，莖蕗也。
	藄，月爾。	藄，月爾也。
	蒙，王女。	蒙，王女也。
釋義同	蘮，牡茅。	蘮，牡茅也。
	卷耳，苓耳。	苓，卷耳也。
	葒，杜榮。	葒，杜榮也。
	蕓，大苦。	蕓，大苦也。
	長楚，銚芅。	莨，莨楚，跳弋。
	萊，刺。	萊，莿也。
	葥，王蔧。	薊，王慧也。
	蔚，牡菣。	蔚，牡蒿也。
	苬菭，馬舄。	苬，華盛。一曰苬菭。
	藕車，芑輿。	藕，芑輿也。
	茹藘，茅蒐。	蒐，茅蒐，茹蘆。
	薢茩，英芫。	薢，薢茩也。 茩，薢茩也。
	拜，蔏藋。	藋，釐艸也。一曰拜商藋。
	莪，蘿。	莪，蘿莪，蒿屬。 蘿，莪也。
	其莖茄。	茄，芙藥莖也。
	其本蔤。	蔤，芙藥本。
	其實蓮。	蓮，芙藥之實也。
	其根藕。	藕，芙藥根。
	蘇，桂荏。	蘇，桂荏也。荏，桂荏，蘇。

釋義同	荄，根。	荄，艸根也。
	蘱，薡蕫。	蕫，鼎蕫也。
	大菊，蘧麥。	菊，大菊，蘧麥。 蘧，蘧麥也。
	蕭靡，蕠冬。	蕭，蕭靡，蕠冬也。
	薔，虞蓼。	薔，薔虞，蓼。 蓼，辛菜，薔虞也。
	菖，蕵茅。	蕵，茅，菖也，一名蓀。
	蘄茞，蘪蕪。	蘪，蘪蕪也。 蘺，江蘺，蘪蕪。
	蘵，黃蒢。	蒢，黃蒢，蘵也。
	苬蕍，豕首。	蕍，豕首也。
	葴，馬藍。	葴，馬藍也。
	苹萍。	苹，蓱也，無根，浮水而生者。
	稊，莠。	稊，稊莠也。 莠，稊莠也。
	菝，蚍衃。	菝，蚍衃也。
	芑，白苗。	芑，白苗嘉穀也。
	虋，赤苗。	虋，赤苗嘉穀也。
	榮而不不實者謂之英。	英，草榮而不實者。
	蔨，鹿藿，其實莥。	莥，鹿藿之實名也。
	莕，接余，其葉苻。	莕，荇餘也。
	蒿，菣。	蒿，菣也。
	蘪蕪。	蘪，蘪蕪也。
	秳，一稃二米。	秳，一稃二米。
	稌，稻。	稻，稌也。 稌，稻也。
釋義不同	卉，草。	卉，艸之總名也。
	藿，山韭。	藿，艸也。《詩》曰：「食鬱及藿。」
	茖，山蔥。	茖，艸也。 蔥，菜也。
	蒚，山蒜。	蒚，夫蘺上也。 蒜，葷菜。
	薜，山蘄。	薜，杜赞也。 蘄，艸也。江夏有蘄春亭。
	藸，彫蓬。	蓬，蒿也。
	蘪，鼠莞。	莞，艸也。可以作席。
	渠灌，苬芝。	芝，神艸也。
	荼，苦菜。	荼，苦荼也。 菜，艸之可食者。
	葵，蘆萉。	蘆，蘆服也。一曰齊根。

釋義不同	白華，野菅。	菅，茅也。
	竹，萹蓄。	萹，萹茿也。
	虋，苀蘭。	苀，苀蘭，莞也。蘭，香艸也。
	拔，蘢葛。	葛，絺綌艸也。
	茜，蔓于。	蔓，葛屬。
	莔黃，蔆藩。	黃，艸也。
	蔍，麃。	蔍，鹿藿也。一曰：菽屬。
	苅，勃茢。	苅，芀也。
	蕎，雀麥。	蕎，爵麥也。
	中馗，菌。小者菌。	菌，地蕈也。
	婁繞，棘蒬。	婁，艸也。
	姚莖，涤薺。	薺，蒺蔾也。《詩》曰：「牆有薺。」
	紅，蘢古，其大者蘬。	蘬，薺實也。
	蕒，牛脣。	蕒，水舄也。《詩》曰：「言采其蕒。」
	菆，小葉。	菆，麻蒸也。一曰：蓐也。葉，艸木之葉也。
	茖，陵茖。	茖，艸也。
	蕨，蘩。	蕨，鼈也。
	淩，蕨攗。	淩，芰也。楚謂之芰，秦謂之薢茩。
	薇，垂水。	薇，菜也，似藿。
	蓧，蓨。	苗，蓨也。
	藚，苦菫。	菫，艸也。根如薺，葉如細柳，蒸食之，甘。
	購，蔏蔞。	蔞，艸也。可以亨魚。
	蕒，赤莧。	莧，莧菜也。
	葭，蘆。	蒹，萑之未秀者。 葭，葦之未秀者。
	蕭，萩。	蕭，艾蒿也。
	鉤，芺。	芺，艸也。味苦，江南食以下氣。
	藻，牛藻。	藻，水艸也。《詩》曰：「于以采藻。」
	菺，戎葵。	葵，菜也。从艸，癸聲。
	黃華，蔈。	蔈，茗之黃華也。一曰：末也。
	白華，茇。	茇，艸根也。一曰：艸之白華爲茇。
	楊，枹薊。	薊，芺也。
	蒡，隱荵。	荵，荵多艸。
	菡，鹿藿，其實莥。	莥，朱之少也。
	筍，竹萌。	萌，艸芽也。
	華，荂也。	華，榮也。
	粢，稷。	稷，齍也。
	眾，秫。	秫，稷之黏者。
	秬，黑黍。	黍，禾屬而黏者也。
	荸，麻母。	麻，與林同。

	蒮，山韭。	韭，菜名。
釋義不同	蒿，山䪥。	䪥，菜也。
	黃，菟瓜。	瓜，㼌也。
	㼱，㼙，其紹㼱。	㼱，㼩也。
	瓝棲，瓣。	瓣，瓜中實。 瓝，匏也。

從上表來看，〈釋草〉、《説文》草類釋義同者有 77 條，釋義不同者有 59 條。《説文》草類雖沒有逐條說明解說字義的參考來源，但會發現《説文》草類的取材顯然受〈釋草〉的影響。釋義不同有 59 條，可能原因有：

（一）解釋雷同，只是所用文字不同，如〈釋草〉：「卉，草。」《説文》：「卉，艸之總名也。」

（二）〈釋草〉解釋過於簡陋，《説文》釋義較完整者，如〈釋草〉：「葭，蘆。」《説文》：「蒹，萑之未秀者。葭，葦之未秀者。」

（三）釋義同，但出現在《説文》釋義「一曰」中：如〈釋草〉：「白華，茇。」《説文》：「茇，艸根也。一曰：艸之白華爲茇。」

（四）解釋的方向焦點不同：如〈釋草〉：「蒚，山蒜。」《説文》：「蒜，葷菜。」〈釋草〉是說在山中的蒜稱爲蒚，以種植的地點描述；而《説文》則是訓釋蒜的本義，即是辛葷的菜。

若從〈釋草〉、《説文》草類用字的對應來看，如：薪蔞／析蔞、蔪侯／鎬侯、葝䒺／缺盆、蘾／藼、卷耳／卷耳、長楚／萇楚、銚芅／跳弋、刺／莿、王蕏／王慧、芝輿／芞輿、蕭萫／鼎萫、職／職等，可發現文字流傳過程中，異體字普遍存在的問題。

第二節　木　類

一、《爾雅・釋木》內容

（一）材　料〔註10〕

〈釋木〉是《爾雅》的第 14 篇，名物材料共 70 條。〈釋木〉是對我國古代木本植物名稱的訓釋。我國古代是以喬、條、槸、核的類屬對木本植物類屬作分類的，本篇基本上是按照這樣的類屬關係對木本植物進行分類訓釋。但由於

〔註10〕詳細材料表請參見第貳章第一節。

歷史的侷限，分類不甚嚴格，因此把一些草本植物也當作木本植物放在本篇進行訓釋，如「味，荎著」、「檓，大椒。」。儘管有如此不足，本篇仍然爲我們提供了不可多得的漢以前植物信息。

內容以記載木名爲主要，次有描述形貌者。正如王國維在《爾雅草木蟲魚鳥獸釋例》序言裡所說：「若雅俗古今同名，或此有而彼無者，名不足以相釋，則以其形釋之，草木蟲魚鳥多異名，故釋以名，獸與畜罕異名，故釋以形。」故〈釋木〉一篇總是以名詞釋名詞者爲主，由此材料的收集與編排間接也使得《爾雅》一書爲同義詞典。

（二）體　例

對於木本植物材料的詮釋，《爾雅》的作者有幾種不同的詮釋方法：

1、以名詞釋名詞：如「栲，山樗。」、「柏，椈。」、「檟，苦茶。」

2、以草本植物大小、顏色、味道、形態等描述：

甲、曰大小：如「檓，大椒。」、「洗，大棗。」、「遵，羊棗。〔註11〕」

乙、曰顏色：如「杜，赤棠。」、「駁，赤李。」、「楰，赤楝。」

丙、曰味道：如：「杜，甘棠。」、「蹶洩，苦棗。」

丁、曰形態：如：「小枝上繚爲喬。無枝爲檄。木族生爲灌。」

由上可見〈釋木〉各條的詮釋方法並無統一，詮釋方法的多樣性也使得體例上的混亂。但若逐條來看，《爾雅》確已開義訓之先聲，如下所示：

1、直訓：

甲、單詞相訓：如「柏，椈。」、「樕，落。」、「椅，梓。」

乙、數詞遞訓：如「櫰，椵。椵，柂。」

2、義界：

甲、直下定義：如：「檓，大椒。」、「楓，欇欇。」

乙、增字爲訓：「劉，劉杙。」

丙、兩字各訓：如「槐，小葉曰榎。大而皵，楸；小而皵，榎。」

丁、集比爲訓：如「檉，河柳；旄，澤柳；楊，蒲柳。」、「棗，壺棗；邊，要棗；櫅，白棗；樲，酸棗；楊徹，齊棗；遵，羊棗；洗，大棗；煮，塡棗；

蹶洩，苦棗；皙，無實棗；還味，棯棗。」

戊、描寫形象：如「櫰，槐大葉而黑。」、「權，黃英。」

己、比況為訓：如「如木楸曰喬，如竹箭曰苞。」

庚、補充說明：如「梜，赤梀。白者梀。」、「杜，赤棠；白者棠。」

由上各例可看出《爾雅》纂集先秦至西漢中的訓詁材料，提供了不少義訓的方法，可供後世包含《說文》在內的字書參考，於文字、訓詁學上的貢獻由此可證。

在訓詁術語方面，僅有「曰、為」一種，如下：

1、曰：「槐，小葉曰榎。」

2、為：「小枝上繚為喬。無枝為檄。木族生為灌。」

上述二例為〈釋木〉僅有的訓詁術語，其餘皆是以名詞釋名詞，或以草本植物大小、顏色、味道、形態等描述為釋義的方式，故在訓詁術語方面並無特別之處。

二、《說文》木類內容

（一）材　料[註12]

《說文》木類材料包含了竹部、木部、林部、叒部、鹵部、稽部、禾部、束部、黍部等九部。

（二）體　例

《說文》除了繼承《爾雅》義訓傳統，在訓詁方面則更進一步，如：

1、詮釋字義

甲、形訓：如「果，木實也，从木，象果形在木之上。」、「叒，日初出東方湯谷，所登榑桑，叒木也。象形。凡叒之屬皆从叒。」

乙、聲訓：如「桐，榮也。」、「椋，即來也。」

丙、義訓：

（1）直訓

ａ、單詞相訓：如：「柟，梅也。」、「柘，桑也。」

ｂ、多詞同訓：如：「柜，木也。」、「槐，木也。」

〔註12〕詳細材料表請參見第貳章第二節。

c、兩詞互訓：如：「榮，桐木也。」、「桐，榮也。」

d、一詞數訓：如：「檻，枸杞也。从木，繼省聲。一曰：監木也。」、「榮，桐木也。从木，熒省聲。一曰：屋檐之兩頭起者為榮。」

（2）義界

a、直下定義：如「棁，桂也。」、「櫃，楸也。」

b、增字為訓：如「棗，羊棗也。」、「杞，枸杞也。」

c、兩字各訓：「棠，牡曰棠，牝曰杜。」

d、描寫形象：如「楓，木也，厚葉弱枝，善搖，一曰：欇木。」、「欇，木葉搖白也。」

e、比況為訓：如「亲，果實如小栗。」、「櫨，果似黎而酢。」

f、補充說明：如「栜，木也。从木，弄聲。益州有栜棟縣。」、「黟，黑木也。从黑，多聲。丹陽有黟縣。」

2、剖析字形：如：「筍，竹胎也。从竹，旬聲。」、「椅，梓也。从木，奇聲。」

3、標注讀音：如「柔，栩也。从木，予聲。讀若杼。」、「椵，木可作牀几。从木，叚聲。讀若賈。」

4、引證：如「欒，木。似欄。从木，䜌聲。《禮》：『天子樹松，諸侯柏，大夫欒，是楊。』」、「楢，木也。从木，晉聲。《晉書》曰：『竹箭如楢』。」

從〈釋木〉到《說文》木類，除了材料由簡至繁外，在訓詁體式上也更臻完備，各種訓詁的方法大致都包含在內。

在訓詁術語方面，大致與草類材料一樣，有「某，某也」、「一曰」、「讀若」、「屬」等，舉例如下：

1、某，某也：「柟，梅也。」、「棁，桂也。」

2、一曰：「桔，桔梗藥名。从木，吉聲。一曰：直木。」、「橿，枋也。从木，畺聲。一曰：鉏柄名。」

3、讀若：「楢，柔木也，工官以為耎輪。从木，酋聲。讀若糗。」、「樺，木也，以其皮裹松脂。从木，雩聲。讀若華。」

4、屬：「橙，橘屬。」、「筱，箭屬。」

數量方面，以「某，某也」為最多，幾乎每一字例均是以此為釋義形式，

其次是「一曰」、「讀若」，再其次是「屬」。

三、《爾雅·釋木》與《說文》木類材料比較

〈釋木〉與《說文》木類材料的比較，從收字與釋義兩方面的比較來看。首先收字的比較，如下表所示：

〈釋木〉 有木類無	梢榎栲梱柂櫠楥蕍槹樧檿櫐杬檄椒檖棯櫰樆朵櫢杻櫻栩杼朻槩椋櫄楔櫠榕枹桭棘柂柔梿		共 38 字
木類有	〈釋木〉無	箘簬筱蕩筍筡箈筤笨筻橘橙樗柿杏柰楷槢樿樟楢楯柍棿椆桲楢藡枡櫻榛杶榴樣枇桔柞榙槵梧樢杝梭梸枸櫨枋櫃欂梣槭欒枳穀楮杇檀棟柘梗樵槮机桅朹樘某樹柢朱根株果楝权朴枚桹枬橈梴格枯槀楨槫柃汆桑黔林楚黔朿棘棗栖櫗梢櫂枝棧條楸核樻薇楸羐桍橤號樴橕樢柘槾柔枰桴朵欘楤樏楻柠樺柳樏槬欕播棷樕椴棸羐朴榙橚枲櫄棗	144 字	共 147 字
	見於〈釋草〉	竹箭節	3 字
俱收者	木楞柏椵梅枏柀杻橲椋梸樸柚柜柙杜棖桂棆椐樻檉柳楊欕棠杞櫖楔梓楓櫟桃李檮樲梧樸棪杙槐楸橋椷梨桉榆枌棣杝檟欁榮槩桐樅松檜杸栖梾棗		共 62 字

從上表來看，〈釋木〉有收而《說文》木類未收者有梢、榎、栲、梱等 38 字；《說文》木類有收而〈釋木〉未收者有箘、簬、筱、蕩等 144 字，其中有「竹、箭、節」3 字見於〈釋草〉；俱收者有木、椵、楞、柏等 62 字。

在收字差異問題上來看，《說文》木類有而〈釋木〉未收者，原因除了異體字問題外，再者就是《爾雅》本是釋經之作，故所收錄的文字在著作時便有所限制，大多不出所釋經典範圍。另一方面，〈釋木〉有收而《說文》木類未收者，可能原因有四：

（一）異體字流傳：如：梱／鞠、黏／樕、枸櫨／枸杞、還味／櫰味、棯棗／稔棗、梿其／檔其因異體字問題，導致收字上的差異。

（二）詞異實同：因詞彙的轉變，看起來好像是不同兩種植物，其實是相同的，如〈釋木〉：「楸樸，心。」《說文》：「楸，樸楸木也。」

（三）《說文》漏收：《說文》的木類收字雖多達二百多字，但必定有所遺漏，不可能盡收當時能見的所有木類字。

（四）罕見植物或不詳：如《爾雅》中的「狄臧，槹。貢綦。」「杓者聊。」「髡，梱。」郭璞注「未詳」，因《爾雅》的說解過為簡陋，導致後代注家不知其詳。

除收字比較之外，若將兩者俱收字的釋義逐一比較，則可以得到下表：

	〈釋木〉釋義	《說文》木類釋義
釋義同	柏，椈。	柏，鞠也。
	梅，枏。	枏，梅也。 梅，枏也。
	柀，柘。	柀，檆也。
	椋，即來。	椋，即來也。
	栵，栭。	栵，栭也。
	柚，條。	柚，條也，似橙而酢。
	杜，甘棠。	杜，甘棠也。
	梫，木桂。	梫，桂也。
	椐，樻。	椐，樻也。 樻，椐也。
	檉，河柳。	檉，河柳也。
	杞，枸檵。	杞，枸杞也。 檵，枸杞也。
	櫟，其實梂。	梂，櫟實。
	樲，酸棗也。	樲，酸棗也。
	還味，棯棗。	檴，檴味，棯棗。
	椒，櫏其。	椒，檌其也。
	劉，劉杙。	杙，劉劉杙。
	椅，梓。	椅，梓也。
	棫，白桵。	棫，白桵。 桵，白桵棫。
	榆白，枌。	榆，榆白枌。
	唐棣，栘。	栘，棠棣也。
	檿桑，山桑。	檿，山桑也。
	榮，桐木。	榮，桐木也。 梧，梧桐木。
	樅，松葉柏身。	樅，松葉柏身。
	檜，柏葉松身。	檜，柏葉松身。
釋義不同	栲，山樗。	樗，木也，以其皮裹松脂。
	椵，柂。	椵，木可作牀几。
	杻，檍。	檍，杶也。
	楥，柜柳。	柜，木也。 柳，欂櫨木也。
	楡，無疵。	楡，毋杶也。
	楊，蒲柳。	楊，木也。
	權，黃英。	權，黃華木。
	楓，欇欇。	楓，木也，厚葉弱枝，善搖，一曰：欇木。

釋義不同	櫟，其實梂。	櫟，木也。
	楔，荊桃。	桃，果也。
	休，無實李。	李，果也。
	檕，白棗。	檕，木也，可以爲大車軸。
	櫬，梧。	梧，梧桐木。
	櫰，槐大葉而黑。	槐，木也。
	梨，山樆。	梨，果名。
	檟，苦荼。	檟，楸也。
	樕樸，心。	樕，樸樕木也。
	杻者聊。	杻，高木也。
	棘，壺棗。	棘，羊棗也。

　　釋義同有 24 條，釋義不同者有 19 條。有雖《說文》沒有明引《爾雅》的紀錄，但從釋義同的部份可看出《說文》應是參考《爾雅》。釋義不同的部分，原因可能有：

　　（一）解釋雷同，只是所用文字不同，如〈釋木〉：「楡，無疵。」《說文》木類：「楡，毋楩也。」

　　（二）〈釋草〉解釋過於簡陋，《說文》釋義較完整者，如〈釋木〉：「楓，欇欇。」《說文》木類：「楓，木也，厚葉弱枝，善搖，一日：桑木。」

　　（三）解釋的方向焦點不同：如〈釋木〉：「栲，山樗。」《說文》木類：「樗，木也，以其皮裹松脂。」〈釋木〉以名詞釋名詞，說明栲即是山樗；而《說文》則是從用途來闡述。

　　此外，從釋義同的表格中也觀察到異體字的問題，如梂／鞠、黏／樴、枸檵／枸杞、還味／檂味、棯棗／稔棗、棟其／檉其等，都是研究文字流傳時可作爲參考的材料。

第三節　體例之比較

　　從編排來看，《爾雅》僅是將草類、木類的植物類聚在一起，前後的排列並無詳細的規則，所以同一類的植物並非上下逐條並列，這情形在《爾雅》相當常見，如：「竹，萹蓄。」、「莽，數節。桃枝，四寸有節。粼，堅中。簢，筡中。仲，無笐。蒤，箭萌。篠，箭。」同是竹屬，中間卻隔了一百多條，導致在編排上較顯混亂與無章法。

　　上述情形在《說文》植物類則有了相當大的改進，《說文》在編排上體例則

較為一致,而這與《說文》本身的編排體例有關。眾所周知,《說文》的部首編排是以「據形繫聯」為原則,而每一部的內部安排主要是「依據字義相近的字排列在一起」,如〈艸部〉的:

芺,菜也。从艸,芺聲。

葵,菜也。从艸,癸聲。

薑,禦濕之菜也,从艸,彊聲。

蓼,辛菜,薔虞也。从艸,翏聲。

菹,菜也。从艸,祖聲。

蘆,菜也,似蘇者。从艸,廬聲。

薇,菜也,似藿。从艸,微聲。

萑,菜也。从艸,唯聲。

茳,菜,類蒿。从艸,近聲。

蘘,菜也。从艸,釀聲。

莧,莧菜也。从艸,見聲。

從「芺」到「莧」等 11 條的釋義都是「菜也」,又如〈木部〉:

杏,果也。从木,可省聲。

柰,果也。从木,市聲。

李,果也。从木,子聲。

桃,果也。从木,兆聲。

這四個字的釋義都是「果也」。各部之內以字義相近來安排,除了體例上顯得統一與整齊之外,更可以讓讀者較容易閱讀與掌握。

從訓詁方面來看,《說文》繼承了《爾雅》中所提供的訓詁方法,更在《爾雅》的基礎上更往前一步。《爾雅》的訓詁方法多以義訓為主,如直訓、義界等,《說文》植物類則包含了詮釋字義、剖析字形、標注讀音、引證等,詮釋字義還包括了形訓、聲訓、義訓等,各種訓詁方式基本上都已經包含在內了,《說文》在訓詁學上的貢獻由此可見。

在訓詁術語方面,《爾雅》植物類以名詞相釋居多,故在訓詁術語方面並無

顯著成績，而《說文》植物類除了每一字例以「某，某也」為釋義形式外，更有「一曰」、「讀若」、「屬」等術語，較《爾雅》豐富。

第四節　價值之比較

一、語言文字方面

（一）文　字

與植物相關之字，見於《爾雅》〈釋草〉、〈釋木〉等兩篇，有二百餘字，見於《說文》者，增至六百餘字，見於更晚的字典如《康熙字典》、《漢語大詞典》等者更增至千餘字，若將這些材料依序觀察，不難發現形聲字所佔比例逐漸不斷地提高。

此外，《說文》收字以篆文為主，附以古文、籀文，其中包含了不少初文的資料，可以上溯文字的本原。另一方面，若利用《說文》中保留的小篆、古文等文字，將這些文字，從甲骨文、金文、篆文等逐一檢視，便可歸納、瞭解中國文字歷時演變的情形。

（二）音　韻

《爾雅》的釋義如「栲（溪母、幽韻），木檞（透母、魚韻）。」等為音近關係；又如「唐（定母、陽韻）棣（定母、脂韻）」（【圖 26】）、「柚（定母、覺韻），條（定母、幽韻）。」為雙聲關係；又如「時（禪母、之韻），英梅（明母、之韻）」、「無（明母、魚韻）姑（見母、魚韻）」〔註13〕為疊韻關係等，也不乏為音韻研究的素材。

《說文》草類中除了聲訓之外，還有大量的形聲、讀若等語音材料，形聲字的聲符是表是造字時的字音，而讀若則是漢代的音讀，這些均是研究古代語音的重要參考資料，更可彌補先秦韻文之不足。《說文》的音韻材料分別列舉如下：

1、聲訓：如「苹，萍也。無根，浮水而生者。」、「薕，蒹也。从艸，廉聲。」等。

2、形聲：如「荅，小尗也。从艸，合聲。」、「蘇，桂荏也。从艸，穌聲。」

3、讀若：如「藩，水萹茿。从艸，从水，毒聲。讀若督。」、「薎，灌渝。

从艸，夢聲。讀若萌。」

　　上述三類在《說文》中以形聲資料最多，聲訓與讀若次之，這與《說文》的編排體例有關，《說文》在每一個字頭下面先釋義、析形、說解字音、補充說明，因此，每一個字都有分析字形字音，無形中保存了語音材料，為研究上古、中古語音者提供相當寶貴的語音材料。此外，《說文》還有不少方言的資料，如〈艸部〉：「莒，齊謂芋為莒」、「蘺，楚謂之蘺，晉謂之蘺，齊謂之茝。」等，均是研究方言的重要參考文獻。

（三）訓　詁

　　鄧細南在〈試論《爾雅》在訓詁體式和釋詞方式上的貢獻〉〔註14〕提到：

> 從《爾雅》一書中可窺視早期的訓詁的體例。它是二千多年前出現
> 的第一部辭典，它以今釋古，以雅釋俗，開創了辭書按義分類編纂
> 的新體例，它以義訓為主，運用多種釋詞的方式，為訓詁學的發展
> 奠下了基礎。儘管《爾雅》分類不夠嚴密，詞義辨析不精，釋義較
> 籠統，但通釋語意專著的出現，是真正訓詁學的開始。

上述說明了《爾雅》為義訓開了先聲，是中國訓詁專書鼻祖。而在《爾雅》之後，出現了一系列雅學類專書，如《小爾雅》、《廣雅》、《埤雅》、《駢雅》等，無疑深受《爾雅》之影響。

　　《說文》的訓詁方式較之《爾雅》更顯完備，更為後世字書效法之典範，《字林》、《玉篇》、《字彙》、《康熙字典》等發展即是有力之例證。《說文》是一部字典，釋義以文字的本義為主，我們掌握了本義，便可去推求其引伸義與假借義，對我們瞭解字義有相當大的幫助。

（四）詞　彙

　　《爾雅》之中，除了〈釋詁〉、〈釋言〉、〈釋訓〉專釋詞彙外，其餘各篇，也可看為古人常使用的詞彙，《爾雅》就是一部古代詞彙辭典，由此，可以瞭解先秦使用詞彙的狀況，對我們閱讀古籍有很大的助益。其次，在古代有許多特殊的「專名」，現在已不通行，但《爾雅》有系統地紀錄著，這對我們瞭解古代的名

〔註14〕鄧細南：〈試論《爾雅》在訓詁體例和釋詞方式上的貢獻〉，《漳州師範學報》第 3
　　　期，1995 年，頁 14～19。

物詞彙，無疑提供了相當大的幫助。正如《爾雅全譯》〔註15〕的序文中提到：

> 從語言文字的角度來看，作為工具書，成書後的《爾雅》，向世人展
> 示了我國古代漢語文學語言的形成發展，已經達到了相當成熟的階
> 段：《爾雅》中收集的詞語就有 2091 條；包括通用詞與專用詞兩大
> 部分，收有詞語 4300 多個。這為人們研究古代漢語詞彙，勾畫出一
> 個大輪廓。《爾雅》一書的出現，表明了我國古代語言學已經從萌芽
> 階段進入了建立階段。

而《說文》為中國第一部字典，集兩漢字彙之大成，其重要性、影響性固然不容忽視。

上述四點為《爾雅》〈釋草〉、〈釋木〉與《說文》艸類於語言文字上之貢獻與價值，這些優點之外，亦有一些不可避免的缺陷：

其一，在材料方面：《爾雅》旨在解釋經傳文字，取材以經傳為主，所收的材料並非當時所有可見的草本植物，因此《爾雅》所收錄的材料並不齊全。《說文》完成於漢代，又有前人的研究可參考，所收材料固然比《爾雅》齊備，但應不可能盡收當時所知的草本植物，失收字無可避免。

其二，在體例方面：《爾雅》有以名詞解釋名詞者，有描述草本植物大小、顏色、形貌等，前後體例不一而顯得混亂。《說文》以部首排列艸類各部各字，井然有序，但草本植物除見艸部外，《說文》又增設蓐、茻等部，則顯得繁雜。

其三，在釋義方面：《爾雅》在解釋部分過於簡陋，此為《爾雅》最大的缺失。《說文》雖然在每個字頭下都有解釋，但每個字頭平均只用 10 個字，包括釋義、析形、注音等，所以在解釋方面也顯得簡略，這個部分還必須仰賴歷來各家注解，才能更完整地掌握艸類各字資料。

二、自然科學方面

儘管《爾雅》的訓釋文字不多，但它包含的古代自然和社會的知識卻是非常豐富的，如在〈釋天〉中可以了解古代的紀年方式、古代的天文曆法知識、年月的別稱等，在〈釋草〉、〈釋木〉兩篇則記載了古代大量的植物名稱與植物的形態、樣貌等訊息，足以為我們勾勒出古人對植物方面的基礎認識。

〔註15〕吳榮爵、吳畏注譯：《爾雅全譯》，貴州：貴州人民出版社，1997 年，頁 9。

今日對植物的分類，是綱、目、科、屬、種的層次分析，〔註 16〕類別相當地清晰與精細，古人則是從直觀地角度出發，根據其所見的植物的外貌、形態來分類，如：

> 《爾雅·釋草》：莽，數節。桃枝，四寸有節。粼，堅中。簡，筬中。仲，無笐。篎，箭萌。篠，箭。（從竹的形貌與特徵來辨別其中的不同）（【圖 27～30】）。

> 棗，壺棗；邊，要棗；櫅，白棗；樲，酸棗；楊徹，齊棗；遵，羊棗；洗，大棗；煮，填棗；蹶洩，苦棗；皙，無實棗；還味，棯棗。（從棗的形貌、味道與特徵來辨別其中的不同）（【圖 31～32】）

> 《爾雅·釋木》：灌木，叢木。（灌木，就是枝幹叢生的樹木）

> 《爾雅·釋木》：小枝上繚爲喬，無枝爲檄。木族生爲灌。（細小的枝條圍繞主幹向上彎繞叫做喬，主幹外無旁枝的叫做檄。枝幹叢生類聚在一起的叫做灌。）

灌木體型較矮小，沒有明顯主幹，但其枝幹叢生，「灌」即是「叢生」的意思。「喬」是高大的意思，形容主幹明顯、直立挺拔，分枝繁複而向上形成樹冠的樹木。現代人統稱大者爲「喬木」，小者爲「灌木」。

除了從直觀角度出發外，《爾雅》〈釋草〉以下七篇皆可看到「醜」字，意思相當於現今植物學、動物學中類別、屬的概念，如：

> 《爾雅·釋草》：蘩之「醜」，秋爲蒿。

> 葦「醜」。芀，葭華。蒹，薕。葭，蘆。炎，薍。其萌蘿。

> 《爾雅·釋木》：槐棘「醜」喬。桑柳「醜」條。椒樧「醜」莍。桃李「醜」核。

另外，《爾雅》的植物分立爲〈釋草〉、〈釋木〉兩篇，將草本植物、木本植物分開來，儘管分類粗淺，其中也有錯誤的地方，但從這裡也可看出古人在植物分類上已具有初步的概念。

> 《說文·敘》：「其建首也，立一爲耑，方以類聚，物以群分，同條牽屬，共理相貫，雜而不越，據形系聯，引而申之，以究萬原，畢終於亥，知化窮冥。」

〔註16〕詳參北京林學院編著：《植物學》，北京：地景出版社，1990 年，頁 195~196。

故《說文》的歸字，以部首編排，在同部之下，主要是以義相引，於是很自然地就會產生「物以類聚」的情形，有時也有區別的作用，如：

〈艸部〉：芺，菜也。从艸，夭聲。

葵，菜也。从艸，癸聲。

薑，禦濕之菜也，从艸，彊聲。

蓼，辛菜，薔虞也。从艸，翏聲。

菹，菜也。从艸，祖聲。

蘪，菜也，似蘇者。从艸，麋聲。

薇，菜也，似藿。从艸，微聲。

蓶，菜也。从艸，唯聲。

荕，菜，類蒿。从艸，斤聲。

蘘，菜也。从艸，襄聲。

莧，莧菜也。从艸，見聲。

〈木部〉：橙，橘屬。从木，登聲。

柚，條也，似橙而酢。从木，由聲。《夏書》曰：「厥包橘柚。」

櫨，果似棃而酢。从木，盧聲。

以義相引之下，上下字之間的字義往往相關，並且形成一個小的類型。此外，《說文》植物類在形態的敘述上也較為詳細，如「橝，木堇，朝華暮落者。」、「穄，稻紫莖不黏也。」；有時也有注明其出產地，如「樧，似茱萸。出淮南。」；或說明其用途，如「蒆，艸也。可以染留黃。」、「莞，艸也。可以作席。」、「荔，艸也。似蒲而小，根可作刷。」。從上皆可看出《說文》較《爾雅》豐富且充實的地方。

從今日的植物學觀點來看，《爾雅》〈釋草〉、〈釋木〉與《說文》植物類所收的草本植物、木本植物的種類僅是現今植物圈中的一小部分，且在分類上也不夠細密，如〈釋草〉、〈釋木〉兩篇皆收「櫬」，前者釋為「木堇」，後者釋為「梧」；又《爾雅》與《說文》對植物類的解說都不夠詳盡，導致有些不得其解，如《爾雅‧釋木》：「狄臧槔貢綦。」、「祝州木髦柔英。」等，雖有這幾項缺點，

這些都是受限於時代因素，但兩者皆爲植物學上開啓了分類的基礎工作，也爲日後研究者奠定了根基。

三、社會文化方面

除了從語言文字方面可以比較《爾雅》與《說文》兩書外，還可以從社會文化層面來觀察，如同盧國屏在《爾雅語言文化學》〔註17〕一書中提到：

> 植物是生活圈的重要組成份子，我們的祖先曾經在草木叢林度過了漫長的歲月。其生存和發展所需的一切，從食衣住行到醫療保健，都離不開植物。不僅如此，在人類的精神生活中，植物也是不可或缺的重要角色。歷代騷人墨客，都嘗以植物爲題材，表現他們的喜怒哀樂，寄託他們的理想與情思。可以說，植物對於人們的物質文明和精神文明，都有著非常重要的貢獻。

上述，表明了植物與人類密不可分的關係。《爾雅》中的〈釋草〉、〈釋木〉二篇記載中國大量的植物名稱、植物的生長情形等，不但增廣了我們的見聞，也可觀察古代植物與人類的關係，而其類聚群分，更可說是植物類百科全書的雛形。此外，《說文》有系統地對先秦詞義作整理與紀錄，反映漢語發展的源頭，保存漢語詞義的系統，也忠實地記載此語言發展與系統所賴以產生的文化背景。於文字學、音韻學、漢語詞義以及字典編纂方面的卓越價值與貢獻外，研究中國的上古文化，《說文》無疑是重要的憑藉與紮實的基礎。以下我們就循著社會文化的角度，以《爾雅》〈釋草〉、〈釋木〉、《說文》植物類爲據，來探索人類與植物其密不可分的深切關係：

（一）增廣見聞：

爲了善於利用草木，發揮草木的最大功效，首要之務即是正確地認識草木，而辨識草木名稱即是第一個步驟。因各地語言差異與植物品種的多樣化，使得植物的別名特別多。在《爾雅》〈釋草〉、〈釋木〉記載了多種草本、木本植物，各釋以不同的名稱，不但增進我們對草木的認識，溝通古今認知的差異，也彌補我們閱讀古書時的障礙，如：

> 《爾雅·釋草》：薜，白蘄。（當歸）

〔註17〕盧國屏：《爾雅語言文化學》，台北：台灣學生書局，1999年，頁189。

薢茩，芺茪。（決明子）（【圖 33】）

葵，蘆萉。（蘿蔔）（【圖 34】）

葦醜。芀，葭華。（蘆葦）

《爾雅·釋木》：楙，木瓜。（【圖 35】）

樧，大椒。（花椒樹）

櫬，梧。（梧桐）

而要確定草木之名，除了從別稱、俗名之外，掌握植物的個別形態、差異也是相當重要的，如：

《爾雅·釋草》：荷，芙渠。其莖茄，其葉蕸，其本蔤，其華菡萏，

其實蓮，其根藕，其中的，的中薏。（【圖 36】）

在《詩經》中也有關於荷花的記載，如《詩經·陳風·澤陂》：「彼澤之陂，有蒲與荷。」〈釋草〉除了記錄名稱外，更詳細區分荷花各個部位的名稱，莖、葉、根、花、果實等，可看出荷花出現的很早，其種植的歷史至少可上溯至《詩經》時代。又如：

《爾雅·釋木》：樅，松葉柏身。檜，柏葉松身。

針對松、柏、檜三者的枝幹、軀幹、形似之處作區別，《爾雅》的紀錄對於我們辨識植物的差異，助益甚大。

《說文》釋義、析形之外，有些也記錄了各地對植物不同的稱呼，這對瞭解植物的別名、俗稱有很大的助益。此外，補充說明的部分則讓我們進一步瞭解植物用途、特色等，列舉如下：

〈艸部〉：「萐，萐莆，瑞艸也。堯時生于庖廚，扇暑而涼。从艸，疌聲。」

「莒，齊謂芋爲莒。从艸，呂聲。」

「蘆，蘆菔也。一曰齊根。」

「蘺，楚謂之蘺，晉謂之蘠，齊謂之茝。从艸，䕻聲。」

「藋，釐艸也。一曰拜商藋。从艸，翟聲。」

「芺，艸也。味苦，江南食以下氣。从艸，夭聲。」

「蒐，茅蒐，茹蘆。人血所生，可以染絳。从艸，从鬼。」

〈禾部〉：「稬，沛國謂稻曰稬。从禾，耎聲。」

〈竹部〉：「箬，楚謂竹皮曰箬。从竹，若聲。」

〈木部〉：「樲，木可作大車輮。从木，戚聲。」

「檟，梓屬大者可爲棺椁，小者可爲弓材。从木，賈聲。」

「榛，木也。从木，秦聲。一曰：蓻也。」

「梧，梧桐木。从木，吾聲。一曰：櫬。」

「欜，枸杞也。从木，繼省聲。一曰：監木也。」

「枒，木也。从木，牙聲。一曰：車輞會也。」

「權，黃華木。从木，雚聲。一曰：反常。」

「楓，木也，厚葉弱枝，善搖，一曰：蠥木。从木，風聲。」

雖每一個字的說解相當簡短，但還是可以從中得到相當多的資訊，知道植物的別名、俗稱，也可以知道其功用等。

（二）糧食作物

糧食作物主要包含了五穀類與野菜類等兩大類，這兩類從古至今都是人類的主要糧食來源。五穀指五種穀物，[註18] 有的指稻、稷、麥、豆、麻，有的說是稻、黍、稷、麥、菽，姑且不論何者所指正確，這幾種植物在《爾雅·釋草》中均能見到，如：「稌，稻。」（【圖37】）、「秬，黑黍。秠，一稃二米。」（【圖38】）、「粢，稷；眾，秫。」、「大菊，蘧麥。」、「戎叔謂之荏菽。」、「芓，麻母。」。《爾雅·釋草》中的野菜則有：「藿，山韭。茖，山蔥。蒚，山䪥。蒚，山蒜。薤，山蘄。」（【圖39～42】）、「荼，苦菜。」（【圖43】）、「莄，雀弁。」、「茭，藬。」（【圖44】）、「蘢，天蘥；須，葑蓯。」等。

在《說文》中的糧食作物亦相當豐富，透過部首的分類來看就更清楚了，〈禾部〉、〈䅓部〉的「𥢵」是稻稷類，〈黍部〉與〈鹵部〉的「𪍿」是黍類，〈麥部〉與〈來部〉的「來」是麥類，〈尗部〉的「尗」是豆類等，〈朮部〉的「枲」、〈林部〉的「林、檾」、〈麻部〉等是麻類。

〔註18〕「五穀」詳參《漢語大詞典》，冊一，頁387。

　　從另一角度來看，透過上段的紀錄得知，現今的飲食作物其實由來已久，可推至上古時代，更可藉由這些記錄探索我們的飲食淵源，亦是一項相當有趣且有意義的研究。

（三）經濟作用

　　無論古今，植物的運用在日常生活中都佔有重要地位，舉凡糧食、藥物、燃料、車船、弓柄等都仰賴植物資源。如：

　　《爾雅·釋草》：「薡，王蔧。」《郭注》：「王帚也。似藜，其樹可以為埽蔧。蔧，江東呼之曰落帚。」[註19]

　　《爾雅·釋草》：「荓，馬帚。」《郭注》：「似蓍，可以為埽蔧。」[註20]（【圖45】）

　　《爾雅·釋草》：「薗，蘆。」《郭注》：「作履苴草。」[註21]

　　《爾雅·釋草》：「莐，杜榮。」《郭注》：「今莐草，似茅，皮可以為繩索履屬也。」[註22]

　　《爾雅·釋木》：「櫬，梧。」《說文·木部》：「櫬，棺也。」

　　《爾雅·釋木》：「柀，黏。」《郭注》：「黏似松，生江南，可以為船及棺材料作柱理之不腐。」[註23]

　　《爾雅·釋木》：「椐，樻。」《郭注》：「腫節可以為杖。」[註24]

　　《爾雅·釋木》：「檿桑，山桑。」《郭注》：「似桑，材中作弓及車轅。」[註25]（【圖46】）

　　《爾雅》〈釋草〉、〈釋木〉與《說文》植物類所收入的植物除了增加我們對植物的認識外，其用途廣泛，圍繞著人類的生活，與人的關係密不可分。此外，又如《爾雅·釋木》：「杞，枸檵。」（【圖47】）、《說文·木部》：「桔，桔梗，

[註19] 詳參《爾雅詁林》，頁 2984。
[註20] 詳參《爾雅詁林》，頁 3056。
[註21] 詳參《爾雅詁林》，頁 3168。
[註22] 詳參《爾雅詁林》，頁 3390。
[註23] 詳參《爾雅詁林》，頁 3490。
[註24] 詳參《爾雅詁林》，頁 3544。
[註25] 詳參《爾雅詁林》，頁 3675。

藥名。」等草藥記錄，在中國藥學上也發揮了一定的影響作用。在精神層面，木本植物也帶給人類許多啓示，如「柏，椈。」、「樅，松葉柏身。檜，柏葉松身。」、「梅，柟。」等，松樹、梅與竹被稱爲「歲寒三友」，在中國人心中的地位是相當崇高的，它們的高拔、不屈、耐寒、堅貞的特質，屢屢爲後世所歌頌著。植物中的木、竹等也都曾是古代部族的圖騰，如關傳友在〈論竹的圖騰崇拜文化〉〔註26〕中說到：

> 竹圖騰崇拜是中國南方民族普遍有過的一種文化現象，民族學、民俗學和歷史學資料均可佐證。主要表現在：1、大量有關竹生人的神話傳說：認爲人類與竹有血緣關系；2、用竹作爲氏族或部族的族稱或標記；3、存在著對竹的圖騰禁忌習俗；4、存在著大量關于竹的祭祀活動，主要有入社、繁殖、祭祖三種祭祀儀式；5、存在有很多竹的模仿活動，如裝飾、跳舞、音樂等。

從維生到民生、養生，甚至在精神層面，植物皆在人的食、衣、住、行發揮其功效，反映了《爾雅》〈釋草〉、〈釋木〉與《說文》植物類的價值，除了是植物的百科記錄外，更是寶貴的社會史料，呈現生動的社會史實。

〔註26〕關傳友：〈論竹的圖騰崇拜文化〉，《皖西學院學報》第 15 卷第 3 期，1999 年，頁 31～40。

第五章 《爾雅》與《說文》動物類名物詞之比較

本章討論《爾雅》與《說文》在動物類名物詞的比較，共有七節，依序是蟲類、魚類、鳥類、獸類、畜類，第六節是體例比較，最後第七節是價值的比較。

《爾雅》〈釋蟲〉以下五篇是動物類的範圍，其中的〈釋蟲〉、〈釋魚〉、〈釋鳥〉、〈釋獸〉四篇主要記載野生動物的各種名稱、形體特徵和習性的介紹。〈釋蟲〉所包含的昆蟲有八十餘種，大多是現在動物學分類中的節肢動物，其次有軟體動物；〈釋魚〉介紹了七十多種魚類動物，其中以魚類為主，其次有節肢動物、軟體動物、脊索動物的爬蟲綱與兩生綱等。〈釋鳥〉羅列了九十多種鳥類，除蝙蝠、鼯鼠應歸獸類外，其餘均屬鳥類。〈釋獸〉列舉了六十多種野獸名稱，除豕類應歸入〈釋畜〉外，其餘均是野生動物。最後一篇〈釋畜〉則是專門介紹各種家畜的情況，包含馬屬、牛屬、羊屬、狗屬、雞屬等。

為對照、比較之便，將《說文》的動物部首按《爾雅》篇章依序分類，分為蟲類、魚類、鳥類、獸類、畜類、其他等六類。各類包含部首整理如下：

類型	《說文》動物類部首
蟲類	虫、䖵、蟲。
魚類	魚、鱟、虫。
鳥類	木、隹、萑、雔、雥、鳥、烏、乚、燕、鼎。
獸類	虍、虎、豸、𧴩、象、廌、鹿、㲋、兔、熊、能、畐、鼠、犬。
畜類	牛、犛、羊、希、互、豚、馬、犬。
其他	虫、䖵、貝、易、龜、黽、它、龍。

　　分類方法參照《中山自然科學大辭典・動物學》，〔註1〕將《說文》動物各類區分爲下：蟲類材料是節肢動物門中的昆蟲；魚類、鳥類則是以脊索動物門的魚綱、鳥綱；獸類、畜類均屬脊索動物門的哺乳動物綱，爲對照《爾雅》〈釋獸〉、〈釋畜〉，故分立爲二；其他類則包含軟體動物、環節動物、節肢動物（如蝦、蟹等）、脊索動物的爬蟲綱及兩生綱。因按此分類方法重新安排《說文》動物類的材料，故在類別之間，部首有重疊的情形。

第一節　蟲　類

一、《爾雅・釋蟲》內容

（一）材　料〔註2〕

　　〈釋蟲〉是《爾雅》的第 15 篇，共 57 條。〈釋蟲〉是對古代部分動物名稱的訓釋。它所訓釋「蟲」不是我們今天所說的「昆蟲」，而是《周禮・冬官・考工記》所述的那些「蟲」：「外骨內骨，卻行仄行、連行紆行，以脰鳴者、以注鳴者、以旁鳴者、以翼鳴者、以股鳴者、以胸鳴者，謂之小蟲之屬。」〔註3〕故所訓釋的「蟲」大大超出了昆蟲範圍，除了現今動物學分類的節肢動物中的昆蟲之外，還包含了軟體動物（即「蝓，蜒蝓。」、「蚹蠃，至掌。」）、環節動物（如「蟥蛢，入耳。」、「螼蚓，䘌蚕。」等）、脊索動物的爬蟲綱（即「蚚，螲蛥。」）與兩生綱（即「鼁，蟆。」）等。

（二）體　例

　　本篇匯集了《爾雅》作者定義的「蟲類」材料，其次有對蟲類的外貌進行描繪、分類定義等，詮釋方法則有：

1、以名詞釋名詞：如「蛬，天螻。」、「蠰，齧桑。」、「蚻，蟧蜩。」

2、以大小、顏色、特徵等描述：

甲、大小：如「蚅蜟，大螟。小者螟。」、「蜭，馬蟻。〔註4〕」

〔註1〕李熙謀等主編：《中山自然科學大辭典・動物學》，臺北：臺灣商務印書館，1986～1989 年。

〔註2〕詳細材料表請參見第貳章第一節。

〔註3〕詳參吳榮爵、吳畏註釋：《爾雅全譯》，貴州：貴州人民出版社，1997 年，頁 645。

〔註4〕「大謂之荏，亦謂之王。」詳參王國維：《觀堂集林》，河北：河北教育出版社，

乙、顏色：如「鱏，白魚。」

丙、形象：如「蠰，齧桑。」、「蠸，輿父，守瓜。」

雖有上述詮釋方法，但對蟲類的詮釋是以名詞解釋名詞為大宗，正如王國維在《爾雅蟲魚鳥獸釋例・序》（《觀堂集林・冊一》）〔註5〕所言：「《爾雅》一書，為通雅俗古今之名而作也其通之也謂之釋，釋雅以俗，釋古以今。聞古名而不知者，知其俗名，斯知雅矣；聞雅名而不知者，知其今名，斯知古矣。若雅俗古今同名，或此有而彼無者，名不足以相釋，則以其形釋之。草木蟲魚多異名，故釋以名，獸與畜罕異名，故釋以形。」因此，不僅是〈釋蟲〉如此，在〈釋蟲〉、〈釋魚〉、〈釋鳥〉多以名詞訓釋名詞居大多數，在這同時也間接地保存大量的同義詞彙，對我們瞭解古代動物有很大的助益。

此外，〈釋蟲〉篇提供的訓詁方法則有：

1、直訓：

甲、單詞相訓：如「螫，蟆。」、「蛾，蛹。」

2、義界：

甲、直下定義：如「蚭，烏蠋。」、「熒火，即炤。」

乙、增字為訓：如「蜩，蜋蜩。」、「蟿，虰蠖。」

丙、兩字各訓：如「蟦，蠐螬。蛣蜣，蝎。」

丁、集比為訓：如「皇蟲，鑾。草蟲，負蠜。蜇蟲，蜙蝑。螽蟲，蟿蚸。蟲，蠰谿。」、「食苗心，螟。食葉，蟘。食節，賊。食根，蟊。」

戊、描寫形象：如「蛵，蜻蜓。」、「不蜩，王蚥。」

從上述的例子來看，〈釋蟲〉的訓詁方法是以義訓為主，因大多是名詞相釋，故以義界中的「直下定義」佔大多數，除產生大量同義詞彙之外，也存在著因名詞相釋過於簡陋而導致詞義不明的問題。

二、《說文》蟲類內容

（一）材　料〔註6〕

《說文》蟲類部首包含虫、蚰、蟲等三個部首，共114條，屬現今動物學

2000年，頁221。

〔註5〕王國維：《觀堂集林》，河北：河北教育出版社，2000年。

〔註6〕詳細材料表請參見第貳張第二節。

中的節肢動物門。〔註7〕

（二）體　例

《說文》蟲類所包含的訓詁方法，在〈釋蟲〉基礎上更進一步：

1、詮釋字義：

甲、形訓：如「虫，一名蝮，博三寸，首大如擘指。象其臥形。」、「蜀，葵中蠶也。从虫，上目象蜀頭形，中象其身蜎蜎。」

乙、聲訓：如「蛾（疑母，歌部），羅（來母，歌部）也。〔註8〕」

丙、義訓：

（1）直訓

a、單詞相訓：如：「蟥，蟥也。」、「蛁，蟲也。」

b、多詞同訓：如：「蜋，蜻蜋也。」、「蜻，蜻蜋也。」

c、兩詞互訓：如：「蚚，強也。」、「強，蚚也。」

d、數詞遞訓：如「蚈，蚈威，委黍；委黍，鼠婦也。」、「蠖，蠖鹿，蛁蟟也。」

e、一詞數訓：如：「蜋，渠蜋。一曰天社。」、「蟥，蟲也。一曰螢也。」

（2）義界

a、直下定義：如「蜃，盧蜃也。」、「蠸，丁螿也。」

b、增字爲訓：如「蝀，蟛蝀也。」、「螯，蟛螯也。」

c、集比爲訓：如「蟲，有足謂之蟲，無足謂之豸。」

d、描寫形象：如「虹，蟛蝀也。狀似蟲。」、「蜮，短狐也。似鼈，三足，以气射害人。」

e、比況爲訓：如「鼉，水蟲。似蜥易，長大。从黽，單聲。」、「螀，蚌屬。似螊，微大，出海中，今民食之。」

f、補充說明：如：「蠶，復陶也。劉歆說：蠶，蚍蜉子。董仲舒說：蝗子也。从虫，象聲。」

2、剖析字形：如：「蠅，營營青蠅。蟲之大腹者。从黽，从虫。」、「蚰，蟲之總名也。从二虫。凡蚰之屬皆从蚰。」

〔註7〕蝦、蟹類除外。

〔註8〕上古聲母、韻部參考郭錫良：《漢字古音手冊》，北京：北京大學出版社，1986 年。

3、標注讀音：如「蠊，海蟲也。長寸而白，可食。從虫，兼聲。讀若嗛。」、「蛫，蛹也。從虫，鬼聲。讀若潰。」

4、引證：如「蜩，蟬也。從虫，周聲。《詩》曰：『五月鳴蜩。』」、「蝝，復陶也。劉歆說：『蝝，蚍蜉子。』董仲舒說：『蝗子也。』從虫，象聲。」

除直訓中的反訓，義界中的連類並訓外，各種訓詁方法均包含在內，可見《說文》所包含的訓詁例證相當豐富。

三、《爾雅・釋蟲》與《說文》蟲類材料比較

《爾雅・釋蟲》、《說文》蟲類收字比較如下表：

〈釋蟲〉有	蟲類無	螫蜇蠦蟷蚉蛛蠖蛞蜉蝣蚍蚭蚉蜱蚲蛆蝮蚼蟋蟀螓螾鼀蝨蜟蚑蝑螫蠢蟓蝦蚅蜸蚕蛘虹螺蜇蟎蚍蜉蠱蝥蠖蚔蟆蛇蠋蟻蚨蝎蠰蛇蠅衡蝴蚌蠢蝓蝥蜸蠤蠐	64字	共74字
	見於《說文》動物其他類	黽蛇蛭蛱蠪蟆蛹蛫蜓蛸	10字	
《說文》蟲類有	〈釋蟲〉無	虫蛹蛁蛶蟯蟜蜀蠲蜆蛺蜱蛨螫螯蚣蟏蟆蝗蟬蚗蜘蜡蚨蜮蝯蠷蜼蚼蟿蝥虹蠼蛛螽蠤蠑蝏蚖蝱鼀蟫蠨蚞螺蟡蟦蛶蚘蟊蠡蠡蠹蠱蠪蠡蟲蠪蟲蠡蠡蠳蚼龜蟲蠰閶蠹	66字	共70字
	見於〈釋魚〉	蚨蜎蟣	3字	
	見於〈釋鳥〉	蠹	1字	
俱收者		龜蠢孟蠱蟲蠸蝧蟓蛞蟬蛵蛤蝓蠰蜋蛸蚌蟥蛄蜆蝎蟣強虸蠖蠌蠼蛄蠤蛾蟷蚳蠻蠅蟸蟠蛝蜩蜺蛟蜻蛉蠓蠣螞竈蠚簸童		共49字

從上表來看，〈釋蟲〉有收而《說文》蟲類未收的有螫、蜇、蠦、蟷等64字，其中，黽、蛇、蛭、蛱等10字見於《說文》動物其他類；《說文》蟲類有收，而〈釋蟲〉未收的有虫、蛹、蛁、蛶等66字，其中「蠹」見於〈釋鳥〉，「蚨、蜎、蟣」等3字見於〈釋魚〉；俱收者的有龜、蠢、孟、蠱等49字。

在收字差異問題上來看，《說文》蟲類有而〈釋蟲〉未收者，原因除了異體字問題外，再者就是《爾雅》本是釋經之作，故所收錄的文字在著作時便有所限制，大多不出所釋經典範圍。另一方面，〈釋蟲〉有收而《說文》蟲類未收者，可能原因有：

（一）異體字流傳：因異體字問題，導致收字上的差異。如：蠦蜰／盧蜰、蟷蜋／堂蜋、蟷蠰／童蠰、蜱蛸／蟲蛸、蝮蚼／復陶、蟎何／商何、蝥／蛾、虹螮／丁螮、鼠負／鼠婦、蟜螬／竈蠹、蚲／蚘、蝨／蝨等等。

（二）詞異實同：因詞彙的轉變，看起來好像是不同兩種蟲類，其實是相

同的，如〈釋蟲〉的「蟋蟀」即是《說文》蟲類中的「蜶」；〈釋蟲〉的「蝮蜪」即是《說文》蟲類中的「蝗」。

（三）《說文》漏收：《說文》的蟲類收字雖多達一百多字，但必定有所遺漏，不可能盡收當時能見的所有蟲類字。

除收字比較外，若將〈釋蟲〉、《說文》蟲類兩篇俱收字逐一比較，在釋義方面，也可看《說文》蟲類在取材方面受到〈釋蟲〉的影響：

	《爾雅‧釋蟲》	《說文》蟲類
釋義同	蛃，馬蜩。	蛃，馬蜩也。
	蜺，寒蜩。	蜺，寒蜩也。
	蛥蚗。	蛥，蛥鹿，蛁蟟也。
	蠦蜰。	蜰，盧蜰也。
	蝎，蛣蝠。	蛣，蛣蚰，蝎也。
	蟷蜋。	蜋，堂蜋也。
	不過，蟷蠰。	蠰，蠰蠰，不過也。
	其子蜱蛸。	蛸，蟲蛸，堂娘子。
	蛄䗥。	䗥，蛄䗥，強羊也。
	蝝，蝮蜪。	蝝，復陶也。
	蚣蝑。	蚣，蚣蝑，以股鳴者。
	虰蛵，負勞。	蛵，丁蛵，負勞也。
	蛞，毛蠹。	蛞，毛蠹也。
	蚍蜉。	蟡，蚍蜉也。
	蟫，打蟘。	蟫，丁蟘也。
	其子蚳。	蚳，蟘子也。
	蝥，羅。	蛾，羅也。
	強，蚚。	強，蚚也。 蚚，強也。
	蜆，縊女。	蜆，縊女也。
	蟠，鼠負。	蟠，鼠婦也。
	蟫，白魚。	蟫，白魚也。
	蠀螬。	螬，蠀螬也。 蠀，蠀螬，孟也。
	蟜蟜。	蟜，蟜蟲也。
	蛷螋，蝎。	蝎，蛷螋也。
	蚅威，委黍。	蚅，蚅威，委黍；委黍，鼠婦也。
	蚇蠖。	蠖，尺蠖，屈中蟲。
	蠰蛸。	蠰，蠰蛸，長股者。
	螺，蛄蛜。	蛄，蛄斯，墨也。
	蠓，蠛蠓。	蠓，蠛蠓也。
	果蠃。	蠃，蜾蠃也。

	螜，天螻。	螻，螻蛄也。
	蜩，蜋蜩。	蜩，蟬也。
	蛁，蜻蜻。	蜻，蜻蛚也。
	蠽，茅蜩。	蠽，小蟬蜩也。
	蟓蛉，桑蟲。	蛉，蜻蛉也。
釋義不同	食苗心，螟。	螟，蟲，食穀葉者。
	食根，蟊。	蟊，蟲蟊也。
	食葉，蟘。	蟘，蟲，食苗葉者。
	國貉，蟲蠁。	蟲，有足謂之蟲，無足謂之豸。
	蠦，輿父，守瓜。	蠦，蟲也。一曰螫也。
	蚍，蟓蚚。	蚍，蟲蟓也。 蟓，蟲蟓也。
	蛄蟴。	蛄，螻蛄也。
	蛣，毛蠹。	蠹，木中蟲。
	蝗螽，蠻。	蠻，自蠻也。

釋義同有 32 條，不同者有 15 條。從上面釋義同的表格可觀察〈釋蟲〉、《說文》蟲類之間的承襲關係，雖《說文》蟲類各條並無明引《爾雅》的例子，但從經由逐一比較之後，明顯看出《說文》蟲類取材暗引《爾雅》之處。釋義不同有 15 條，可能原因有：

（五）解釋雷同，只是所用文字不同：如〈釋蟲〉：「蜩，蜋蜩。」《說文》蟲類：「蜩，蟬也。」兩者都是蟬。

（六）〈釋蟲〉解釋過於簡陋，《說文》蟲類釋義較完整者：如〈釋蟲〉：「食葉，蟘。」《說文》蟲類：「蟘，蟲，食苗葉者。」

（七）解釋的方向焦點不同：如〈釋蟲〉：「蠽，茅蜩。」《說文》蟲類：「蠽，小蟬蜩也。」〈釋蟲〉是以名詞釋名詞，說明蠽即是茅蜩；《說文》蟲類則是以形貌描述，闡述蠽即是體型較小的蟬蜩。

（八）詞同實異：如〈釋蟲〉：「蛁，蜻蜻。」《說文》蟲類：「蜻，蜻蛚也。」前者是蟬屬，後者則是蟋蟀。

此外，從上面兩個表格也可看出異體字普遍流傳的問題，如：蠦蜰／盧蜰、蟷蜋／堂蜋、蟷蠰／蕫蠰、蜱蛸／蟲蛸、蝮蜪／復陶、蟟何／商何、蟁／蛾、虹蛵／丁蛵、鼠負／鼠婦、蟜蛬／蟩蠹、蚅／蚋、蝗／自等等，均是同指一物，但使用的字詞不同的例子。

第二節　魚類之比較

一、《爾雅・釋魚》之內容分析

（一）材　料〔註9〕

〈釋魚〉是《爾雅》中的第15篇，共41條。除了魚類動物外，其次有軟體、節肢、環節，以及脊索動物的爬蟲綱、兩生綱與哺乳動物綱等。

〈釋魚〉中的魚類是當時人對於的「水生動物」的定義，用現在科學眼光來看，〈釋魚〉篇所收入的種類，則大大地超出了脊索動物門魚綱的範圍。本應以「魚」爲訓釋對象，但由於古人把某些非魚類的水棲動物也視爲魚，也一併收錄進來，因此，本篇除了對於水生脊椎動物名稱進行訓釋外，非魚類的動物如軟體（如「魁陸。」、「蜪蚅。」）、節肢（即「蜎，蠉。」）、環節（即）「蛭，蟣。」，以及脊索動物的爬蟲綱（如「鱉三足，能。龜三足，賁。」）、兩生綱（如「蠑螈，蜥蜴；蜥蜴，蝘蜓；蝘蜓，守宮也。」）與哺乳動物綱（即「鱀，是鱁。」）等，也是本篇訓釋的對象。這些動物以現在的科學眼光來看，當然不能完全納入魚類的範疇，與魚類的生理特徵等均有不同，不過多與魚類有共同的生活習性，即是生活在水中。若要另外分立篇章收納，又顯得單薄，所以與魚類收在同一篇也無可非議。

（二）體　例

對於這些材料的詮釋，有以下幾種方式：

1、僅羅列詞彙，不加詮釋：如「鯉。」、「鱣。」、「鰋。」、「鮷。」、「鱧。」

2、以名詞釋名詞：如「鮥，鮛鮪。」、「鱮鱮，鰴歸。」

3、以大小、顏色、形態等描述：

甲、曰大小：如「鯢，小魚。」、「鰹，大鮦；小者鮵。」、「魾，大鱯；小者鮡。」

乙、曰顏色：如「魾，黑鰦。」

丙、曰形態：如「蚌，含漿。」、「蝘蜓，守宮也。」

通篇來看〈釋魚〉，「以名詞釋名詞」只有21條，描述大小、顏色或形態等佔大半篇幅，雖「以名詞釋名詞」通常被認爲是《爾雅》的主要體例，但在從

〔註9〕詳細材料表詳見第貳章第一節。

詮釋的數目來看，「以名詞釋名詞」很難說明是〈釋魚〉的特定體例。另外，僅羅列詞彙，不加解釋的有 9 條，導致現在考訂這些名稱時，很難提出確鑿的證據去說明是何種動物。

除去僅羅列詞彙，不加解釋的 9 條，從名詞釋名詞與描述大小、顏色或形態等數條來看，〈釋魚〉篇的訓詁方法如下：

1、直訓：

甲、單詞相訓：如「鰼，鰌。」、「鯊，鮀。」

乙、數詞遞訓：如：「蠑螈，蜥蜴；蜥蜴，蝘蜓；蝘蜓，守宮也。」

2、義界：

甲、直下定義：如「鰝，大鰕。」、「鼈，是鰿。」

乙、兩字各訓：如「鰹，大鮦；小者鮵。」、「魾，大鱯；小者鮡。」

丙、集比爲訓：如「鱉三足，能。龜三足，賁。」、「一曰神龜，二曰靈龜，三曰攝龜，四曰寶龜，五曰文龜，六曰筮龜，七曰山龜，八曰澤龜，九曰水龜，十曰火龜。」

丁、描寫形象：如「龜，俯者靈，仰者謝，前弇諸果，後弇諸獵，左倪不類，右倪不若。」

戊、比況爲訓：如「蝮虺，博三寸，首大如擘。」

己、補充說明：如「貝，居陸贆，在水者蜬。」、「黿鼀，詹諸。在水者黽。」

在訓詁方面，仍是以義訓爲主，其中在直訓的部分有單詞相訓、數詞遞訓兩種，義界除增字爲訓、連類並訓外，都包含在內了。

二、《說文》魚類之內容分析

（一）材　料〔註10〕

《說文》魚類包含魚部、鯊部的魚類外，還有虫部的蠏，共 93 條，均屬現今脊索動物的魚綱。

（二）體　例

《說文》魚類在訓詁方面的貢獻如下：

1、詮釋字義：

〔註10〕詳細材料表詳見第貳章第二節。

　　甲、形訓：如「魚，水蟲也。象形。魚尾與燕尾相似。」、「貝，海介蟲也，居陸，名猋，在水名蜬。象形。」

　　乙、聲訓：如「鱨（襌母，陽部），揚也（余母，陽部）。〔註11〕」

　　丙、義訓：

　　（1）直訓

　　a、單詞相訓：如：「鯉，鱣也。」、「鮪，鮥也。」

　　b、多詞同訓：如：「鰕，魚名。」、「鰷，魚名。」、「鰜，魚名。」

　　c、兩詞互訓：如：「鮊，鰽也。」、「鰽，鮊也。」；「鮎，鰋也。」、「鰋，鮀也。」

　　d、數詞遞訓：如：「鮀，鮎也。」「鮎，鰋也。」「鰋，鮀也。」

　　e、一詞數訓：如：「鰬，魚名。一名鯉，一名鰜。」

　　（2）義界

　　a、直下定義：如「鱄，魚也。」、「鱻，鮦也。」

　　b、增字爲訓：如「鮀，鮋鮀也。」、「鰼，虛鰼也。」

　　c、兩字各訓：如：「鮏，大鱯也。其小者名鮡。」、「鮥，鮺也。一曰：大魚爲鮺，小魚爲鮥。」

　　d、描寫形象：如「鱒，赤目魚。」、「魴，赤尾魚。」

　　e、比況爲訓：如「鰝，魚名。狀似蝦，無足，長寸，大如叉股出遼東。」、「鰤，魚。似鼈，無甲，有尾，無足，口在腹下。」

　　f、補充說明：如「魦，魚名。出樂浪潘國。從魚，沙省聲。」、「鱳，魚名。出樂浪潘國。從魚，樂聲。」

　　2、剖析字形：如：「䲆，二魚也。凡䲆之屬皆從䲆。」、「鰴，魚子已生者。從魚，憜省聲。」

　　3、標注讀音：如「鮦，魚名。從魚，同聲。一曰鰽也。讀若紈。」、「魩，魚名。從魚，幼聲。讀若幽。」

　　4、引證：如「鮪，鮥也。《周禮》曰：『春獻王鮪。』從魚，有聲。」、「鮚，蚌也。從魚，兼聲。漢律：會稽郡獻鮚醬。」

　　除直訓中的反訓，義界中的連類並訓、集比爲訓外，各種訓詁方法大致均

〔註11〕上古聲母、韻部參考郭錫良：《漢字古音手冊》，北京：北京大學出版社，1986 年。

包含在內了。

三、《爾雅‧釋魚》與《說文》魚類材料比較

〈釋魚〉、《說文》魚類收字比較如下表：

〈釋魚〉有	《說文》魚類無	鰝徽魺鰲鰊鰷鰌鯸鮍鮊裂鱳鱹鮶鰸鰉鯊鮰鯼鰹鮵鯤鱉蠵蛺瞵魟鱛貽眠虵蛔蛛蜦蜴蟒蛄虵蚹蜿蝓蜦蛵蟫螃蟾鬸鱕	47 字	共 53 字
	見於《說文》動物其他類	貝鰝鮷鰲鼀臉	6 字	
魚類有，〈釋魚〉無。	鯛鮚鰝鰼鮛鯁鱄鰜鰷鯁鰥鰱鮍鮒鱺鰻鰌鰻魠鮴鮎鮍鯉鮠鰗鰇鯵鱗鮮鯛鱅鯛鮐鮊鰒鮫魠鱗鮏鰾鮨鰲鮑魿鯛鮫鯕鱻鰭鰗鰲鮹鰑鮑魟鱗鱸鮷魛鰹鯉鰻鮵鰐鰼魠魡魟鮪鰷鱹鰁鯇鮶鮏麄蜥	共 76 字	
俱收者	魚鱒鮪鮥鯉鱣鮦魴鱹魿鱧鰼鰭鮷鮀鰥魵鰕鰌魿魺	共 21 字	

從上表來看，〈釋魚〉有收而《說文》魚類未收者有鰱、鰉、鯊、鯼等 47 字，其中有 6 字見於《說文》動物其他類；《說文》魚類有收而〈釋魚〉未收者有鯛、鮚、鰼、鰝等 76 字；而俱收者有魚、鱒、鮪、鮥等 21 字。其中，若將〈釋魚〉獨有的非魚類扣除，〈釋魚〉中的特有的魚類僅 21 字，與《說文》魚類獨有的 76 字相較，足見《爾雅》成書後始造之字之多。當然，也有同為一物，而用字不同者，如：鮍鮪／叔鮪、當魱／當互，從這裡也可看出文字在流傳過程中異體字的問題。

在收字差異問題上來看，《說文》魚類有而〈釋魚〉未收者，原因除了異體字問題外，再者就是《爾雅》本是釋經之作，故所收錄的文字在著作時便有所限制，大多不出所釋經典範圍。另一方面，〈釋魚〉有收而《說文》魚類未收者，可能原因有四：

（一）異體字流傳：如：鮍鮪／叔鮪、當魱／當互等因異體字問題，導致收字上的差異。

（二）詞異實同：因詞彙的轉變，看起來好像是不同兩種魚類，其實是相同的，如〈釋魚〉：「裂，鱳刀」即是《說文》魚類的：「紫」；〈釋魚〉「鯊」即是《說文》魚類的「鮀」。

（三）《說文》漏收：《說文》的木類收字雖多達九十幾字，但必定有所遺漏，不可能盡收當時能見的所有魚類字。

（四）罕見或不詳：如〈釋魚〉中的「鱀」，是生活於淡水中的稀有鯨類。〈釋魚〉中的「蜦蚳」是傳說中有能力化為蝗蟲的魚，郭璞注「未詳」，因《爾

雅》的說解過爲簡陋，導致後代注家不知其詳。

由於上述種種可能原因，使得兩者在收字上有所差異。此外，若將〈釋魚〉、《說文》魚類俱收字各條釋義逐一比較，也可看出兩者取材之間的關係：

	《爾雅・釋魚》	《說文》魚類
釋義同	鮥，鮛鮪。	鮥，叔鮪也。 鮪，鮥也。
	鯸，大鱧；小者鮵。	鯸，大鱧也。其小者名鮵。
	鰼，鰌也。	鰼，鰌也。 鰌，鰼也。
	魵，鰕。	鰕，魵也。
	鰝，大鰕。	鰝，大鰕也。
	鮤，鱴刀。	鮤，鱴刀也。
釋義不同	鯉。	鯉，鱣也。
	鱣。	鱣，鯉也。
	鯫，鱒。	鯫，魚名。 鱒，赤目魚。
	鰹，大鮦；小者鮵。	鮦，魚名。
	魴，赬。	魴，赤尾魚。
	鯊，鮀。	鮀，鮎也。
	鱊鮬，鱦鱥。	鱥，魚名。
	魵，鰕。	魵，魚名。
	鱧。	鱧，鱯也。
	鯸，大鱧；小者鮵。	鱧，魚名。 鮵，魚名。

由上表來看，兩者釋義不同有 12 條，可能原因有：

（一）〈釋魚〉解釋過於簡陋，《說文》魚類釋義較完整者：如〈釋魚〉：「鯉。」《說文》魚類：「鯉，鱣也。」

（二）解釋的方向焦點不同：如〈釋魚〉：「魴，赬。」《說文》魚類：「魴，赤尾魚。」〈釋魚〉是以名詞釋名詞，說明魴即是赬；《說文》魚類則是以形貌描述，闡述魴即是有紅色尾巴的魚。

《說文》全書明引《爾雅》者僅 28 條，〔註12〕爲數甚少，在上表中，〈釋魚〉、《說文》魚類釋義同的就有 8 條，雖《說文》魚類並無補充說明引自《爾

〔註12〕 參考莊雅州：〈《爾雅・釋魚》與《說文・魚部》之比較研究〉，中國訓詁學研究會《紀念周禮正義出版百年暨陸宗達先生百年誕辰學術研討會論文匯集》，2005 年，頁 203～213。

雅》，但藉由釋義逐一比較，也可看出《說文》魚類暗引〈釋魚〉的痕跡。

第三節 鳥 類

一、《爾雅·釋鳥》內容

（一）材 料〔註13〕

〈釋鳥〉是《爾雅》的第十七篇，共 81 條，分類上屬現今脊索動物鳥綱。〈釋鳥〉以訓釋有關飛禽的各種名稱爲主，涉及的鳥屬動物有數十種，除蝙蝠、鼯鼠應歸入獸類外，其餘均屬鳥類。由於古代科學分類的侷限（〈釋鳥〉:「二足而羽謂之禽」），古人把動物中二足而有翼的，如蝙蝠也列入了鳥類訓釋範圍。

（二）體 例

〈釋鳥〉詮釋詞語的方法有：

1、以名詞釋名詞：如「隹其，鴖鴀。」、「鶌鳩，鶻鵃。」、「鳲鳩，鴶鵴。」

2、以大小、顏色、形態等描述：

甲、大小：如「鶌鳩，王鴡。」〔註14〕

乙、顏色：如「夏扈，竊玄。秋扈，竊藍。冬扈，竊黃。」、「鷺，白鷺。」

丙、特徵：如「鴷，斲木。」、「鵖鴔，剖葦。」

雖有上述多種詮釋方法，〈釋鳥〉主要是以「名詞是名詞」爲大宗。而〈釋鳥〉篇的訓詁方法如下：

1、直訓：單詞相訓：如「梟，鴟。」、「鷲，鶹。」

2、義界：

甲、直下定義：如「燕，白脰鳥。」、「鴶，鵁鶄。」

乙、兩字各訓：如「桃蟲，鷦。其雌鴱。」、「鶠，鳳。其雌皇。」

丙、集比爲訓：如「春扈，鳻鶞。夏扈，竊玄。秋扈，竊藍。冬扈，竊黃。桑扈，竊脂，棘扈，竊丹。」、「二足而羽謂之禽，四足而毛謂之獸。」

丁、描寫形象：如「鵖鴔，剖葦。」、「鴷，斲木。」

〔註13〕詳細材料表請參見第貳章第一節。

〔註14〕「大謂之萑，亦謂之王。」詳參王國維：《觀堂集林》，河北：河北教育出版社，2000 年。

戊、比況爲訓：如「鸛鷒，鴟鴂。如鵲，短尾，射之，銜矢射人。」

在詮釋方面，〈釋鳥〉篇主要是以「名詞是名詞」爲大宗，反應在訓詁上的則是義界的直下定義爲多數，與〈釋蟲〉、〈釋魚〉二篇同。

二、《說文》鳥類內容

（一）材　料〔註15〕

《說文》鳥類包含木（枭）、隹、萑、雔、雥、鳥、烏、乚、燕、畕等部，共157條，均屬現今脊索動物鳥綱。

（二）體　例

《說文》鳥類在〈釋鳥〉的義訓基礎上，在訓詁方面更加周密，如：

1、詮釋字義：

甲、形訓：如「乚，玄鳥也。齊魯謂之乙。取其鳴自呼。象形。」、「燕，玄鳥也。籋口，布趐，枝尾。象形。」

乙、義訓：

（1）、直訓

a、單詞相訓：如：「鴗，雇也。」、「鵑，鵃也。」

b、多詞同訓：如：「鮫，鮫鶄也。」、「鶄，鮫鶄也。」、「鳿，鮫鶄也。」

c、兩詞互訓：如：「雌，牸也。」、「牸，雌也。」；「雕，鷲也。」、「鷲，雕也。」

d、一詞數訓：如：「雄，鳥也。从隹，厷聲。一曰雄度。」、「雅，楚烏也。一名鸒，一名卑居。秦謂之雅。」

（2）、義界

a、直下定義：如「鷚，天龠也。」、「鳻，澤虞也。」

b、增字爲訓：如：「鶬，鶬鶊也。」、「鶌，鶌鳩也。」

c、集比爲訓：如「雇，九雇。農桑候鳥，扈民不婬者也。从隹，戶聲。春雇，鳻盾；夏雇，竊玄；秋雇，竊藍；冬雇，竊黃；棘雇，竊丹；行雇，唶唶；宵雇，嘖嘖；桑雇，竊脂；老雇，鴳也。」、「雉，有十四種：盧諸雉，喬雉，鳪雉，鷩雉，秩秩海雉，翟山雉，翰雉，卓雉，依洛而南曰翬，江淮而南

〔註15〕詳細材料表請參見第貳章第二節。

曰搖，南方曰鷃，東方曰鶅，北方曰鵗，西方曰鷷。从隹，矢聲。」

　　d、描寫形象：如「鵱，走鳴，長尾雉也。」、「鸓，鼠形。飛走且乳之鳥也。」

　　e、比況爲訓：如「鷻，似雉，出上黨。」、「鵃，鳥，似鶡而青，出羌中。」。

　　f、補充說明：如「鸃，鵔鸃也。从鳥，義聲。秦漢之初，侍中冠鵔鸃冠。」、「鶬，鶬黃也。从隹，黎聲。一曰楚雀也。其色黎黑而黃。」

　　2、剖析字形：如：「雀，依人小鳥也。从小隹。」、「雁，鳥也。从隹，瘖省聲。或从人，人亦聲。」

　　3、標注讀音：如「鴂，鳥也。从鳥，犮聲。讀若撥。」、「雼，鳥也。从隹，方聲。讀若方。」

　　4、引證：如「鶃，鳥也。从鳥，兒聲。《春秋傳》曰：『六鶃退飛。』」、「烏，孝鳥也。象形。孔子曰：『烏，盰呼也。』取其助氣，故以爲烏呼。凡烏之屬皆从烏。」

　　除聲訓、直訓的數詞遞訓、義界的連類並訓與兩字各訓外，大致的訓詁方法皆包舉在內。

三、《爾雅・釋鳥》與《說文》鳥類材料比較

　　〈釋鳥〉與《說文》鳥類收字比較：

〈釋鳥〉有，鳥類無。	鳲鴶鶌鵴鳺鴩鶌鳾鵋鴶鵱鶋鶔鵧鶔鶠鴩鳿鶛鴶鴶鴲鴍鴛鴒鳵鴒鴶鵁鴰鴩鴶鴛鶽鶵鶔鴩鴴鶨鶔鳳鶒鴶鵁鶚鵩鶅鶪鵁鶥鵁鶪鴸鶞鴶鶔鶔鵁鴩鷹鴶鷄鷄鴛鴛鷔鶙鶺鳹鶺鶔鶺鴩鶓鴶鶔鶹鶔鴥鴒鶔鶪鵎鴩鴛鶔鶺鴛鴶鴩鴶鴶		共 72 字
鳥類有，〈釋鳥〉無。	〈釋鳥〉無	梟雅隻雓雛雞離雕雁雁雇雇雄雌雋萑舊雞雙雥鳥鶿鶿鷖鶒鶒雡鵁鵙鷄鷄鵁鶴鷺鵁鴻鴛鴛鴝鷖鵁鸛鵁鵁鴡鶃鷃鴛鵙鶡鷇鷙鷙鶱鷙鷙鴝鵁鴛鵔鸃	106 字	共 107 字
鳥類有，〈釋鳥〉無。	〈釋鳥〉無	鶛鸚鳩烏焉乚闆雅雄雁雔雅鶛鷥雓雥雥鶛鸚鶛鶛鴛鶛鶛鴔雞鳿鳺鶛鴶鴛鶛鴶鴶鴥鶛鴛鵁鶛鶛鷈鸕鳥鶃鶛鴩鶛鶛鷙鳶鶛鷈鶛鴛鴸鴶鷙鷽鶛	106 字	共 107 字
	見於〈釋畜〉	雞	1 字
俱收者	隹雥雀雗雉雛雛雕萑燕烏鳳鳩鶌鳺鴶鶿鵲鴉鴟鳩鵁鵁鶔鷗鵁鷄雁鷖亮鴶鳿鶩鴶鴩鵁鴶鴶鷙鵁鶔鴶鴶鴶鴶鴛鴶鴶鴶鴶鴶鵁鴶		共 52 字

　　從上表來看，〈釋鳥〉有收而《說文》鳥類未收者有 72 字；《說文》鳥類有收而〈釋鳥〉未收者有 107 字，其中見於〈釋畜〉有 1 字；俱收者有 52 字。其中如鷚／雛、鶬／鶲、鶛／鴡、／鼓、鴶／鮫、鵲／鶄等，是異體字流傳的痕跡。

　　在收字差異問題上來看，《說文》鳥類有而〈釋鳥〉未收者，原因除了異體

字問題外，再者就是《爾雅》本是釋經之作，故所收錄的文字在著作時便有所限制，大多不出所釋經典範圍。另一方面，〈釋鳥〉有收而《說文》鳥類未收者，可能原因有四：

（一）異體字流傳：如鷚／雓、鷛／鷬、鷾／鷜、／髟、雞／駮、鵲／鵙等因異體字問題，導致收字上的差異。

（二）詞異實同：因詞彙的轉變，看起來好像是不同兩種鳥類，其實是相同的，如〈釋鳥〉「鵝鵝」即是《說文》鳥類中：「鵝」；〈釋鳥〉「鳦」即是《說文》鳥類中的「燕」。

（三）《說文》漏收：《說文》的鳥類收字雖多達一百多字，但必定有所遺漏，不可能盡收當時能見的所有木類字。

（四）罕見或不詳：如《爾雅》中的「鶪」、「鵻鵝」是傳說中的鳥類，郭璞注「未詳」，因《爾雅》的說解過爲簡陋，導致後代注家不知其詳，實際上是何種鳥類，已不可知。

因上述原因，故兩者在收字上有所不同。在收字比較之外，從釋義方面來看，將〈釋鳥〉與《說文》鳥類俱收字來比較的話，則可得到下表：

	《爾雅·釋鳥》	《說文》鳥類
釋義同	鶬鶬，雝渠。	雝，雝䳜也。
	鳥少美長醜爲鶹鵝。	鶹，鳥少美長醜，爲鶹離。
	鷗鳩，鶻鶥。	鷗，鷗鳩也。 鶻，鶻鶥也。 鳩，鶻鶥也。
	鷚，天鸙。	鷚，天鸙也。
	鸞，山鵲。	鸞，鶾鸞，山鵲，知來事鳥也。
	鴟鴞。鸋鳩。	鴞，鴟鴞，鸋鳩也。 鳩，鸋鳩也。
	舒鴈，鵝。	鴈，䳘也。
	舒鳧，鶩。	鶩，舒鳧也。
	桃蟲，鷦。其雌鴱。	鷦，鷦鷯，桃蟲也。
	鷂，鷂老。	鷂，欺老也。
	鳾鶬，剖葦。	鶬，刀鶬。剖葦，食其中蟲。
	鵅，烏鸎。	鵅，烏鸎也。
	鷑鳩，寇雉。	鷑，鷑鳩也。
	鷹，鶝。	鶝，鶄也。
	鴗，鴂鵙。	鴗，鴂鵙也。 鵙，鴂鵙也。 鴂，鴂鵙也。

釋義同	晨風，鸇。	鸇，鷐風也。
	鷹，鶆。	鶆，雁也。
	鴡鳩，王鴡。	鴡，王鴡也。
	鶬，麋鴰。	鶬，麋鴰也。
	鶴鷒，鴟鵋。	雗，雗雉，冨蹂。
	鶌鳩。	鶌，鶌鳩也。鳩，鶌鳩也。
	鴟，天狗。	鴟，天狗也。
釋義不同	隹其，鳺鴀。	隹，鳥之短尾總名也。
	鸋，負雀。	雀，依人小鳥也。
	巂周。	巂，周燕也。
	翰，天雞。	鵯，鵯鶋也。
	生哺，鷇。	鷇，鳥子待哺者。
	生噣，雛。	雛，雞子也。
	萑，老鵵。	萑，鴟屬。
	燕，白脰烏。	燕，玄鳥也。籋口，布翄，枝尾。
	鸀，須鸁。	鵙，鴝鵙也。
	鷄雉。	鷄，鷙鳥也。
	鶾雉。	鶾，雉肥鶾音者也。
	鷸雉。	鷸，走鳴，長尾雉也。
	鷩雉。	鷩，赤雉也。
	鶬，麋鴰。	鴰，麋鴰也。
	鴉，烏鷈。	烏，孝烏也。䮠，烏䮠也。
	鸇，鳳。其雌皇。	鸇，鳥也。其雌皇。 鳳，神鳥也。

　　釋義皆同者有 22 條，雖《說文》鳥類並無明說引自〈釋鳥〉，但受〈釋鳥〉釋義影響從此可見一斑。釋義不同者有 17 條，可能原因有：

　　解釋雷同，只是所用文字不同：如〈釋鳥〉：「鶬，麋鴰。」《說文》鳥類：「鴰，麋鴰也。」兩者都是鶬鴰。

　　〈釋鳥〉解釋過於簡陋，《說文》鳥類釋義較完整者：如〈釋鳥〉：「鶾雉。」《說文》鳥類：「鶾，雉肥鶾音者也。」兩者都是鶾雉。

　　解釋的方向焦點不同：如〈釋鳥〉：「燕，白脰烏。」《說文》鳥類：「燕，玄鳥也。籋口，布翄，枝尾。」前者以名詞相釋，說明燕的別名為白脰烏；後者則是從形貌描述。

　　由上述原因，故〈釋鳥〉、《說文》鳥類有釋義不同的現象，但實際上均是同一種的鳥類。

第四節　獸　類

一、《爾雅・釋獸》內容

（一）材　料〔註16〕

〈釋獸〉是《爾雅》第十八篇，共 46 條。以訓釋野獸爲主，故以較多篇幅描述各種野獸的形狀，但由於界定不嚴，訓釋中也把一些家畜摻雜了在內，如豕類。

（二）體　例

〈釋獸〉詮釋方法有以下幾種：

1、以名詞釋名詞：如「豕子，豬。」、「犙，脩毫。」、「貘子，狙。」

2、以大小、顏色、形象等描述：

甲、大小：如「羳，大羊。」、「麠，大麃，牛尾，一角。」

乙、顏色：如「貘，白豹。」、「甝，白虎。」、「虪，黑虎。」

丙、形象：如「猶，如麂，善登木。」、「豸，狗足。」

雖有上述幾種詮釋方法，但是以描述動物外貌爲主，從動物的大小、顏色、形象等來區分與辨識動物，以名詞釋名詞者佔少數，正巧呼應王國維：「草木蟲魚多異名，故釋以名，獸與畜罕異名，故釋以形。」。〔註17〕詮釋方法之外，〈釋獸〉篇的提供的訓詁方法有：

1、直訓：單詞相訓：如「獮，貜。」

2、義界：

甲、直下定義：如「貍子，豰。」、「貘子，狙。」

乙、連類爲訓：如「貍、狐、貒、貉醜，其足，蹯；其跡，内。」、「猱、蝯，善援」

丙、描寫形象：如「鼳，鼠身長須而賊，秦人謂之小驢。」、「契貐，類貙，虎爪，食人，迅走。」

丁、比況爲訓：如「兕，似牛。」、「狒狒，如人，被髮，迅走，食人。」

與詮釋方法一樣，以描寫形象佔大多數。較特別之處在於義界的「連類爲

〔註16〕詳細材料表請參見第貳章第一節。

〔註17〕王國維：《觀堂集林》，河北：河北教育出版社，2000 年。

訓」中的「貍、狐、貒、貈醜，其足，蹯；其跡，内。」，其中的「醜」字表區分、屬的觀念，表示當時對於動物界有了分類的概念。

二、《說文》獸類內容

（一）材　料〔註 18〕

《說文》獸類包含的部首有虍、虎、豸、舃、象、廌、鹿、㲋、兔、熊、能、嘼、鼠、犬等部，共 108 條。爲與《爾雅》對照，將《說文》動物類依據野生、豢養分爲獸類、畜類兩部分，在分類上，均屬脊索動物的哺乳動物。

（二）體　例

《說文》獸類在〈釋獸〉的基礎上，在訓詁方面更進一步：

甲、形訓：如「㲋，獸也。似兔，青色而大。象形。頭與兔同，足與鹿同。」、「虎，山獸之君，从虍，虎足像人足，象形。」

乙、義訓：

（1）直訓

a、單詞相訓：如：「麇，麞也。」、「鼸，鼠也。」

b、多詞同訓：如：「貒，獸也。」、「㲋，獸也。」、「鹿，獸也。」

c、一詞數訓：如：「虩，易履虎尾，虩虩恐懼，一曰蠅虎也。」、「鼢，地行鼠，伯勞所作也。一曰偃鼠。」

（2）義界

a、直下定義：如「鼩，鼩令鼠。」、「鼨，豹文鼠也。」

b、增字爲訓：如「玃，母玃也。」、「狻，狻麑，如虦貓，食虎豹者。」

c、描寫形象：如「虞，騶虞也。白虎黑文，尾長於身。」、「豹，似虎，圜文。」

d、比況爲訓：如「駮，獸，如馬。倨牙，食虎豹。」、「狼，似犬，銳頭，白頰，高前，廣後。」

e、補充說明：如「貘，豹屬，出貉國。」、「鼫，五技鼠也。能飛，不能過屋；能緣，不能窮木；能游，不能渡谷；能穴，不能掩身；能走，不能先人。」

2、剖析字形：如：「獸，守備者。从嘼从嘼，从犬。」、「猵，獺屬也。从

〔註 18〕詳細材料表請參見第貳章第二節。

豸，單聲。」

3、標注讀音：如「魝，白虎也。从虎，昔省聲，讀若鼏。」、「鼬，竹鼠也。如犬。从鼠，留省聲。」

4、引證：如「貀，獸，無前足。从豸，出聲。《漢律》：『能捕豺貀，購百錢。』」、「貈，似狐，善睡獸。从豸，舟聲。《論語》曰：『狐貈之厚以居。』」

《說文》獸類的訓詁類型如上，除聲訓、直訓的「數詞遞訓」、「兩詞互訓」與義界的「兩字各訓」、「集比爲訓」、「連類並訓」外，其他各種方式均包含在內。

三、《爾雅‧釋獸》與《說文》獸類材料比較

〈釋獸〉與《說文》獸類收字比較：

〈釋獸〉有，獸類無。	獸類無	麔麚麋麈豜玁貜貗玃貓魝貙獌縠麝獥驪獂麂貄兒狒猱贙麖猩麇豣虦豬	30 字	共 31 字
	見於畜類	騏	1 字	
獸類有，〈釋獸〉無。	檛麔觟貉解虍虞彪彨虢虒毛毳豸貜豻貂貉玃犰象豫鹿麟麒麋麚麈能禽离萬禹冓獸鼠貚獺駮玃猶狙猴狼蚼獌狐猵狡蠻蝚蠷蝯犰蝠蝙鼹貚貒豬豭貚貙猵羆貙彀鼯豾麖麇麞麈麖麚麔貙兔熊羆豹貙貚貔豺貐貘玃貀貈狙狸貓玃狐猵麗	94 字
俱收者	虎貙貗貚貒貙貙貙貙鹿麞麝麋麚麈麋麚麔麖麑兔熊羆豹貙貚貔豻貐貘玃貀貈狙狸貓玃狐猵麗	43 字

從上表來看，〈釋獸〉有而《說文》獸類無有 30 字，其中「騏」見於《說文》畜類；《說文》獸類有而〈釋獸〉無收的有 94 字；俱收者有 43 字。從收字來看，仍是後出的《說文》獸類收字爲多。

在收字差異問題上來看，《說文》獸類有而〈釋獸〉未收者，原因除了異體字問題外，再者就是《爾雅》本是釋經之作，故所收錄的文字在著作時便有所限制，大多不出所釋經典範圍。另一方面，〈釋獸〉有收而《說文》獸類未收者，可能原因有：

（一）異體字流傳：如麔／麇、兒／兒等，因異體字問題，導致收字上的差異。

（二）《說文》漏收：《說文》獸類收字雖多達一百多字，但必定有所遺漏，不可能盡收當時能見的所有獸類字。

除了上面兩個原因外，〈釋獸〉中收錄不少獸類公母之別的詞彙，如：「麔，牡，麔；牝，麔。」還有因形貌不同而有特定的詞彙等，如「四蹢皆白，駿。」

等，這些都是從獸類動物的特徵來命名，可見古人還不擅於使用概念性的詞彙通稱這些動物，反而根據其毛色部位不同、年歲大小等，都給予一個詞彙。反觀《說文》獸類，在訓釋上以本義爲主，較少關於因同種但毛色不同而有不同稱呼的紀錄，故與〈釋獸〉在收字上有所差異。

另一方面，若從兩者的釋義逐一來看，也可觀察《說文》獸類、〈釋獸〉的關係：

	《爾雅·釋獸》	《說文》獸類
釋義同	虪，黑虎。	虪，黑虎也。
	貙獌，似狸。	貙，貙獌，似狸者。
	豿，無前足。	豿，獸，無前足。
	猰貐，類貙，虎爪，食人，迅走。	貐，猰貐，似貙，虎爪，食人，迅走。
	羆，如熊，黃白文。	羆，如熊，黃白文。
	麐，大麃，牛尾，一角。	麐，大鹿也。牛尾，一角。
	兔子，嬎。	嬎，兔子也。
	狻麑，如虦貓，食虎豹。	狻，狻麑，如虦貓，食虎豹者。
釋義不同	麋：牡，麔。	麇，鹿屬。 麔，麋者。
	牝，麎。	麎，牝麋也。
	鹿：牡，麚；牝，麀；其子，麛；絕有力，麉。	麚，牡鹿。 麀，牡鹿也。 麛，鹿子也。 麋，鹿之絕有力者。
	麟，麇身，牛尾，一角。	麐，牡麒也。
	羷，大羊。	羷，大羊而細角。
	狼：牡，獾。	獾，野豕也。
	豺，狗足。	豺，狼屬，狗聲。
	貒子，貗。	貒，獸也。
	貘，白狐。其子，豰。	貘，豹屬，出貉國。
	玃父，善顧。	玃，獒玃也。
	貍子，隸。	貍，伏獸，似貙。
	貘，白豹。	豹，似虎，圜文。
	貁子，貆。	貊，似狐，善睡獸。 貆，貉之類。
	熊虎醜，其子，狗。	熊，獸。
	絕有力，麙。	麙，山羊而大者，細角。
	虎竊毛謂之虦貓。	虎，山獸之君。
	兔子，嬎。	兔，獸名。
	鼢鼠。	鼢，地行鼠，伯勞所作也。

	鼶鼠。	鼶，鼠也。
	鼫鼠。	鼫，五技鼠也。
	鼨鼠。	鼨，豹文鼠也。
	鼷鼠。	鼷，小鼠也。
釋義不同	鼩鼠。	鼩，精鼩鼠也。
	鼬鼠。	鼬，鼢也。
	鼬鼠。	鼬，如鼠，赤黄而大，食鼠者
	猶，如麂，善登木。	猶，玃屬。
	貍、狐、貒，貈醜。	狐，祅獸也。
	狼：牡，獾；牝，狼；其子，獥；絕有力，迅。	狼，似犬，銳頭，白頰，高前，廣後。

　　《説文》獸類釋義與〈釋獸〉全同者有 8 條，不同者有 33 條。釋義不同的原因主要有兩點：其一，〈釋獸〉的釋義過於簡陋，如鼠類都只有列上鼠名，並無加以解釋。其二，〈釋獸〉釋義多是從動物的外貌的描述，與《説文》以本義訓釋的方向並不相同，故兩者的釋義不同的佔大多數。

第五節　畜　類

一、《爾雅・釋畜》內容

（一）材　料〔註19〕

　　〈釋畜〉是《爾雅》的第 19 篇，共 35 條。此篇是對家畜的訓釋，訓釋內容是馬屬、牛屬、羊屬、狗屬、雞屬和六畜的總名，皆是畜類範圍。豕類應該是家畜中的重要組成部分，但因已收錄在〈釋獸〉篇，故未見於〈釋畜〉篇。〈釋畜〉跟〈釋獸〉一樣，特別之處在於篇章內容有大致的分類：馬屬、牛屬、羊屬、狗屬、雞屬等幾類，不像〈釋蟲〉、〈釋魚〉、〈釋鳥〉等篇只是將材料無分類地排在一起。〈釋畜〉內的材料均屬現今脊索動物哺乳綱。

（二）體　例

　　〈釋畜〉訓釋內容有馬屬、牛屬、羊屬、狗屬、雞屬、六畜總名等六小類，對於這些材料的詮釋方式有：

　　1、以名詞釋名詞：如「長喙，獫。」、「蜀子，雛。」

　　2、以大小、顏色、形象等描述：

〔註19〕詳細材料表請參見第貳章第一節。

甲、大小：如「雞，大者蜀。」

乙、顏色：如「黃白，騜。」、「驪白，駁。」、「白馬黑鬣，駱。」

丙、形象：如「尾本白，騴。」、「面顙皆白，惟駹。」

與〈釋獸〉篇一樣，〈釋畜〉也是以「大小、顏色、形象等描述」為主要的詮釋方式，如在馬屬部分：集中訓釋因腿、蹄白色不同而稱謂不同的馬：「膝上皆白，惟馵。四骹皆白，驓。四蹢皆白，首。前足皆白，騱。後足皆白，翑。前右足白，啟。左白，踦。後右足白，驤。左白，馵。」；集中訓釋因黑色部位不同而名稱不同的牛：「黑脣，犉。黑眥，牰。黑耳，犚。黑腹，牧。黑腳，犈。」等。「以名詞釋名詞」則為少數，這也反應在其訓詁上，〈釋畜〉篇的訓詁方法只有義界這部分，沒有一般常見的直訓，如下所示：

1、直下定義：如「長喙，獫。」、「蜀子，雒。」

2、兩字各訓：如「牡曰騭，牝曰騇。」、「角不齊，觤。角三觠，羷。」

3、集比為訓：如「馬八足為駥。牛七尺為犉。羊六尺為羬。彘五尺為豜。狗四尺為獒。雞三尺為鶤。」、「驪馬白腹，驈。驪馬白跨，驠。白州，驠。尾本白，騴。尾白，騴。馰顙，白顛。白達素，縣。面顙皆白，惟駹。」

4、描寫形象：如「驪馬白腹，驈。」、「騉駼，枝蹄趼，善陞甗。」

5、比況為訓：如「駁如馬，倨牙，食虎豹。」

僅有義界中的直下定義、兩字各訓、集比為訓、描寫形象、比況為訓等五種，其中又以描寫形象、集比為訓為多數。

二、《說文》畜類內容

（一）材　料 [註20]

《說文》畜類包含的部首有牛、犛、羊、希、彑、豚、馬、犬等部，共140條。在分類上，均屬脊索動物的哺乳動物。為與《爾雅》對照，作了兩項調整：

1：將《說文》動物類除了蟲類、魚類、鳥類、其他類之外，依據野生、豢養分為獸類、畜類兩部分。

2：將《說文》畜類對應〈釋畜〉區分為馬屬、牛屬、羊屬、狗屬、豕屬。

其中，《說文》的豕屬置於畜類，雞屬置於鳥類，這是與《爾雅》不同之處。

〔註20〕詳細材料表請參見第貳章第一節。

（二）體 例

在體例方面，《說文》畜類提供的訓詁方法如下：

1、詮釋字義：

甲、形訓：如「牛，大牲也。牛，件也；件，事理也。像角頭三封尾之形。」、「希，脩豪獸。一曰河內名豕也。从彑，下象毛族。」

乙、義訓：

（1）直訓

a、單詞相訓：如：「烎，豕也。」、「彖，豕也。」

b、多詞同訓：如：「驈，馬名。」、「騧，馬名。」、「驨，馬名。」；「猛，健犬也。」、「犺，健犬也。」

c、一詞數訓：如：「希，脩豪獸。一曰河內名豕也。」、「駒，馬白額也。从馬，的省聲。一曰駿也。」

（2）義界

a、直下定義：如「騀，駿馬。」、「猈，短脛狗。」

b、增字爲訓：如「獢，猲獢也。」、「狄，赤狄，本犬種。」

c、兩字各訓：如「羭，夏羊牝曰羭。」、「羖，夏羊牡曰羖。」

d、描寫形象：如「牻，白黑雜毛牛。」、「㹍，黃牛黑脣也。」

e、比況爲訓：如「牫，牛駁如星。」、「犀，南徼外牛一角在鼻，一角在頂，似豕。」

f、補充說明：如「𧱤，豕，如筆管者，出南郡。」、「豝，牝豕也。从豕，巴聲。一曰一歲能相把孥也。」

2、剖析字形：如：「氂，犛牛也。从犛省，从毛。」、「彘，豕也，後蹏發謂之彘。从彑，矢聲，从二匕。」

3、標注讀音：如「犐，黃牛虎文。从牛，余聲，讀若塗。」、「犉，牛羊無子也。从牛，鬲聲。讀若糗糧之糗。」

4、引證：如「牝，畜母也。从牛，匕聲。《易》曰：『畜牝牛吉。』」、「㹁，牻牛也。从牛，京聲。《春秋傳》曰：『牻㹁。』」

包含的訓詁方法大致上與其他動物各篇一樣，《說文》各篇保留的訓詁材料皆相當豐富、齊全，其於訓詁學上的地位與價值由此可見。

三、《爾雅·釋畜》與《說文》畜類材料比較

〈釋畜〉、《說文》畜類收字比較如下：

〈釋畜〉有	畜類無	騍騦騹驤騥騝騄騘騕騄騂駱騷騬騠騱騔鬌駌驒騲 犛攟犦擭犝愢軸犖牧捲牺豭狨搣獫猠	35 字	共 36 字
	見於鳥類	鶨	1 字	
畜類有	〈釋畜〉無	犅特牲牿牻犦牶牷犝犛羔牟羝猄羥猭犴猣猲 狙獂互豚騏騩驪驄驃騶驔驦駿驍驕驫駼駁騈 駉駙驛駃騪驘疉犬猩狡猈猴獒猛犺獜撓狂狄 玃狒猽猄狳狩狴攦摧犝犝挑摯犂希罞罘罤象 夋穅馬馯騾驕騂馬八騆驕驛馬騛犸偢豕猸狂狻狐猁	93 字	共 101 字
畜類有	見於〈釋獸〉	豭豬穀犯貘犀驢貚	8 字	共 101 字
俱收者		犙牛牡犉牝犢犴羒羘羖犤馬騺駒驪騂騢騅駱駧馹駂駒駮驪騦驂 駮驔騱駒駼狗狵猧獢猣獒騳		共 40 字

　　從上表來看，〈釋畜〉有收而《說文》畜類未收者有 35 字，其中見於《說文》鳥類者有 1 字；《說文》畜類有收而〈釋畜〉未收者有 93 字，其中見於〈釋獸〉者有 8 字；俱收者有 40 字。可見〈釋畜〉成篇之後才創的新字爲數之多。

　　在收字差異問題上來看，《說文》畜類有而〈釋畜〉未收者，因《爾雅》本是釋經之作，故所收錄的文字在著作時便有所限制，大多不出所釋經典範圍。另一方面，〈釋畜〉有收而《說文》畜類未收者，可能原因有除了《說文》漏收外，還有一個可能，因〈釋畜〉中收錄不少畜類因形貌不同而有特定的詞彙等，如「騍馬白腹，驠。驪馬白跨，驈。白州，驃。尾本白，騝。尾白，騄。駒額，白顛。白達素，縣。面顙皆白，惟駹。」等，這些都是從畜類動物的特徵來命名，可見古人還不擅於使用概念性的詞彙通稱這些動物，反而根據其毛色部位不同、年歲大小等，都給予一個詞彙。而《說文》畜類，也有不少因同種但毛色不同而有不同稱呼的紀錄，在命名上或許有所出入，故與〈釋畜〉在收字上有所差異。

　　此外，若從同字的釋義來看，也可得到一些資訊：

	《爾雅·釋畜》	《說文》畜類
釋義同	駮如馬，倨牙，食虎豹。	駮，獸，如馬。倨牙，食虎豹。
	羳羊，黃腹。	羳，黃腹羊。
	黃白雜毛，駓。	駓，馬黃白毛也。
	白馬黑鬛，駱。	駱，馬白色黑鬛尾巴也。
	陰白雜毛，駰。	駰，馬陰白雜毛。
	面顙皆白，惟駹。	駹，馬面顙皆白也。
	青驪，騩。	騩，青驪馬。
	短喙，猲獢。	猲，短喙犬也。
		獢，猲獢也。
	長喙，獫。	獫，長喙犬。

	其子，犢。	犢，牛子也。
	未成羊，羜。	羜，五月生羔也。
	夏羊：牡，羭；牝，羖。	羭，夏羊牝曰羭。 羖，夏羊牡曰羖。
	羊：牡，羒；牝，牂。	羒，牂羊也。 牂，牝羊也。
	小領，盜驪。	驪，馬深黑色。
	玄駒，褭驂。	駒，馬二歲曰駒，三歲曰駣。 驂，駕三馬也。
	前足皆白，騱。	騱，驒騱馬也。
釋 義 不 同	駏騱馬。	駏，駏騱，北野之良馬。 騱，駏騱也。
	青驪驎，駰。	駰，驒騱，野馬也。
	彤白雜毛，騢。	騢，馬赤白雜毛。
	蒼白雜毛，騅。	騅，馬蒼黑雜毛。
	駒頯，白顛。	駒，馬白額也。
	驈白，駁。	駁，馬色不純。
	牡曰騭，牝曰騇。	騭，牡馬也。 牝，畜母也。 牡，畜父也。
	騋牝驪牡。	騋，馬七尺爲騋，八尺爲龍。
	白州，驠。	驠，馬白州也。
	尨，狗也。	尨，犬之多毛者。 狗，孔子曰：「狗，叩也。叩氣吠以守。」

　　從釋義的兩個表格看來，《說文》畜類與〈釋畜〉釋義皆同者有 10 條，不同者有 24 條。雖不同者佔多數，但若逐一地觀察，在釋義不同的表格中，《說文》畜類與〈釋畜〉的解釋有的只是所用詞語不同，基本上的定義相同，但因〈釋畜〉的紀錄多是從動物外貌著手，故與以解釋文字本義的《說文》，在釋義方面全同者較少。

第六節　《爾雅》與《說文》動物類體例之比較

一、編排方面

　　《爾雅》在形式上雖可說是一部按照類別分類的辭典，但實際上只是五經訓釋的彙編，它是以訓詁文字，並不是專門闡述文字的著作，故在編排上並沒有詳密的規則依據，在詮釋字義上，也沒有統一的方法，僅是將當時人對各類的定義的材料彙整在一起，並無進一步分類整理，雖然各條之內有同類聚在一起記錄的情況，如：〈釋蟲〉：「蟓，桑繭。雔由，樗繭。棘繭，欒繭。蚢，蕭繭。」

是將龜類併為同條；如〈釋魚〉：「龜，俯者靈，仰者謝，前弇諸果，後弇諸獵，左倪不類，右倪不若。」；又如〈釋鳥〉中的「鶌雉。鷷雉。鳪雉。鷩雉。秩秩，海雉。鸐，山雉。」是將雉類併為同條，但這是在同條內同屬的情況，在前後條目之間的排列並無清楚的規則可循，篇章因而顯得較為混亂，〈釋蟲〉、〈釋魚〉、〈釋鳥〉三篇皆是如此。這情形〈釋獸〉、〈釋畜〉則有了改善，這兩篇皆有區分小類的情形：〈釋獸〉分為寓屬、鼠屬、齸屬、須屬四個部分；〈釋畜〉則是區分馬屬、牛屬、羊屬、狗屬、雞屬和六畜的總名等類。

　　《說文》以部首為區分，在各部之內依據「字義相近的字排列在一起」的原則編排，在閱讀上有很大的助益，如〈虫部〉：

　　蟷，蟷蠰，不過也。从虫，當聲。

　　蠰，蟷蠰也。从虫，襄聲。

　　蜋，堂蜋也。从虫，良聲。

　　蛸，蟲蛸，堂娘子。从虫，肖聲。

　　蜩，蟬也。从虫，周聲。《詩》曰：「五月鳴蜩。」

　　蟬，以旁鳴者。从虫，單聲。

　　蜺，寒蜩也。从虫，兒聲。

　　螇，螇鹿，蛁蟟也。从虫，奚聲。

　　蚗，虴蚗，蛁蟟也。从虫，夬聲。

　　蜊，蜻蜊也。从虫。列聲。

　　蜻，蜻蜊也。从虫，青聲。

　　蛉，蜻蛉也。从虫，令聲。

上列三組依序是螳螂、蟬、蜻蜓，同一類排列在一起，清楚明瞭，雖也有例外的例子，但基本上是照著字義相近排列原則，這樣的情形在《說文》各類動物篇章中也是常見的。

　　雖《爾雅》為現存第一部詞書，雖大致按類編排，但在材料的排列上並無規則可循，條目之間也沒有緊密的關連，可看出《爾雅》是釋經匯釋之作；反觀《說文》則是按著「分別部居」、「以義相引」編排，在閱讀、查閱上均清楚、方便，而按部首編排的創舉也對後世的字書、詞書有深遠的影響，因而更顯出

第一部字書的價值。

二、訓詁方面

　　《爾雅》以義訓為主，因此，動物各篇的訓詁方法不出直訓、義界的範圍。在訓釋方面正如同王國維在《爾雅蟲魚鳥獸釋例》說的：「物名有雅俗，有古今。《爾雅》一書，為通雅俗古今之名而作也其通之也謂之釋，釋雅以俗，釋古以今。聞古名而不知者，知其俗名，斯知雅矣；聞雅名而不知者，知其今名，斯知古矣。若雅俗古今同名，或此有而彼無者，名不足以相釋，則以其形釋之。草木蟲魚多異名，故釋以名，獸與畜罕異名，故釋以形。」〈釋蟲〉、〈釋魚〉、〈釋鳥〉三篇多以「名詞釋名詞」為主，〈釋獸〉、〈釋畜〉則是以形貌描述為主。

　　胡樸安在《中國訓詁學史・自序》中說：「《爾雅》一書，是訓詁最早之書。類於《爾雅》之著作，其書頗多。」雖《爾雅》所提供的訓詁方式僅限於義訓內，但其於開創訓詁的地位則不容動搖。此外，其對後世訓詁資料的編纂，如《爾雅》著作甚多，如《小爾雅》、《廣雅》、《埤雅》、《說雅》……等等，都有相當深遠的影響。

　　《說文》在釋義基本上照著「列出篆文→說解字義→說解字形→說解字音→補充說明」進行，補充說明的部份是說明重文異體、又說、稱引經書古籍、以為等，並非每一個字都有補充說明。在這樣編排之下，《說文》不僅在《爾雅》的義訓傳統上更加發揮，更多了聲訓、形訓等訓詁方式，其對訓詁上貢獻由此可見，當然，也可從這裡也可看出漢代訓詁學之發達。

　　訓詁術語方面，《爾雅》〈釋蟲〉以下五篇動物類篇章僅有一種，即「曰、為、謂之」，舉例如下：

　　1、曰：「南方曰鷂，東方曰鶬，北方曰鶔，西方曰鷂。」、「江淮而南，青質、五采皆備成章曰鷂。」

　　2、為：「鳥少美長醜為鶹鷅。」、「馬八足為駓。牛七尺為犉。羊六尺為羬。彘五尺為豝。狗四尺為獒。雞三尺為鶤。」

　　3、謂之：「有足謂之蟲，無足謂之豸。」、「二足而羽謂之禽，四足而毛謂之獸。」

　　《說文》動物類除了《爾雅》僅有的「曰、為、謂之」之外，還有「某，

某也」、「一曰」、「讀若」、「屬」等，舉例如下：

1、「曰、爲、謂之」：

甲、曰：「雉，有十四種：盧諸雉，喬雉，鳪雉，鷩雉，秩秩海雉，翟山雉，翰雉，卓雉，依洛而南曰翬，江淮而南曰摇，南方曰䨿，東方曰甾，北方曰稀，西方曰蹲。」、「羭，夏羊牝曰羭。」

乙、爲：「騋，馬七尺爲騋，八尺爲龍。」、「驕，馬高六尺爲驕。」

丙、謂之：「蜹，秦晉謂之蜹，楚謂之蚊。」、「蟲，有足謂之蟲，無足謂之豸。」

2、一曰：「蟟，鼁蟟也。一曰蜉游。」、「鮦，魚名。从魚，同聲。一曰鱶也。」

3、讀若：「鶤，鶤雞也。从鳥，軍聲。讀若運。」、「羍，小羊也。从羊，大聲。讀若達。」

4、屬：「蚜，蚜蚗，蟬屬。」、「鷩，鳧屬。」

5、某，某也：「鶯，鳥也。」、「驤，駿驤也。」

因「某，某也」是每一字例的釋義方式，故數量最多，其次是一曰、讀若，再其次是曰、爲、謂之與屬。

《爾雅》五篇動物類中，僅有一種訓詁術語，且數量也相當少，僅有 12 條，此應與《爾雅》釋義的方式關：〈釋蟲〉、〈釋魚〉、〈釋鳥〉多以名詞相釋，而〈釋獸〉、〈釋畜〉則多從動物的形象來描述，故在訓詁術語方面，無特出的表現。《說文》則有「曰、爲、謂之」、「某，某也」、「一曰」、「讀若」、「屬」等五種訓詁術語，比《爾雅》豐富。

第七節　價値之比較

一、語言文字方面

（一）文　字

《爾雅》在形式上可以說是一部按照字義分類的字典，但實際上是五經訓釋的彙編，它是以訓詁文字，並不是專門闡述文字的著作，但其保存的字形與《說文》對照，如：蠦蜰／盧蜰、螗蜋／堂蜋、蟷蠰／簹蠰等等，則可作爲異體字流傳研究之參考。

《說文》在字形、字音、字義方面的說解，是研究漢語和漢字發展史的重

要資料，在說解中有許多寶貴的資料，是今天的文字學、訓詁學應該予以繼承和發展的。《說文》收錄了九千多個小篆，還收了一部份古文和籀文異體，完整而系統地保存了古文字可貴的資料，是藉以辨識更古文字——甲骨、金文不可少的材料，所以唐蘭：「古文字和近代文字的差異，有時候很多，《說文解字》一書，就是這兩者中間的鏈鎖。」〔註21〕另外，《說文‧敘》是篇古代文字學重要的論著，其中不僅對六書理論的闡述，更論及漢字的產生和發展，奠定了我國傳統文字學的理論基礎。

（二）音 韻

動物各篇雖以義訓爲主要的訓詁方式，但從釋義的內容來看，如雙聲、疊韻等也是研究古音韻的材料，如：〈釋蟲〉中的「蒺藜，蝍蛆。」、「蜎蟜，蚰蜒。」、「王，蛈蝪。」；〈釋魚〉的「蚹蠃，螔蝓。」（【圖48】）、「鼃黽，詹諸。」等；〈釋鳥〉中的「鳲鳩，鴶鵴。」（【圖49】）：、「鴽，鴾母。」等是雙聲關係。又如：〈釋蟲〉中的「蠭，螱蠭。」、「果蠃，蒲盧。」、「不過，蟷蠰。」；〈釋鳥〉中的「倉庚，商庚」等是疊韻關係。〔註22〕這些也都是研究音韻的材料。

《說文》動物類中除了聲訓之外，還有大量的形聲、讀若等語音材料，形聲字的聲符是造字時的字音，而讀若則是漢代的音讀，這些均是研究古代語音的重要參考資料，更可彌補先秦韻文之不足。《說文》的音韻材料分別列舉如下：

1、聲訓：如「蛾（疑母，歌部），羅（來母，歌部）也。〔註23〕」、「鱄（禪母，陽部），揚也（余母，陽部）。〔註24〕」。

2、形聲：如「蛁，蟲也。從虫，召聲。」、「虹，螮蝀也。狀似蟲。從虫，工聲。」

3、讀若：如「鮦，魚名。從魚，同聲。一曰鱯也。讀若紬。」、「鰍，魚名。從魚，幼聲。讀若幽。」

上述三類在《說文》動物類中以形聲資料最多，讀若次之，聲訓再次之。

〔註21〕轉引自曹先擢，〈《說文解字》的性質〉，《北京大學百年國學文粹‧語言文獻卷》，北京：北京大學中國傳統文化研究中心編，1998年4月第一版。

〔註22〕詳參王國維：《觀堂集林‧卷一》，河北：河北教育出版社，2000年。

〔註23〕上古聲母、韻部參考郭錫良：《漢字古音手冊》，北京：北京大學出版社，1986年。

〔註24〕上古聲母、韻部參考郭錫良：《漢字古音手冊》，北京：北京大學出版社，1986年。

（三）訓　詁

單就在訓詁方面，《説文》動物類的貢獻顯然高過於《爾雅》動物類。《説文》動物類中有形訓、聲訓、義訓，除義訓中的反訓之外，各種訓詁方法大抵都包含在內了。〔註25〕

（四）詞　彙

在詞彙方面，《爾雅》是集先秦兩漢詞彙之大全，總結當時通行的漢語詞彙，其所蒐集的除〈釋詁〉、〈釋言〉、〈釋訓〉等一般詞語外，其餘各篇可看作古人在各方面所使用的詞彙。在動物各篇中，多是從動物的外貌特徵（體態特徵、體表顏色等）、性別、幼子、生子數量、功能（絕有力）等，這些具體的範疇中去描述動物，可看出古人不善於將範疇抽象爲一般詞語來描寫動物的共同特徵，而是創造大量的詞語來描寫不同的個體，因此而產生許多詞彙。另外，以名詞訓釋名詞居大多數，間接也產生許多同義詞，對我們了解古代社會有許多幫助，如同施孝適在〈爾雅蟲魚名今釋〉一篇中說到：「我認爲《爾雅》中〈釋草〉以下七篇的價值，與其說在於訓詁，毋寧說在於詞彙。它記錄了各種動植物在古代的名稱，給後人提供了豐富的語言學和生物學方面的資料，使我們在語言、生物、考古學等學科的研究中有更多的文獻依據。」此外，《爾雅》建構漢語詞彙「分別部居，群聚類分」方法，爲後世字書、詞書建立了基礎與體例，影響甚鉅。

《説文》爲中國第一部字典，動物類的字彙多達六、七百字，其重要性固然不容忽視。若從動物各篇各條逐一來看，也可看出各地的使用詞彙不同，如蟲類：「螨，秦晉謂之螨，楚謂之蚊。」、鳥類；「乚，玄鳥也。齊魯謂之乙。」；又如鳥類：「雁，石鳥。一名雝躱，一名精列。从隹，幵聲。」同一物有多樣稱呼等。而《爾雅》與《説文》的單音詞、複音詞（連綿詞、重疊詞、音譯詞等）都是研究上古詞彙不可或缺的材料。

二、自然科學方面

將《爾雅》十九篇概括爲人事、自然、生物三大類，生物這一類則有〈釋草〉、〈釋木〉、〈釋蟲〉、〈釋魚〉、〈釋鳥〉、〈釋獸〉、〈釋畜〉七篇，這七篇對龐

〔註25〕動物各類訓詁例子請參考前述各節。

雜的生物界盡可能地作了分類，當然與現在先進的科學相比較，這些分類便顯得十分粗疏，也有不少錯誤，但對於當時的環境而言，《爾雅》能有此創舉已是難能可貴的事。粗略來看，《爾雅》也大致遵循著「類聚群分」的標準：例如將草、木分為〈釋草〉、〈釋木〉兩大類，將草類、木類大致區分開來；又如〈釋獸〉、〈釋畜〉兩篇，從這兩篇辨別野生動物與家畜的不同，又可從中辨識其特徵、習性、顏色等，更重要的是當時的人已經可以認識到家畜的經濟價值。《爾雅》一書雖然不是生物類專書，但看生物類這七篇的記載，也透露出《爾雅》也依照了生物可分的現象來區劃。〔註 26〕而且〈釋蟲〉以下五篇有豐富的動物詞彙，表明當時人已經知道許多動物，而且注意到動物間的聯繫，也對動物進行了大致粗淺的歸類，如〈釋蟲〉：「有足謂之蟲，無足謂之豸。」、〈釋鳥〉：「二足而羽謂之禽，四足而毛謂之獸。」對動物進行粗略的分類。而且已經注意到同一種類動物有不同的品種，具備了初步識別動物品種的能力。

從《爾雅》動物名稱的排列順序上，也可看出《爾雅》有分類的觀念，如：〈釋蟲〉：「蜩，蜋蜩。蜻蜩。蚻，蜻蜻。蠽，茅蜩。蝒，馬蜩。蜺，寒蜩。不蜩，王蚥。」（【圖 50】）中把蜩、蚻、蠽、蝒、蜺等名稱排列在一起，表示它們同屬一類的蟬；又如：「蝱蟊，蠜。草蟊，負蠜。蜤蟊，蚣蝑。蟿蟊，螇蚸。土蟊，蠰谿。」（【圖 51～55】）表示同屬一類的蝗蟲。此外，值得一提的是《爾雅》具有初步的種屬觀念，如〈釋蟲〉：「翥醜罉，蠭醜奮，強醜捋，蜩醜蛻，蠅醜扇。」；〈釋獸〉：「熊虎醜，其子，狗；絕有力，麙。」；〈釋畜〉中有「馬屬」、「牛屬」、「羊屬」、「狗屬」、「豕屬」、「雞屬」；〈釋獸〉中有「寓屬」、「鼠屬」、「齸屬」、「須屬」等。

除了分類之外，《爾雅》動物類多從外貌描述動物，可藉由這些記錄進一步瞭解動物的習性與生態：如〈釋蟲〉：「食苗心，螟。食葉，蟘。食節，賊。食根，蟊。」；〈釋魚〉：「鴃，蛙。螣，螣蛇。蟒，王蛇。蝮虺，博三寸，首大如擘。」（【圖 56～57】）；〈釋鳥〉；「鶌鳩，鶻鵃。如鵲，短尾，射之，銜矢射人。」；〈釋獸〉：「狻麑，如虦貓，食虎豹。」；〈釋畜〉：「角不齊，觤。角三觠，羷。」等，這些記錄對我們去辨識動物之間的差異也是有所幫助的。

《說文》雖無關於種屬的敘述，但在同部之下，歸字的先後次序主要是以義

〔註26〕詳參盧國屏：《爾雅語言文化學》，台北：台灣學生書局，1999 年。

相引，因此自然地就會產生「物以類聚」的各小類，而且《說文》對動物的描寫也比《爾雅》來的詳細，如蟲類：「蜮，短狐也。似鱉，三足，以气射害人。从虫，或聲。」；魚類：「紫，飲而不食，刀魚也。九江有之。从魚，此聲。」；鳥類：「雛，雄雉鳴也。雷始動，雉鳴而雊其頸。从隹，从句，句亦聲。」；獸類：「貉，鼠，出胡地，皮可作裘。从鼠，各聲。」；畜類：「駁，馬赤鬣縞身，目若黃金，名曰媯。吉皇之乘，周文王時，犬戎獻之。从馬，从文，文亦聲。《春秋傳》曰『駁馬百駟。畫馬也。西伯獻紂，以全其身。』」等。

雖與今日科學觀點來看《爾雅》、《說文》，兩者的分類與描述顯得粗劣，在解釋詞語上也有籠統、錯誤之處，但這樣的紀錄對我們認識當時的科學觀念、物種還是有不可抹滅的貢獻。

三、社會文化方面

動物類與人類的關係也是相當緊密，人類社會從上古的游獵到畜牧，動物從野生到被豢養，在各個階段人類與動物之間都無法清楚分割，舉凡飲食、衣物、狩獵、器物，甚至利用龜、獸的骨頭記錄文字等都相當仰賴動物，從以下幾各角度來看動物在人類社會文化所扮演的角色：

（一）增廣見聞

在〈釋蟲〉以下各篇，收錄了許多種類的動物詞彙，有些詞語至今不常使用，甚者也有早已亡佚的，除了透過《爾雅》、《說文》的記載，更可透過各家註釋本去瞭解所指為何，不僅可以幫助閱讀古書，也可增進對動物的認識，如：

〈釋蟲〉：蜓蚞，蝘蜓。虰蛵，負勞。（蜻蜓）（【圖58】）

熒火，即炤。（螢火蟲）

蛬蚓，蟹蠶。（蚯蚓）

〈釋魚〉：科斗，活東。（蝌蚪）（【圖59】）

〈釋鳥〉：鳲，鴶鵴。（布穀鳥）

除了上述名稱之外，也可藉由形貌的描繪進一步認識這些動物：

〈釋鳥〉：鴷，斲木。（啄木鳥）（【圖60】）

春鳸，鳻鶞。夏鳸，竊玄。秋鳸，竊藍。冬鳸，竊黃。桑鳸，竊脂，
棘鳸，竊丹。（辨別形貌）

〈釋獸〉：鼮，鼠身長須而賊，秦人謂之小驢。

狻麑，如虦貓，食虎豹。(【圖 61】)

從形貌來認識動物，也有助於辨識動物之間的差異。《說文》在釋義、析形之外，其補充說明的部分也是相當寶貴的紀錄：

蟲類：蜮，短狐也。似鼈，三足，以气射害人。从虫，或聲。

魚類：鰸，魚名。狀似蝦，無足，長寸，大如叉股出遼東。从魚，區聲。

鳥類：雖，雖專，畐踝。如鵲，短尾。射之，銜矢射人。从鳥，蒦聲。

獸類：鼫，五技鼠也。能飛，不能過屋；能緣，不能窮木；能游，不能渡谷；能穴，不能掩身；能走，不能先人。从鼠，石聲。

獸類：能，熊屬。足似鹿。从肉吕聲。能獸堅中，故稱賢能；而彊壯，稱能傑也。凡能之屬接从能。

從具體的形貌描述，可大致地瞭解該動物的特徵，也是認識動物最直接的方法。當然，更可從外貌的敘述來對應現今的動物，除可探討物種的絕跡外，還可從詞彙的轉變這一方面來研究。

（二）日常生活方面

在各方面，人類與動物皆無法分割，都仰賴動物所提供的資源。蟲、魚、鳥、獸、畜等各類皆是人類食物的範圍，自古至今皆然。鳥類、獸類的羽毛、皮毛可作衣服、地毯，或爲衣物、車馬的裝飾，如：《說文》獸類：「貉，鼠，出胡地，皮可作裘。从鼠，各聲。」、「貚，鼠。出丁零胡，皮可作裘。从鼠，軍聲。」獸、畜類的角、骨可以製成工具，如杯、弓、刀、鼓等，如：魚類：「鱓，魚名。皮可爲鼓。从魚，單聲。」、「鮫，海魚，皮可飾刀。从魚，交聲。」；畜類：「羍，羊名。蹄皮可割桼。从羊，此聲。」。此外也可透過動物的生活形態來觀察時令，如《說文》鳥類：

雊，雄雉鳴也。雷始動，雉鳴而雊其頸。从佳，从句，句亦聲。

離，黃，倉庚也。鳴則蠶生。从佳，离聲。

雇，九雇。農桑候鳥，扈民不婬者也。从佳，户聲。春雇，鳻盾；

> 夏扈，竊玄；秋扈，竊藍；冬扈，竊黃；棘扈，竊丹；行扈，唶唶；
>
> 宵扈，嘖嘖；桑扈，竊脂；老扈，鷃也。
>
> 鷸，知天將雨鳥也。从鳥，矞聲。

這是古人的生活智慧，也是古人長久觀察鳥類的生活形態所得的結論，從鳥類的表現結合生活，哪一種鳥類鳴叫代表雷響、蟄生、農事、將要下雨，對依賴農業維生的百姓有提醒的作用。除了對於農事上有助益的動物外，當然也有所謂的害蟲，如〈釋蟲〉：「食苗心，螟。食葉，蟘。食節，賊。食根，蟊。」，囓食人類辛勤種植的作物等。

（三）精神層面

圖騰崇拜是人類最早出現的文化現象，有著豐富的內涵，包含著自然崇拜、動植物崇拜、生殖崇拜等，是原始社會時期產生的一種近乎宗教的信仰。原始社會時期，每個氏族及部落以某個自然物作為本族的標誌，認為和圖騰有特殊的血族關系，並加以崇拜。〔註27〕在《說文》動物類中也可看出端倪：

> 龍，鱗蟲之長。能幽，能明，能細，能巨，能短，能長。春分而登
> 天，秋分而潛淵。
>
> 鳳，神鳥也。天老曰：鳳之象也，鴻前麐後，蛇頸魚尾，鸛顙鴛思，
> 龍文虎背，燕頷雞喙，五色備舉。出于東方君子之國，遨翔四海之
> 外，過崐崘，飲砥柱，濯羽弱水，莫宿風穴。見則天下安寧。从鳥，
> 凡聲。象形。鳳飛，群鳥從以萬數，故以為朋黨字。

對龍、鳳的釋義中都有神化。對龍的崇拜，龍的形成有著悠久而漫長的演變過程，龍是不存在於生物界的，而是匯集各種圖騰崇拜特徵的想像動物。它與我國原始社會氏族的出現密切相關。各個氏族和部落都崇拜不同的圖騰，隨著氏族聯盟的擴大，逐漸形成以龍為主要圖騰的族徽。黃帝戰敗炎帝及蚩尤後，各族融合為華夏族，神龍便成為華夏部落聯盟的共同圖騰，成為中華民族的象徵。〔註28〕又如蛇之圖騰崇拜，是中國遠古圖騰崇拜中起源最早、分布最廣的一種

〔註27〕 蔣棟元：〈動物、圖騰、崇拜〉，《大連民族學院學報》第 6 卷第 2 期，2004 年，頁
　　　　 6～10。

〔註28〕 張國清：〈龍圖騰崇拜與中華民族的融合〉，《滄州師范專科學校學報》第 21 卷第 1

動物崇拜，至今仍在長江中下游以南地區廣爲流行。〔註29〕此外，還有鳥、龜、魚等，都是古代圖騰崇拜的對象。

　　總結上面各節所述，無論在材料、體例、語言文字、科技、文化等各方面，《爾雅》與《說文》皆有相當緊密的關連。

期，2005 年，頁 58～60。

〔註29〕陳利華：〈簡説蛇的圖騰崇拜〉，《南平師專學報》第 22 卷第 3 期，2003 年，頁 36 ～38。

第六章　結　論

第一節　研究成果

一、材料與體例方面

（一）材　料

1、收字比較

在材料方面，以名物詞為討論對象，分成器用、植物、動物三類。《爾雅》名物詞材料有〈釋天〉的「旌旂」、〈釋宮〉、〈釋器〉、〈釋樂〉、〈釋草〉、〈釋木〉、〈釋蟲〉、〈釋魚〉、〈釋鳥〉、〈釋獸〉、〈釋畜〉等。而《說文》名物詞材料則散見於一百多個部首。〔註1〕各類收字比較表如下：

《爾雅》包含一般詞語（前三篇）與專業詞語（後十六篇），收錄的材料相當廣泛，是中國第一部詞典，也是一部小型的百科全書。《說文》是中國第一部字典，按部分類、以義相引的排列方式對其後的字書、詞書均有相當深遠的影響，但歷來多是著重在兩者個別的研究上，鮮少將兩者進行比較、對照，故本文以「名物」為比較重心，從材料、體例、價值（語言文字、科技與工業、社會文化）等三方面來對照兩者在器用、植物、動物等三類的關係。

〔註1〕《說文》器用、植物、動物三類詳細部首表請參見第貳章。

	器用類	植物類	動物類	總　計
《爾雅》	183	410	472	1065
《說文》	1307	627	714	2648

　　因《爾雅》以釋經爲目的，故材料便限制在經書可見的範圍內，《說文》則是「今敘篆文，合以古籀；博采通人，至於小大；信而有證，稽譔其說。將以理群類，解謬誤，曉學者，達神恉。分別部居，不相雜廁也。萬物咸睹，靡不兼載。厥誼不昭，爰明以喻。」〔註2〕爲己任，故兩者收字上便有相當大的差異，加上異體字、漏收的問題，使兩者的各有特收字。由表格可見《說文》在器用、植物、動物三類收字上均較《爾雅》豐富。

　　2、釋義比較

　　釋義方面，兩者俱收字在各類的釋義數量比較如下表：

	器用類	植物類	動物類	總　計
釋義同	12	101	79	192
釋義不同	116	78	102	296

　　《說文》鮮少有明引《爾雅》條文者，三類釋義同者共有192條，可見《說文》參考《爾雅》者不在少數。釋義不同的原因有：釋義的方向不同，例如《爾雅》或從外貌來描述，《說文》則是多以訓釋本義爲主；或兩者爲同名，但爲不同物；或意義相同，只是所用的字彙、詞語不同等原因。

（二）體　例

　　《爾雅》的器用類，若從原本所屬篇章來看，大致按小類排列；植物類則略顯混亂，條目之間並無緊密關聯；動物類中的〈釋蟲〉、〈釋魚〉、〈釋鳥〉三篇在前後條目之間的排列也無規則可循，篇章因而較爲混亂，但在〈釋獸〉、〈釋畜〉則有了改善，這兩篇皆有區分小類的情形：〈釋獸〉分爲寓屬、鼠屬、齸屬、須屬四個部分；〈釋畜〉則是區分馬屬、牛屬、羊屬、狗屬、雞屬和六畜的總名等類。大致來看，《爾雅》在編排上並無明顯的條例可循。

　　《說文》各類除了初步以部首爲區分外，在各部之內依據「字義相近的字排列在一起」的原則編排，在查詢、閱讀上有很大的助益。

　　兩者在訓詁上均有不可抹煞的貢獻，在訓詁方法上：《爾雅》以義訓爲主要

〔註2〕詳參《說文解字・序》。

的訓釋方式，為訓詁之鼻祖；《說文》則是在《爾雅》的義訓傳統上更加發揮，義訓之外，還有聲訓、形訓等訓釋方式，在名物材料內，除了反訓未見例子外，其他各種訓詁方法大致上都包含在內。而訓詁術語方面，《爾雅》不出「曰、為、謂之」、「某，某也」等兩種，《說文》則是又多了「一曰」、「讀若」、「屬」等術語，在釋義上比《爾雅》豐富許多。

二、語言與文字方面

《爾雅》它以經書為主軸，區別了一般通用詞語和專用詞語，對古漢語進行了匯集、分類、歸納，不但紀錄與保存了古代的語文成就，更為日後中國語言學的開展樹立了典型。《爾雅》一書的出現，更使語言科學研究邁向新的階段，原因有二：一，《爾雅》建構了漢語詞彙「分別部居，群聚類分」的系統。二，《爾雅》在這系統中發展出「以今釋古、以雅釋俗、以俗釋雅」的詞義訓釋法。這兩點為其後的字書、詞書發展建立基礎，更深深影響了古漢語的研究。

因《爾雅》以訓釋經典為著書目的，故在器用、植物、動物（〈釋蟲〉、〈釋魚〉、〈釋鳥〉）〔註3〕三類的訓釋上，以名詞相釋居多，無形中促使《爾雅》形成同義詞典，間接保存了大量的詞彙，藉由這些記錄讓我們在閱讀經典文獻時也有參考的依據。

《說文》是解說文字之書，雖是作者為駁斥今文學家謬見所作，但作者在蒐集字原、探查文字的結構與其本義上有相當驚人的成就，歷來在學界被認為是我國最早有系統的文字學著作，也是現存的第一本字典。《說文》以形聲字聲符及讀若釋音，也間接把古代的語言資料留存下來，為研究古代語言提供寶貴的文獻資料，而現今訓詁方法大致上皆可在釋義內容找到例證。在文字上，《說文》收字以篆文為主，附以古文、籀文。小篆形體雖變化較大，但仍有不少初文，而古文、籀文則保留了更多初文本字，可供研究者上溯文字本原。《說文》是文字之書，主要的目的在解說每個字的本義，本義既明，引伸義、假借義也就容易掌握了。在文物考古工作中，不僅研究甲骨卜辭、鐘鼎款識需要借助《說文》，認讀整理秦漢以來的簡冊帛書也需要《說文》的輔助，《說文·序》中為六書的闡釋更是經典之作，其對文字學上的貢獻由此可見。此外，《說文》中關於名物的字彙多達二千六百餘字，無論是生活中的器用，或是與人類息息相關

〔註3〕〈釋獸〉、〈釋畜〉多從外貌描述。

的植物、動物等，都有豐富的紀錄，是古代名物研究相當重要的參考書。

　　而在訓詁上，《爾雅》以義訓爲主，《說文》除了義訓之外，更有聲訓、形訓等訓詁方法，現今訓詁學中所提及的訓詁方法大致都包舉在內了。因此，《爾雅》與《說文》各有其重要的地位，前者扮演訓詁啓蒙者的角色，後者則是在前人研究爲基礎而有較全面的發展，均是訓詁學史上不容忽視的兩部經典。

三、工業與自然科學方面

（一）工　業

　　工藝製造對於一個社會向文明邁進，具有非常重要的實質與指標意義。在《爾雅》、《說文》中所詮釋的工藝技術與文化，包含了食衣住行各類均有，反映了工藝與民生密切結合的社會生活型態。

　　《爾雅》與《說文》在建築與木工業、紡織業、冶煉與鑄造業等方面都有精彩的描述，還有包含了各種日常用品的記載，這都是探究古人工業發展與當時社會狀況的珍貴紀錄。

（二）自然科學

　　將《爾雅》十九篇概括爲人事、自然、生物三大類，生物這一類則有〈釋草〉、〈釋木〉、〈釋蟲〉、〈釋魚〉、〈釋鳥〉、〈釋獸〉、〈釋畜〉七篇，這七篇對龐雜的生物界盡可能地作了分類，當然與現在先進的科學相比較，這些分類便顯得十分粗疏，也有不少錯誤，但對於當時的環境而言，《爾雅》能有此創舉已是難能可貴的事。粗略來看，《爾雅》也大致遵循著「類聚群分」的標準：例如將草、木分爲〈釋草〉、〈釋木〉兩大類，將草類、木類大致區分開來；又如〈釋獸〉、〈釋畜〉兩篇，從這兩篇辨別野生動物與家畜的不同，又可從中辨識其特徵、習性、顏色等，更重要的是當時的人已經可以認識到家畜的經濟價值。《爾雅》一書雖然不是生物類專書，但看生物類這七篇的記載，也透露出《爾雅》也依照了生物可分的現象來區劃。〔註4〕而且〈釋蟲〉以下五篇有豐富的動物詞彙，表明當時人已經知道許多動物，而且注意到動物間的聯繫，也對動物進行了大致粗淺的歸類，如〈釋蟲〉：「有足謂之蟲，無足謂之豸。」〈釋鳥〉：「二足而羽謂之禽，四足而毛謂之獸。」此外，也已經注意到同一種類動物有不同的

〔註4〕詳參盧國屏：《爾雅語言文化學》，台北：台灣學生書局，1999年。

品種，具備了初步識別動物品種的能力。

　　《說文》雖無關於種屬的敘述，但在同部之下，歸字的先後次序主要是以義相引，因此自然地就會產生「物以類聚」的各小類，而且《說文》對植物、動物的描寫也大多比《爾雅》來的詳細。

　　雖與今日科學觀點來看《爾雅》、《說文》，兩者的分類與描述顯得粗劣，在解釋詞語上也有籠統、錯誤之處，但這樣的紀錄對我們認識當時的自然科學觀念、物種還是有不可抹滅的貢獻。

四、社會文化方面

　　從器用類來看，《爾雅》〈釋宮〉收錄了古代建築，〈釋器〉紀錄古代的各類器具，〈釋樂〉則是對古代樂器進行訓釋，這些對於我們瞭解古代社會的面貌，提供了相當寶貴的史料。《說文》中保留著大量資料，在我們研究和總結我國古代社會歷史狀況、科學技術成就方面，它也有著不可忽視的功用。隨著考古發掘工作和科學發展史研究工作的迅速發展，《說文》應該發揮越來越大的作用。

　　《爾雅》〈釋草〉以下七篇與《說文》植物、動物類，則是記載了古代大量的植物、動物的名稱、形貌等，有些詞語至今不常使用，甚者也有早已亡佚的，透過這些的記錄與各家註釋本去瞭解其所指為何，除了增廣見聞，還可以幫助閱讀古書，更可增進對植物、動物的認識。

　　人類在飲食、衣物、器用等在生活各層面，都依賴著植物、動物所提供的資源，從維生到民生、養生，甚至在精神層面，植物、動物皆在人類的食、衣、住、行發揮其功效，這些都可在《爾雅》與《說文》中找到相關的資料，反映了兩者在社會史實的紀錄價值。

第二節　後續研究發展

　　總結上面各節所述，無論在材料、體例、語言文字、科技與工業、社會文化等各方面，《爾雅》與《說文》之間皆有相當緊密的關連，雖《說文》中明引《爾雅》甚少，但從上述種種對照皆可看出《說文》參照《爾雅》之處甚多，可見《說文》在各方面均受《爾雅》的影響。若將《爾雅》與《說文》與現今文字、音韻、訓詁、百科全書等專書相比較，在各方面定有所遺漏與不足的地方，但無損二書的經典地位，學問本是「前修未密，後出轉精」，現今各種學問

也是承襲前賢的努力成果，在前賢的基礎下更進一步。

本文以名物研究為主題，從器用、植物、動物等三大類著手，雖從這三類亦能對照出《爾雅》與《說文》兩者之間承襲關係與其優缺點，但這僅是名物研究初步的工作，未能全面地將兩者的材料充分發揮其價值，仍有許多不足之處，可待將來進一步發展。

如第貳章將《爾雅》與《說文》中的名物材料分為器用、植物、動物三大類，雖對三大類的材料作更細項的分類與整理，但缺少對這些材料作考證，若能針對這些材料逐一考證，對於古代的名物研究、物種的認識，甚至在語言文字各方面都有相當大的助益。

如第參章將《爾雅》與《說文》的器用類材料從原本所屬的章節、部首打散，依據九大類重新區分，雖細分為九大類，在本文第參章以器用類為主軸，僅是大略地將《爾雅》與《說文》作比對，雖也能從中比對出兩者的關係與優劣，但若能將兩者的九大類逐類來進行比對，相信定能獲得更多有意義的資訊，除了在生活、工業發展、社會文化等各層面獲得更詳盡的資料外，更能對歷史的演進有明確的脈絡可循。

又如第肆章、第伍章植物、動物的部分，本文依據草本、木本粗略地將《爾雅》與《說文》植物類作分類，未能明確地區分；而動物類雖依據現今動物學來分類，但未盡到確實考證的工作，這些都是將來有待改進的地方。此外，可將兩者的材料逐條比對，除了可全面地掌握古代植物、動物的種類，整理出絕種、罕見的物種外，還可從中發現字彙、詞彙轉變的痕跡，更可藉由逐一的交叉對照，得到同一物種更完整的資料。

上述三段多以考證為主，受限於時間與學生能力，故未能逐一進行考證與細項分類比較，這些有意義的研究是本文未能完成的部份，有待將來逐一補足。

此外，在材料、體例、語言文字、科技與工業、社會文化等各層面，若擴大材料的範圍，將《詩經》等經典古籍或《說文》之後的詞書、字書等納入討論範疇，便可更深入、完整地探討歷來文字、詞彙、音韻等語文的演變，也可將科技與工業在歷代的發展連貫起來，串成科技與工業發展史，更可針對社會文化的變遷作詳實的紀錄。

擴大材料範圍之外，有鑑於不斷出土的地下文物，若能借重現今考古得輝

煌成就，將同時代出土的文物作為《爾雅》、《說文》中提及名物的見證，將討
論的範疇延伸到具體的文物上，而不只是侷限在典籍之中，有實物作為參照，
必定更能貼近典籍中的記載，相信更能引起研究者與閱讀者的興趣。

　　上述兩段則是超出本文討論的範圍，提出此研究面向，以作為未來努力的
目標，使名物詞研究更加充實、完整。

參考書目

（古籍在前，其次按作者姓氏筆劃遞增排列）

一、專　書

《爾雅》類

1. 【晉】郭璞：《爾雅音圖》，臺北：藝文印書館，1988 年。

2. 【清】邵晉涵：《爾雅正義》，臺北：復興書局，1961 年。

3. 【清】郝懿行：《爾雅義疏》，臺北：臺灣中華書局，1982 年。

4. 《爾雅》（《十三經注疏本》），臺北：藝文印書館，1955 年。

5. 王世偉、顧廷龍：《爾雅導讀》，四川：巴蜀書社，1990 年。

6. 王國維：《觀堂集林》，河北：河北教育出版社，2000 年。

7. 朱祖延主編：《爾雅詁林》，湖北：湖北教育出版社，1998 年。

8. 吳榮爵、吳畏注譯：《爾雅全譯》，貴州：貴州人民出版社，1997 年。

9. 徐莉莉、詹鄞鑫：《爾雅文詞的淵海》，上海：上海古籍出版社，1997 年。

10. 薑仁濤：《《爾雅》同義詞研究》，北京：中國文史出版社，2006 年。

11. 馬重奇：《爾雅漫談》，臺北：鼎淵文化事業有限公司，1997 年。

12. 盧國屏：《爾雅語言文化學》，臺北：台灣學生書局，1999 年。

《說文》類

1. 【漢】許慎：《說文解字》，臺北：中華書局，2004 年。

2. 中國訓詁學會編：《許慎與說文研究論集》，河南：河南人民出版社，1991 年。

3. 向光忠編：《說文學研究》，武漢：崇文書局，2004 年。

4. 余國慶：《說文學導論》，安徽：安徽教育出版社，1995 年。

5. 臧克和：《說文解字的文化說解》，臺北：台灣學生書局，1999 年。

6. 謝棟元編：《說文解字與中國古代文化》，河南：河南人民出版社，1994 年。

《詩經》類

1. 《詩經》（《十三經注疏本》），臺北：藝文印書館，1955 年。
2. 金啓華：《詩經全譯》，江蘇：新華書局，1984 年。
3. 潘富俊：《詩經植物圖鑑》，臺北：貓頭鷹出版社，2001 年。
4. 高明乾、佟玉華、劉坤：《詩經動物釋詁》，北京：中華書局，2005 年。

語言文字訓詁類

1. 王寧、陸宗達：《訓詁與訓詁學》，山西：山西教育出版社，1994 年。
2. 林尹編著：《訓詁學概要》，臺北：正中書局，1972 年。
3. 林慶勳、竺家寧、孔仲溫：《文字學》，臺北：國立空中大學，1996 年。
4. 周碧香：《實用訓詁學》，臺北：洪葉文化事業有限公司，2006 年。
5. 胡奇光：《中國小學史》，上海：上海人民出版社，2005 年。
6. 胡楚生：《訓詁學大綱》，臺北：華正書局，1900 年。
7. 高小方：《中國語言文字學史料學》，南京：南京大學出版，2005 年。
8. 陳垣：《校勘學釋例》，北京：中華書局，1959 年。
9. 許錟輝：《文字學簡編・基礎篇》，臺北：萬卷樓圖書有限公司出版，2000 年。
10. 郭錫良：《漢字古音手冊》，北京：北京大學出版社，1986 年。
11. 黃建中：《訓詁學教程》，武漢：荊楚書社，1988 年 1 月。
12. 語言文字卷編委會：《中國學術名著提要・語言文字卷》，上海：復旦大學，1992 年。
13. 劉興均：《周禮名物詞研究》，四川：巴蜀書社，2001 年。
14. 謝雲飛：《爾雅義訓釋例》，臺北：中國文化大學，1969 年。

其 他

1. 《禮記》（《十三經注疏本》），臺北：藝文印書館，1955 年。
2. 《論語》（《十三經注疏本》），臺北：藝文印書館，1955 年。
3. 北京林學院編著：《植物學》，北京：地景出版社，1990 年。
4. 李熙謀等主編：《中山自然科學大辭典・動物學》，臺北：臺灣商務印書館，1986 ～1989 年。
5. 周汛、高春明：《中國服飾五千年》，臺北：邯鄲出版社，1987 年。
6. 林乃燊：《中國古代飲食文化》，臺北：臺灣商務印書館，1994 年。
7. 郭泮溪：《中國飲酒習俗》，臺北：文津出版社，1990 年。
8. 張亮采：《中國風俗史》，上海：上海藝文出版社，1988 年。
9. 童勉之：《中華草木蟲魚文化》，臺北：文津出版社，1997 年。

10. 費鴻年編：《動物學綱要》，臺北：臺灣中華書局，1963 年。

11. 錢公博：《中國經濟發展史》，臺北：文景出版社，1984 年。

12. 謝崇安：《商周藝術》，四川：巴蜀書社，1997 年。

二、期刊論文

1. 王平：〈《說文解字》蘊涵的中國古代科技資訊〉，《中國典籍與文化》第 4 期，2000 年，頁 84～87。

2. 王建莉：〈從多義詞看《爾雅》的同義聚合標準〉，《古漢語研究》第 1 期，2004 年，頁 97～100。

3. 王建莉：〈《爾雅》動物專名的原始特性〉，《漢字文化》第 2 期，2003 年，頁 47～50。

4. 王強：〈中國古代名物學初論〉，《楊州大學學報》（人文社會科學版）第 8 卷第 6 期，2004 年，頁 53～57。

5. 王欽：〈《說文》酒器簡釋〉，《鄂州大學學報》（社科版）第 4 期，1998 年，頁 52～54。

6. 卞仁海：〈十年來《說文解字》研究述評〉，《信陽師範學院學報》（哲學社會科學版），第 23 卷第 2 期，2003 年，頁 89～92。

7. 孔維寧：〈王氏〈爾雅草木蟲魚鳥獸名釋例〉研究〉，《黎明學報》，1996 年，頁 121～134。

8. 白振有：〈《說文解字》馬部字的文化蘊涵〉，《延安大學學報》（哲學社會科學版）第 1 期，1999 年，頁 91～94。

9. 米萬鎖：〈《說文解字》貝部字的文化意蘊〉，《語文研究》第 4 期，1997 年，頁 37～39。

10. 沈光海：〈《說文解字》中表服飾的字〉，《湖州師範學院學報》第 24 卷第 5 期，2002 年，頁 15～17。

11. 李祖文：〈《說文解字》玉部字的認知研究〉，《牡江丹師範學院學報》（哲學社會科學版），2006，頁 39～41。

12. 李煜：〈論《爾雅》的編排〉，《廣州大學學報》（社會科學版），第 3 卷第 11 期，2004 年，頁 41～46。

13. 李亞軍、張綏平：〈《爾雅》述評〉，《陝西廣播電視大學學報》第 2 期，1999 年，頁 64～69。

14. 李建國：〈漢代的辭書訓詁〉，《第二屆國際暨第四屆全國訓詁學術研討會論文集》，1998 年，頁 77～88。

15. 李峰：〈中國古代詞典之先河——《爾雅》〉，《文化史話》，2000 年，頁 111～113。

16. 周文：〈從《說文解字》看中國古代樂器文化〉，《語言研究》，2002 年，頁 72～76。

17. 周春霞：〈從多義詞看《爾雅》的同義詞典性質〉，《語文學刊》（高教版）第 5 期，2005 年，頁 94～96。

18. 胡紹文:〈讀《說文解字》玉部字〉,《齊齊哈爾大學學報》(哲學社會科學版) 第 5 期,2000 年,頁 64～67。

19. 林寒生:〈《爾雅》訓詁術語淺探〉,《廈門大學學報》(哲社版) 第 4 期,1997 年, 頁 95～100。

20. 施孝適:〈爾雅蟲魚名今釋〉,《大陸雜誌》81 卷 3 期,1990 年,頁 41～48。

21. 席自棟:〈中國古代名物研究的奠基之作——《中國古代名物大典》評介〉,《天津 師大學報》第 4 期,1994 年,頁 74～76。

22. 奚柳芳:〈《爾雅》略說〉,《大同高專學報》第 12 卷第 2 期,1998 年,頁 25～27。

23. 孫永義:〈《說文》字義體系與中國古代圖騰崇拜文化〉,《西南師範大學學報》(哲 學社會科學版) 第 5 期,1997 年,頁 66～70。

24. 殷孟倫:〈從爾雅看古漢語詞彙研究〉,見於《爾雅詁林敘錄》〈當代論文選編〉, 湖北教育出版社,1998 年,頁 428～448。

25. 莊雅州:〈論說文解字之疏失〉,《中正中文學報年刊》第 4 期,2001 年,頁 143～ 178。

26. 莊雅州:〈《爾雅·釋魚》與《說文·魚部》之比較研究〉,中國訓詁學研究會《紀 念周禮正義出版百年暨陸宗達先生百年誕辰學術研討會論文匯集》,2005 年,頁 203～213。

27. 許淩虹:〈《說文》玉部字與古代玉文化〉,《安徽師範大學學報》(人文社會科學版) 第 33 卷第 3 期,2005 年,頁 362～367。

28. 陸宗達:〈《說文解字》的價值和功用〉,《北京師範大學學報》(社會科學版) 第 3 期,1978 年,頁 12～19。

29. 陸宗達:〈《說文解字》與訓詁學〉,《陸宗達語言學論文集》,北京師範大學出版社 出版,1996 年,頁 334～348。

30. 曹先擢:〈《說文解字》的性質〉,《北京大學百年國學文粹·語言文獻卷》,北京大 學中國傳統文化研究中心編,1998 年,頁 74～77。

31. 陳利華:〈簡說蛇的圖騰崇拜〉,《南平師專學報》第 22 卷第 3 期,2003 年,頁 36 ～38。

32. 陳煥良、曹豔芝:〈《爾雅·釋器》義類分析〉,《中山大學學報》(社會科學版), 第 43 卷第 5 期,2003 年,頁 57～63。

33. 陳蒲清:〈論《說文解字》的文字學成就——兼評對《說文解字》文字學成的否定〉, 《船山學刊》第 4 期,2004 年,頁 61～65。

34. 陳雙新:〈釋論《說文解字》的歷時與共時研究〉,《河北科技大學學報》(社會科 學版),第 6 卷第 3 期,2006 年,頁 46～51。

35. 張國清:〈龍圖騰崇拜與中華民族的融合〉,《滄州師範專科學校學報》第 21 卷第 1 期,2005 年,頁 58～60。

36. 張靜、石峰:〈胡繼明《詩經爾雅比較研究》談〉,《三峽學刊》(四川三峽學院社 會科學學報),第 13 卷第 2 期,1997 年,頁 74～75。

37. 董蓮池：〈十五年來《說文解字》研究述評〉，《松遼學報》（社會科學版）第 3 期，1994 年，頁 100～104。

38. 游修齡：〈《說文解字》禾、黍、來、麥部的農業剖析〉，《浙江大學學報》（人文社會科學版），第 31 卷第 5 期，2001 年，頁 57～63。

39. 黃宇鴻：〈《說文解字》蘊涵的中飲食文化〉，《欽洲師範高等專科學校學報》，第 18 卷第 2 期，2003 年，頁 51～56。

40. 黃宇鴻：〈《說文》中古代農牧漁獵文化鉤沉——《說文》漢字民俗文化溯源研究之二〉，《欽州師範高等專科學校學報》第 4 期，2002 年，頁 40～44。

41. 葉南：〈《爾雅》與先秦語言研究〉，《西南民族學院學報》（哲學社會科學版），1996 年，頁 74～77。

42. 齊新巻、齊澤華：〈許慎與《說文解字》在中國文化史上的地位〉，《尋根》第 4 期，2005 年，頁 30～34。

43. 蔣棟元：〈動物、圖騰、崇拜〉，《大連民族學院學報》第 6 卷第 2 期，2004 年，頁 6～10。

44. 遠藤光曉：〈《爾雅》的體例類型〉，《第二屆國際暨第四屆全國訓詁學術研討會論文集》，1998 年，頁 89～94。

45. 趙小剛：〈《說文》所見古代動物圖騰事象〉，《蘭州大學學報》（社會科學版），1996 年，頁 106～112。

46. 趙伯義：〈論《爾雅》的學術成就〉，《河北師範學報》（社會科學版）第 2 期，1997 年，頁 111～115。

47. 趙伯義：〈論《爾雅》歷史的侷限性〉，《河北師範大學學報》第 22 卷第 1 期，1999 年，頁 76～78。

48. 趙振鐸：〈《爾雅》和《爾雅詁林》〉，《古漢語研究》第 4 期，1998 年，頁 57～60。

49. 鄧細南：〈試論《爾雅》在訓詁體式和釋詞方式上的貢獻〉，《漳州師院學報》第 3 期，1995 年，頁 14～19。

50. 管錫華：〈20 世紀的《爾雅》研究〉，《辭書研究》第 2 期，2004 年，頁 75～85。

51. 蔡聲墉：〈爾雅與百科全書〉，見於《爾雅詁林敘錄》〈當代論文選編〉，湖北教育出版社，1998 年，頁 485～501。

52. 劉興均：〈關於《名物》的定義和名物詞的界定〉，《川東學報》（社會科學版）第 8 卷第 1 期，1998 年，頁 84～87。

53. 劉興均：〈試論古書校讀與名物考證的關係〉，《川東學報》（社會科學版）第 6 卷第 1 期，1996 年，頁 32～35。

54. 錢慧真：〈《爾雅》的名物訓釋方式研究〉，《現代語文》（語言研究版）第 12 期，2006 年，頁 121～122。

55. 濮茅左：〈中國古文字學和《說文》的科學研究——兼論《〈說文解字〉與中國古文字》研究的新途徑及學術貢獻〉，《復旦學報》（社會科學版）第 5 期，2000 年，頁 97～104。

56. 顧瑛：〈《說文・衣部》構形表義系統的文化學價值〉，《達縣師範高等專科學校學報》第 1 期，2001 年，頁 64～67。

57. 關傳友：〈論竹的圖騰崇拜文化〉，《皖西學院學報》第 15 卷第 3 期，1999 年，頁 31～40。

58. 龐子朝：〈論《說文解字》的文化意義〉，《華中師大大學學報》（哲社版）第 5 期，1995 年，頁 105～111。

三、碩博士論文

1. 耿鵬坤：《談談許慎和《說文解字》的幾個問題》，鄭州大學碩士論文，2004 年。

2. 徐再仙：《《說文解字》食、衣、住、行之研究》，國立政治大學中國文學研究所碩士論文，1992 年。

3. 陳芬琪：《漢代詞書與社會文化——由《爾雅》、《方言》、《釋名》觀察》，國立中正大學中國文學研究所碩士論文，1998 年。

4. 陳溫菊：《《詩經》器物考釋》，國立中正大學中國文學研究所碩士論文，1994 年。

5. 陳溫菊：《先秦三晉文化研究》，國立中正大學中國文學研究所博士論文，2000 年。

6. 劉洋：《《說文解字》與上古服飾》，鄭州大學碩士論文，2005 年。

7. 劉敏：《由《爾雅》、《方言》、《說文》、《釋名》看漢代訓詁發展》，暨南大學碩士論文，2003 年。

8. 薛榕婷：《《說文解字》人與自然部首之文化詮釋》，淡江大學中國文學系碩士論文，2004 年。

附錄一　《爾雅》器用類圖片^{〔註1〕}

圖1：鳥罟謂之羅

圖2：兔罟謂之罝

〔註 1〕詳參【晉】郭璞：《爾雅音圖》，臺北：藝文印書館，1988 年。

圖3：大瑟謂之灑

圖4：大琴謂之離

圖5：大鼓謂之鼖

圖6：小者謂之應

圖7：大磬謂之毊

圖8：大笙謂之巢

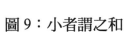

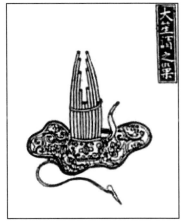

圖9：小者謂之和

圖10：大笢謂之沂

圖11：盎謂之缶

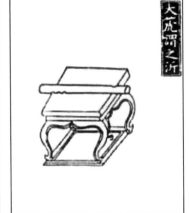

圖 12：甌瓿謂之瓵

圖 13：康瓠謂之甄

圖 14：鼎絕大謂之鼐

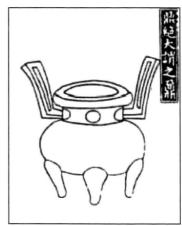

圖 15：圜弇上謂之鼒

圖 16：附耳外謂之釴

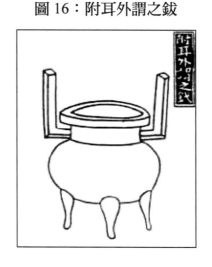

圖 17：大版謂之業

圖 18：繩之謂之縮之

圖 19：木豆謂之豆　　　圖 20：竹豆謂之籩　　　圖 21：瓦豆謂之登

  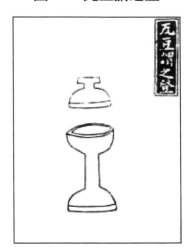

　　圖 22：素陞龍於縿　　　　　圖 23：緇廣充幅長尋曰旐

 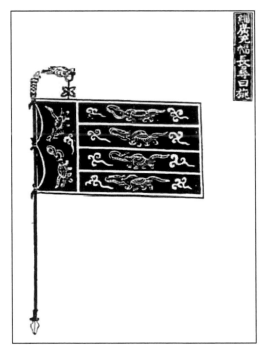

圖 24：繼旐曰旆 圖 25：注旄首曰旌

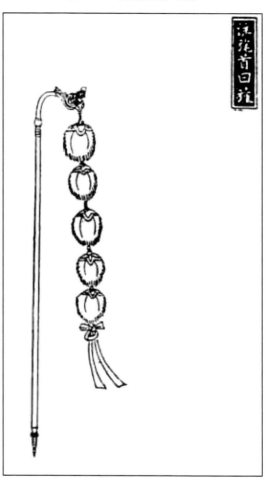

附錄二　《爾雅》植物類圖片

圖 26：唐棣，栘。

圖 27：莽，數節。

圖 28：桃枝，四寸有節。

圖 29：粼，堅中。

圖 30：簢，筡中。

圖 31：棗，壺棗。

圖32：邊，要棗。　　　　圖33：薜苔，英芃。　　　　圖34：葵，蘆萉。

圖35：楙，木瓜。　　　　圖36：荷，芙渠。　　　　圖37：稌，稻。

圖38：秠，一稃二米。　　圖39：藿，山韭。　　　　圖40：茗，山蔥。

圖41：藬，山韮

圖42：藅，山蒜。

圖43：荼，苦菜。

圖44：莪，蘿。

圖45：莁，馬帚。

圖46：檿桑，山桑。

圖47：杞，枸檵。

附錄三　《爾雅》動物類圖片

圖48：蚹蠃，螔蝓。

圖49：鶌鳩，鶻鵃。

圖50：蜩，蜋蜩。

圖51：蟗蝥，蝥。

圖52：草蝥，負蝥。

圖53：蜇蝥，蚚蝑。

圖54：螽蟴，蜙蝑。　　圖55：土螽，蠰谿。　　圖56：螣，螣蛇。

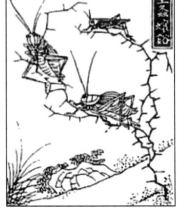

圖57：蟒，王蛇。　　圖58：虹蛵，負勞。　　圖59：科斗，活東。

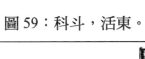

圖60：鴷，斲木。　　圖61：狻麑，如虦貓，食
　　　　　　　　　　　　　虎豹。